Joseph Macé-Scaron

La surprise du chef

Éditions de
L'Observatoire

ISBN : 979-10-329-2001-5
Dépôt légal : 2021, mai

170 *bis*, boulevard du Montparnasse, 75014 Paris

Afin de prouver qu'il s'agissait bien ici d'une fiction, l'auteur a usé d'une astuce simplissime : il a inventé un avenir où notre gouvernement avait résolu définitivement la crise de la Covid-19 et de ses invariants.

« Et quel est donc l'homme, je vous prie, sinon une créature mise à l'envers ? »

Jonathan Swift, *Méditation sur un balai*

1

Un dimanche pas comme les autres ?

Rien n'est plus désolant que ces soirées de second tour de présidentielle où l'on s'attend à assister à un ébranlement du monde, alors qu'il ne s'agit que de la fin d'une petite comédie de boulevard. Cela faisait déjà six heures que les analystes et experts en expertologie se succédaient sur le plateau d'InfoNews, avec pour seule pitance la comparaison du taux actuel de participation à celui de l'élection précédente. À un point près, c'était le même. Trop maigre pour l'audience. Prudence ou faiblesse du dispositif, les premiers sondages sortis des urnes tardaient ainsi à rassurer des états-majors politiques au bord de la crise de nerfs.

Cela n'empêchait nullement les commentateurs de ressasser les résultats du premier tour, de brandir une déclaration vieille de quarante-huit heures à laquelle ils faisaient subir ce que les pêcheurs grecs font subir aux poulpes pour leur donner l'apparence de la fraîcheur lorsqu'ils les battent vingt fois contre un mur. Il fallait voir ces docteurs subtils édifier, pierre argumentaire après pierre argumentaire, des argumentations qui s'écroulaient à la moindre contestation tels des châteaux de cartes.

Dans les coulisses, je les écoutais en silence. Décidément, le journalisme était un métier difficile en temps d'incertitudes.

Plus téméraire, une belle brune, cheveux coupés au carré, lèvres minces et nez pointu, tenta soudain de réveiller ses confrères. Elle balança les négociations secrètes entre La France insoumise et le candidat qui talonnait le président sortant. Elle le tenait de source sûre : les deux états-majors avaient dîné aux Chansonniers, le bistrot de Mireille Mathieu et des jeunes Cubains en apprentissage, mais surtout la table préférée de Jean-Luc Mélenchon. Là, entre l'œuf mayo et le veau marengo maison, entourés de photos dédicacées des vieilles gloires des années 1970, ils avaient passé en revue les futures circonscriptions susceptibles d'être dévolues aux compagnons de route du leader minimo. L'essentiel était de sauvegarder pour chacun un groupe parlementaire avec secrétariat, collaborateurs, notes de frais, chauffeurs et peut-être, avec un petit coup de pouce, une questure à la clé.

Plus l'heure avançait et plus la jeune femme révélait des détails - beaucoup trop de détails - donnant l'impression qu'elle avait eu accès à un rapport de feu les Renseignements généraux. Elle s'attira les sarcasmes de Gérard Miller :

– Je sens monter l'odeur de la vieille rengaine sur les extrêmes qui se rejoignent. Ma chère, vous devriez choisir des angles d'attaque plus appropriés.

Ce qui n'empêcha pas notre révolutionnaire en antichambre de profiter d'une coupure publicitaire pour tapoter sur le clavier de son iPhone afin de vérifier les informations qu'il venait d'infirmer.

Visiblement soulagé par ce qu'il lisait sur son écran, le fier psychanalyste (qui fut tout de même le frère du gendre de Lacan, n'oublions pas) regarda avec férocité la jeune oie blanche, quoique brune, qui s'était aventurée sur ce terrain miné, avec la ferme intention de la déchiqueter. Mais avec le sourire. À l'écran, il faut toujours sourire quand on s'apprête à sauter à la gorge d'un contradicteur.

C'était le milieu de l'après-midi et les invités d'InfoNews pour la soirée électorale avaient devancé l'appel. Une femme plus emperlousée qu'un sapin de Noël avait bousculé les assistants et sorti de son sac Vuitton en toile cirée un Tupperware qu'elle remplissait avec gourmandise. Elle avait commencé à empiler les carottes coupées en longueur et hésitait à prendre la mayonnaise - cumin-curcuma - qui agrémentait les crudités. Tournant entre mes doigts le carton d'invitation, je la regardais avec un mélange de mépris et d'envie. Les gens sans éducation m'épataient. Et si c'étaient eux qui avaient raison ?

Le temps passait et les golfes naissants du rédacteur en chef d'InfoNews, Romain Transen, luisaient de sueur. Des auréoles étaient aussi apparues sur sa chemise bleu ciel et étendaient leurs empires. Le pauvre savait qu'il n'arriverait jamais à tenir l'antenne dans ces conditions. Ses équipes avaient déjà passé neuf fois en alternance une intervention du sondeur Jérôme Baffré, d'Ipnos, qui affirmait que sur l'échelle de la moralité, les populistes étaient juste en dessous des assassins d'enfants, puis une interview de la politologue Anne Martin soulignant que le résultat du premier tour était la preuve manifeste que la gauche devait se reconstruire autour d'une parole décolonialiste, racisée et vegan. Elle réclamait sur un ton docte l'appel à une Constituante pour changer de République tout en faisant la promotion de son nouveau digest pour étudiants, *Écriture(s) inclusive et cisgenre*, aux Presses de Sciences Po. Seuls demeuraient à l'antenne les reportages des envoyés spécieux devant les QG des candidats, désespérément vides.

Tant pis. À la guerre comme à la guerre. C'était le moment de faire appel aux vétérans, ceux qui savaient tenir les positions durant des heures sans rien lâcher. Avec eux, les très riches heures de la Cinquième devenaient aussi haletantes qu'un épisode de *Faites entrer l'accusé*. Dans les loges, je vis passer au maquillage Giesbert mimant Jack Nicholson. (À moins que ça ne fût l'inverse.) Passèrent aussi le sage Olivier Mazerolle, la rigoureuse Arlette Chabot et la tsarine Catherine Nay. Que des valeurs sûres. Giesbert-Nicholson me fit un clin d'œil et me saisit le bras. Il commença à s'échauffer :

– Macron ? C'est Balladur jeune. Je ne fais pas confiance aux sondeurs. Tu veux un vrai sondage ? Tu viens avec moi au boulodrome du Vieux-Port !

Transen souffla. Il savait qu'il pourrait même se permettre de ne donner les résultats définitifs de la présidentielle que le lendemain. S'accordant un court répit, il fonça vers le buffet au moment précis où je m'emparais d'une gougère au fromage, mon péché mignon. Il s'approcha de moi et me demanda très banalement :

– Benjamin, c'est fou ce suspense, non ? Toi qui as participé de l'intérieur à cette campagne, tu expliques comment cette incertitude dans laquelle on se trouve ? Quelle est ton analyse ?

– Mon analyse ? répétai-je pour me donner du temps.

Sans attendre ma réponse, Transen piocha dans un pain surprise Picard et en sortit trois minisandwichs saumon à la crème de ciboulette, qu'il enfourna dans sa bouche de batracien. Je n'avais pas beaucoup d'estime pour cet homme que le milieu prenait pour un génie dans le domaine de la stratégie digitale mais qui était clairement une burne en analyse politique. Néanmoins, quand il commença à s'étouffer, je m'empressai de lui servir une large rasade de soda éventé.

– Ce pays est devenu fou, poursuivit-il après avoir toussé et éparpillé les miettes sur le buffet (au risque de provoquer à nouveau une pandémie générale). Voir deux camps aussi antagonistes, deux France irréconciliables, s'affronter aujourd'hui ! On croirait l'Amérique au moment de l'élection de Joe Biden. Crois-en mon expérience, mon cher Strada, quelle que soit l'issue du scrutin, le pays sera ingouvernable, et pour longtemps. Aucun des candidats n'aura la majorité aux législatives qui vont suivre… Tu m'entends ? Au-cun, je t'en fais le pari. Comment a-t-on pu en arriver à une impasse pareille ? Mystère…

Je m'apprêtais à lui répondre que ces « camps » dont il parlait n'étaient pas aussi « antagonistes » qu'il croyait ou qu'il feignait de croire, ou plutôt que ses patrons avaient cherché à faire croire durant cette folle campagne, et qu'il s'agissait moins d'un duel que d'un duo, d'une collision que d'une collusion. Mais comment lui faire comprendre que le vrai « mystère » était la longévité de ces deux forces adverses qui participaient au cours le plus intérieur de notre histoire politique depuis presque cinq siècles ? Je m'arrêtai au bord du précipice plutôt que de courir dans le vide comme un personnage de Tex Avery. Il fallait du temps pour l'expliquer. Beaucoup de temps et de la patience. Or, c'était bien connu : Transen préférait aux longues explications le charme discret d'une solide présentation PowerPoint.

2
Quand Minerve s'énerve

Dans ces temps troublés, il se trouvait encore des familles heureuses. Enfin, presque.

– Jacques, avez-vous vu ma mère, ce matin ?

Ce qui était plus une plainte qu'une question avait été lancé de la balustrade qui surplombait le salon-cathédrale.

Le majordome surgit en s'essuyant les mains sur un tablier aussi amidonné que l'atmosphère qui régnait dans la pièce.

– Oui, monsieur. Madame a quitté le château très tôt. Elle a juste avalé un bol de chicorée avant de monter dans sa voiture.

– Savez-vous où elle est allée ?

– Chez les Beaupréau de Montjois, qui l'attendent pour déjeuner.

Le fils poussa un profond soupir et leva les yeux vers le plafond du salon, où des naïades se faisaient surprendre au bain par des faunes en rut.

– Leur manoir est en Anjou ! gémit-il. C'est à plus de trois heures de route.

– C'est plus court si vous passez par Les Herbiers et Cholet, répondit Jacques, pragmatique.

– Mais vous n'avez pas essayé de l'en dissuader ?

– Dissuader madame ? souffla Jacques, fataliste. Que monsieur me pardonne, mais autant arrêter une charge d'uhlans avec un éventail en plumes d'autruche. Avant même que je n'ouvre la bouche, elle m'a lancé un « J'ai rendez-vous avec la France » qui, je vous assure, ne souffrait aucune réplique.

– Ma mère n'est pas la personne la plus facile qui soit, dit le fils machinalement.

Cette phrase, il avait dû la répéter une bonne centaine de fois depuis que madame sa mère avait décidé de s'installer définitivement au château.

Le majordome leva les épaules aussi haut que le lui permettaient ses deltoïdes qui enserraient son cou de la taille d'un tronc d'arbre. On était bien en peine de savoir si ce mouvement était un geste d'impuissance ou d'insolence.

Comprenant que c'était un vain combat que de chercher des noises au domestique, le fils de la maison tordit le nez et donna un coup de pied rageur dans la fausse table Louis XIII. Le meuble acheté au marché Biron resta stoïque mais le lui rendit visiblement au centuple. L'autre en fut quitte pour pousser un petit cri de musaraigne et sautiller autour du salon en maudissant cette génitrice qui continuait, en dépit de son grand âge, à rêver à ces destins glorieux qui nourrissaient les légendes.

À l'heure où les mères de ses amis partaient en groupe assister au Festival international d'art lyrique d'Aix, ou embarquaient pour une coûteuse croisière de remise en forme le long de la baie d'Along, ou encore tyrannisaient leur entourage en les suivant armées d'une balayette comme d'un sceptre, la sienne était la seule qui entendait des voix lui enjoignant de restaurer le pays au nom du bocage et du Sacré-Cœur.

Elle avait rejoint la longue cohorte de ces personnes qui, faute d'avoir trouvé dans le monde réel une réponse à la hauteur de leurs ambitions, avaient recherché une compensation dans un univers parallèle dont elles seules connaissaient les voies d'accès. Après tout, le secret du bonheur était, peut-être, simplement, de s'évader dans un autre monde et de reléguer tout ce qui vous démangeait ou dérangeait au fond de votre esprit.

Sa mère aurait pu, au moins, disaient ses proches, se consacrer à ses petits-enfants autrement qu'en leur donnant des cours de géopolitique sur ce vampire du Milieu qu'était devenue la Chine ou sur l'art de faire prospérer leur élevage de moutons en ces terres vallonnées. Elle aurait pu, elle aurait même dû, écrire ses mémoires dans une de ces maisons d'édition où l'on accueille les vieilles gloires en leur promettant des tirages imaginaires et des articles dithyrambiques et creux dans la presse nationale. Au moins, l'à-valoir qu'elle aurait reçu lui aurait permis de réparer la toiture des communs plus anciens que le château...

Hélas, même les écoutes enregistrées du Tout-Paris qui brillait et qui pétillait et dont elle se gargarisait autrefois à l'Élysée, à la nuit tombée, en sirotant un vieux whisky, devaient être mieux conservées que sa pelote de souvenirs qui, la sénilité s'installant, se dévidait de plus en plus vite.

Pourtant, quoique élégamment fripée par quelques décennies indélicates (« Le temps est une pute », marmonnait Jacques quand elle ne l'entendait pas), elle avait gardé ces deux boutons de bottine à la place des yeux, ce visage au teint presque céruséen, et les mêmes traits tirés par son fameux chignon. Intacte aussi cette mâchoire qui avait tant déchiqueté quand elle avait été candidate à l'élection présidentielle, transformant le seul rendez-vous électoral qui pût compter en sanglante partie de chasse quand le grand cerf giscardien s'était empêtré les bois dans les hautes futaies centrafricaines.

Son esprit, quoique soumis à quelques vagabondages, était toujours alerte. Elle continuait de mijoter sur sa vieille cuisinière politique plusieurs plans agrémentés de l'invariable fond de sauce : « Je ne roule pour personne, je me bats pour des idées qui restaureront cet ordre dont le pays a besoin. »

En fait d'ordre, elle avait le flair d'un chien truffier pour déterrer la querelle au fort parfum de discorde. Il faut reconnaître que sa dernière sortie guerrière n'avait guère été couronnée de succès, même si elle lui avait valu la sympathie d'une fraction de la droite radicale. Elle avait pris parti au second tour de la dernière élection présidentielle en faveur de la candidate nationaliste contre le champion du centre qu'elle surnommait avec gourmandise et mépris « Giscard le petit ».

Depuis qu'elle avait élevé un grand dépendeur d'andouilles au rang de chef d'État dont la nation avait pleuré à l'unisson la disparition, Marie-France cravachait ses phrases et balafrait même ses amis. Ses extraits secs de vacherie sortant de son alambic de méchanceté étonnaient, détonnaient, mais aussi lassaient. D'ailleurs, notre brillant quarteron d'éditorialistes, Patrick Cohen et Jean-Michel Aphatie en tête, avait jugé que ce faux pas marquait la fin d'une longue - et pour eux trop longue - carrière politique. « De l'éminence grise à la panthère grise », avait osé son vieil ennemi Alain Duhamel. Mais cette vilaine affaire n'était guère en mesure de calmer ses ardeurs guerrières : telle une Minerve casquée, elle était repartie au front et ne pensait à nouveau qu'en termes de spadassins à lever, de champs de bataille à arpenter, de murailles à escalader, et de forteresses à prendre...

Son fils avait tenté de profiter de sa présence permanente en ses murs pour la calmer, en lui rappelant les joies de la nature et des paysages.

– Mère, vous devriez prendre l'habitude, tous les matins, d'une petite promenade au fond du parc. Je vous assure qu'à la longue, vous y trouverez du plaisir. Moi-même, je m'y essaie une heure chaque soir et je me surprends à découvrir de nouvelles joies.

La vieille dame l'avait regardé avec la même stupeur qu'un chat devant un concombre. (Si, si : regardez sur Internet.)

– La foi par l'accoutumance, très peu pour moi, lui avait-elle répondu sèchement.

Puis elle était retournée à son passe-temps favori : croire ce que les autres contestent, et contester ce que les autres croient.

Dès lors, on comprend que la farce des Gilets jaunes lui fût apparue comme une divine surprise dans ces contrées de l'Ouest où, la veille encore, les moulins à eau étaient l'unique force motrice. Guettant les faux pas du pouvoir comme l'annonce d'un printemps nouveau, et se précipitant avec intrépidité et délice vers chaque crise, elle n'avait rien vu venir. Elle n'en fut que plus ardente à les soutenir. « Des gens si vrais, si aimables », répétait notre dorée exploratrice.

Ce bras d'honneur du petit peuple au désordre établi et aux impuissants l'avait grisée. De même que la Grande Mademoiselle avait été ravie de tourner les canons de la Bastille contre les troupes royales, elle se félicitait d'avoir fait frémir les notables du cru qui s'égayaient telles des aigrettes de pissenlit dès que l'Histoire soufflait plus fort. Elle qui n'était jamais allée plus loin en termes de populisme que de s'encanailler avec la banquière de Raymond Barre, s'ébrouant dans le microcosme centriste (nul ne se souvenait que les deux femmes avaient caressé un temps l'ambition de succéder à Étienne Martel), s'était précipitée vers les Gilets jaunes avec la fougue d'Angélique se réfugiant à la cour des Miracles, et avec la joie d'un anthropologue découvrant une nouvelle tribu au fin fond de l'Océanie.

Plusieurs fois, elle était sortie en cachette du domaine pour se rendre sur un de ces ronds-points érigés en agora par les chaînes d'info, s'aventurant jusqu'à Niort ou Poitiers afin d'apporter à ceux qui avaient élevé des barrages sur les départementales des paniers de noix (la récolte avait été surabondante cette année-là). Ah, si vous l'aviez vue appuyer joyeusement sur son klaxon à chaque barricade, et passer son bras décharné par la portière pour saluer les valeureux protestataires !

Le fidèle Jacques avait fini par avouer à son fils qu'elle leur avait permis de se réunir deux fois dans les communs du château car, en bonne gaulliste, il était clair qu'elle prenait ces bruyants protestataires pour ses gens de pied. À chaque rencontre, un air d'Ancien Régime flottait dans leurs échanges. Madame s'adressait à la petite troupe de rebelles comme s'il s'agissait de ses métayers. Ces derniers ne lui répondaient pas sans avoir enlevé d'abord leur casquette, qu'ils roulaient entre leurs mains rougies et leurs ongles carrés. Même leurs épouses, qui avaient le verbe haut et le langage fleuri des tricoteuses du tribunal révolutionnaire, n'étaient pas loin d'esquisser une révérence à son approche.

À son cher Jacques qui marquait sa désapprobation à l'encontre des porte-drapeaux de ce bouillonnement social, elle répondait : « Ce sont de bonnes bouteilles, elles ont juste été couchées trop longtemps. Voilà pourquoi le dépôt s'invite à la surface. »

Madame était remontée en selle après cet épisode tragi-comique tant pour ces figurants sortis des catacombes puis catapultés soudain sur le devant de la scène publique que pour le gouvernement en place qui donnait l'impression de rejouer chaque jour la fuite à Varennes.

Son fils, qui ne mesurait pas à quel point sa mère menait encore une vie aventureuse, l'avait surprise en train de chuchoter au téléphone, agrippée à son appareil en bakélite qu'elle n'avait jamais voulu délaisser – sans doute parce qu'elle vivait dans l'illusion que le cordon usé et tire-bouchonné de l'appareil la reliait encore à son passé de manipulatrice flamboyante, ces temps bénis où, telle une impératrice douairière mandchoue, elle pouvait faire tomber les têtes d'un simple clignement de paupières.

Lorsqu'une personne surgissait dans le grand salon, la vieille dame raccrochait vivement, comme une espionne prise en flagrant délit ; puis elle se mettait à lui poser des questions sur sa santé, et elle écoutait les réponses avec cette attention forcée que l'on accorde si généreusement à ceux que l'on n'écoute pas. Ou alors elle fuyait les sujets politiques et évoquait un fait divers sordide, oncles incestueux et mutilations de troupeaux, ce qu'il ne lui était pas difficile à trouver tant le canard local en était farci.

La veille au soir, encore, mère et fils s'étaient méchamment querellés parce qu'elle lui avait fait part de son projet de se réinstaller à Paris, dans son appartement qui surplombait la Seine, pour y installer le studio de Pays réel. La « seule radio libre », disait-elle, parce que c'est vrai que c'était l'unique antenne où elle pouvait parler durant une heure sans être interrompue - à l'exception des quintes de toux du cacochyme animateur au regard de hibou, un ancien ambassadeur auprès de l'Organisation de la francophonie.

Non, décidément, il n'y avait rien de bon dans cette escapade angevine qui annonçait de futurs ennuis. Le fils s'en voulait amèrement d'avoir posé, bien en vue sur la commode, les clés de la vieille voiture. Il n'est jamais bon de laisser son char à Minerve. Il fut interrompu dans ses remords par un cri qui jaillit de la puissante poitrine de Jacques.

– Qu'est-il encore arrivé comme catastrophe ? s'enquit le fils, dont le moral se préparait déjà à descendre d'un cran supplémentaire.

– Madame a oublié de prendre son masque pour sortir ! rugit le fidèle majordome.

– *Son masque* ? Ah, vous voulez dire... *un* masque.

3

Miami bitch

– Je n'aime pas tes amis.

Ma sentence avait claqué comme un porte-jarretelles sur la cuisse d'une drag-queen imitant l'Ange bleu. J'avais laissé mon ami, le banquier Richard Kupferman, baisser la tête et marquer le coup par un éloquent mutisme. On aurait pu faire tenir les œuvres complètes de Michel Onfray dans son silence. Il l'avait bien cherché, cet hypocrite. Au détour d'une conversation sur les mérites comparés des salons VIP de Cathay Pacific et de Qatar Airways, il venait de m'annoncer que nous allions être rejoints pendant notre séjour à Miami Beach par Serge-Marc Joubert, l'un des éditorialistes stars de la chaîne InfoNews, flanqué d'une de ses conquêtes du moment.

– Ce n'est pas que ce type me soit franchement antipathique, repris-je. Nooon. Mais ses fidélités successives me gênent. J'ai l'impression qu'il bouffe à tous les râteliers. Il me fait songer à ces chiens perdus qui courent vers des inconnus le long d'Ocean Drive, dans l'espoir de se faire un nouveau maître, puis qui rebroussent chemin dès qu'ils se prennent un coup de pied.

Pendant que je parlais, Richie observait, à travers ses lunettes de soleil Tom Ford à verres miroirs, une partie de volley-ball où s'affrontaient des trentenaires blonds, bronzés, portant le short rouge de maîtres-nageurs. Lorsqu'un d'entre eux s'effondrait dans le sable après une passe, il donnait l'impression de le faire au ralenti. Le temps que l'on admire chacun de ses muscles tendus (certains m'étaient inconnus). Puis il se relevait très dignement, le mariage de la sueur et du sable ayant recouvert son torse d'un pectoral pailleté.

– Richard, tu m'écoutes ?

Richard ferma les yeux puis se frotta frénétiquement la bouche avec sa serviette, comme s'il venait d'embrasser la victime d'une pandémie.

– Mmmmh, oui, je vois, finit-il par répondre en se tenant le menton et en hochant la tête.

Richard ânonnait immanquablement cette formule quand, précisément, il ne voyait pas où son interlocuteur voulait en venir. Il tritura son t-shirt Zadig&Voltaire blanc et trop large pour lui, où s'étalait en jaune fluo « Art is Truth », mais aucun nouveau son ne parvint à sortir de sa bouche. Il jugea plus judicieux de replonger la tête dans son assiette qui débordait de crevettes grosses comme des langoustes et de tranches d'ananas épaisses et larges comme des pneus. Le monticule qui couvrait son assiette était surmonté de mini-ombrelles japonaises aux teintes pastel, rose de cuisse de nymphe émue et vert « urban poetry », les codes couleurs de notre Mecque touristique.

Reprenons. J'étais un type plutôt sociable, d'autant que, comme tous les types sociables, je n'avais financièrement pas la possibilité d'être odieux. Mais cet écrivaillon qui était passé par des cabinets ministériels avant d'occuper les colonnes des hebdos et de leurs pages « Idées » me mettait mal à l'aise pour plusieurs raisons. D'abord, parce que des années plus tôt, Richard avait eu avec lui... une histoire ? Même pas. Un flirt, tout au plus, mais un flirt a parfois plus de poids qu'une histoire. Il n'y a rien de pire que de ne pas concrétiser. Une bonne (ou mauvaise) baise et, hop ! on peut enfin (re)devenir de bons copains, sans laisser ce foutu désir polluer la relation. Baiser a toujours été le meilleur moyen de faire connaissance. D'ailleurs, si l'on regarde franchement, on ne peut être ami qu'avec les personnes avec qui l'on a couché. Mais un flirt... Cela entretient une forme de romantisme à deux balles aussi collante qu'un bâtonnet de barbe à papa. On croit pouvoir garder ce souvenir contre soi pour mieux le choyer. Et c'est vrai qu'au début il est doux et qu'il frémit aux caresses ; mais vient un jour où, ayant grandi, il se montre avide de nous dévorer les entrailles comme : 1. Le renard choyé par l'enfant spartiate, rapporté par Plutarque. 2. L'alien choyé par le vaisseau extraterrestre, rapporté par l'équipage du lieutenant Ripley.

Mais même le thorax éclaté, Richie n'aurait pas tenu rigueur à Serge-Marc Joubert. D'ailleurs, Richie n'en voulait à personne. Même pas à ses patrons de la banque Goldman Sucks, qui le catapultaient en une semaine de Shanghai à New York, puis de Doha à Londres, le ballottant de séminaires en stratégie de crise sur des fusions-acquisitions, de téléconférences sur la finance durable en assemblée générale d'actionnaires. Si vous m'aviez demandé ce que faisait précisément Richard Kupferman, j'aurais été bien en peine de vous répondre. Je pouvais juste vous assurer qu'il n'avait rien d'un vampire suceur de plus-value, mais qu'il était passé maître dans l'art de déplacer de l'argent d'un point A à un point B, sans absolument rien créer ou fabriquer, et qu'il gagnait pour ce tour de bonneteau le genre de sommes que l'on ne divulgue jamais sur les réseaux sociaux.

Sur sa page Facebook, précisément, on suivait ses multiples sauts de puce à travers le monde, à l'instar d'un personnage de Richard Lodge. Il agrémentait ses arrêts d'un commentaire laconique sur la qualité des établissements visités, sachant qu'il n'y avait qu'un emplacement qui le comblait davantage que le Delano Beach Hotel : cette table si convoitée près de la baie vitrée chez Georges, sur le toit-terrasse du Centre Pompidou, ce confetti de territoire qu'il était parvenu à disputer à Madonna.

Il avait choisi, quand il invitait princièrement à ses fameuses « Richie parties » qui lui avaient valu huit pages de reportage dans *L'Express*, de recevoir la crème de la crème de la pédalerie parisienne (industriels, conseillers d'État, avocats, banquiers, communicants) sans jamais évincer les faux-culs, les tordus, les pique-assiettes et autres réseauteurs de sous-préfecture. À bien y réfléchir (si tant est que l'endroit où nous déjeunions et la température se prêtassent à ce type d'exercice), c'était peut-être ça le vrai snobisme, digne d'un nouveau Swann : inviter sans montrer que l'on se soucie du statut social ou des arrière-pensées des convives, et oublier de convier à ces mêmes agapes ceux qui auraient mérité de l'être.

Sans l'arbitraire, le prince était-il encore le prince ?

Et de fait, avec le temps, les soirées de Richard étaient devenues une véritable institution, où l'on avait pu apercevoir des secrétaires d'État et même des ministres. En être ou ne pas en être demeurait un privilège plus important que l'inscription au Polo de Bagatelle ou au club de l'Interallié. À chaque époque de l'année, on voyait surgir dans ce micromilieu qui pépiait et s'épiait la même crainte de ne pas figurer sur l'heureuse liste des invités. On avait même surpris un très honorable membre du Conseil d'État, autrefois proche de Philippe Séguin, persuadé d'avoir été blacklisté, en train de fracturer le casier d'un de ses collègues pour savoir s'il avait usurpé sa place.

Comment avais-je rencontré une personne aussi controversée que Serge-Marc Joubert ? Je crois me souvenir que c'est la fois où nous assistions, Richie et moi, dans une boîte à Bastille, au vingtième anniversaire de la disparition de Divine, l'égérie de John Waters. Les écrans passaient en boucle *Pink Flamingos* et le buffet servait des restes de gigot froid et de mousse au chocolat noir… Nous y avions croisé Joubert en compagnie d'une bande, ou devrais-je dire d'une petite cour. Nous aurions pu nous joindre au groupe qui avait fait un accueil chaleureux à Richard, mais, allez savoir pourquoi, Joubert et moi, nous n'avions pas accroché. Pas au point de devenir des ennemis déclarés, car je me souvenais que nous avions plaisanté ensemble et même, je crois bien, discuté assez longuement de l'hôtel Axel à Barcelone, ce bordel pour hipsters qu'il ne connaissait pas encore et où je venais de faire un bref et intense séjour. Notre échange avait été courtois, et je dois avouer que l'homme était doté d'une troublante capacité à plaire, même si je sentais que par-delà ses assauts de civilité, l'antipathie entre nous ne demandait qu'à naître.

Les choses s'étaient gâtées quand ce journaliste essayiste, écrivain, chroniqueur multicarte (et j'en oubliais), qui était un des piliers du quotidien conservateur *Le Gaulois* depuis plus de dix ans, était passé avec larmes et bagages au magazine *La République* qui avait fait de l'antisarkozysme son fond de sauce éditorial. À l'époque, ce créneau était l'assurance de ventes juteuses, et qu'importe si Serge-Marc Joubert avait jadis prêté sa plume au tempétueux locataire de l'Élysée. En passant sur l'autre rive, il avait montré qu'il appartenait à cette race d'ambitieux qui s'assignaient un but dès leur plus jeune âge, et qui étaient prêts pour y parvenir à écraser tous ceux qui osaient se trouver en travers de leurs marches triomphales.

J'ajoutais qu'à mes yeux, il avait aggravé son cas avec ce putain d'essai qui, aussitôt publié, avait recueilli un concert de louanges : *Lettre à la France qui se meurt*, sorte de road-movie qui mêlait la description des paysages du Quercy, les témoignages de l'artisan fromager du village de Camembert et du maître d'école de La Charité-sur-Loire, le tout mixé avec des anecdotes sur les innombrables conquêtes féminines de Jacques Chirac, la misanthropie cachée de François Hollande, quelques portraits vachards de politiques qui l'avaient boudé, et d'interminables citations du sociologue Christopher Lasch et du philosophe Jean-Claude Michéa montrant combien le conservatisme était l'avenir de la gauche et le progrès un des sept péchés capiteux. L'ensemble n'était pas sans rappeler ce que les sorcières de *Macbeth* jetaient dans leur chaudron noirci, mais le brouet avait le goût du jour, sans doute en raison d'une prestation plutôt réussie chez Ruquier qui avait daigné rire à deux ou trois de ses blagues.

Comment s'était-il retrouvé assis sur les banquettes en velours carmin de la brasserie de La Rotonde, lui qui ne quittait jamais la rive droite et ne fréquentait que les pizzerias glutenfree ? Comment s'était-il retrouvé là, entre Stéphane Bern et Line Renaud, les « amis de Brigitte », fêtant avec un jus de pamplemousse et un bout de cabillaud bouilli ce premier tour de l'élection présidentielle qui avait ouvert un boulevard électoral à Emmanuel Macron ? (Une méchante langue m'avait dit qu'il avait été alerté par un quickie qui collait des enveloppes au QG macroniste.) Avant d'être la cause des people, la réunion devait fêter les sans-grade, mais Arditi, le meilleur truffier pour renifler les soirées où il fallait être, avait vendu la mèche et alerté la compagnie des importants. Toujours était-il que Serge-Marc Joubert se permit un « Tiens, tu es là, toi ? » à l'encontre de Richard Kupferman. Une remarque fort déplacée venant d'un homme abonné aux fidélités successives.

Il est vrai que mon ami avait été présent, dix ans auparavant, au Fouquet's, pour célébrer la victoire de Nicolas Sarkozy. Avec le premier cercle des gentils donateurs à la cause du nouveau monarque, il avait été convié à la fameuse soirée qui devait marquer d'une lettre écarlate ce quinquennat vagissant et déjà compulsif. À l'époque, j'avais imaginé que Richard devait se sentir comme un pingouin à une générale de la Fenice. J'avais tort.

Il fallait dans ce genre d'événement un témoin qui note combien la République sait se montrer généreuse pour ses enfants qui l'ont abandonnée.

Sa présence aux côtés d'Emmanuel Macron à La Rotonde n'avait donc rien d'étonnant. Bien au contraire. Après la droite fracassante, notre univers de jouisseurs égotistes communiait dans une ferveur démonstratrice à l'égard du champion d'un centrisme disruptif. Fouquet's ou La Rotonde, peu importait le flacon : seule l'ivresse comptait. Personne n'avait envie de passer son tour ; et tous chantaient à tue-tête *La Vie parisienne* d'Offenbach : « Je vais m'en fourrer jusque-là ! »

D'ailleurs, la présidentielle approchant à nouveau, ils s'apprêtaient à entonner avec une ferveur intacte le même refrain.

4

Un si petit monde

En cette fin de matinée, l'Anjou avait revêtu son uniforme des beaux jours. Gris ardoise. La 4L, grise aussi, pila dans l'allée centrale du manoir de La Pélissière, une belle demeure à deux corps, et envoya poussière et gravillons sur de jeunes bambins vêtus évidemment de bleu et de rose, qui disputaient une partie de croquet en poussant des cris stridents.

La portière s'ouvrit d'un coup et Marie-France descendit de son véhicule en majesté. Elle était vêtue d'un pull à col roulé et d'une veste de chasse, « à la provinciale », aimait-elle répéter, sans doute parce qu'elle continuait de penser que seul le tailleur Chanel se portait dans la capitale. Elle regarda la demeure aussi parfumée d'autrefois que la sienne, ce qui la rassura, puis fit le tour du véhicule pour sortir du coffre deux grands paniers remplis de noix.

Les enfants se turent et s'arrêtèrent de jouer. Ils firent un cercle autour de cette dame que, d'instinct, ils trouvaient bien plus impressionnante que leurs vieilles tantes. Elle leur sourit machinalement, comme on jette un jouet en plastique à un animal pour qu'il aille s'amuser plus loin, mais les enfants restèrent là à la dévisager. Comprenant qu'elle ne s'en tirerait pas aussi facilement, elle leur caressa la tête en défaisant leur coiffure savamment orchestrée pour rappeler une publicité de Tartine et Chocolat.

L'un d'entre eux, plus téméraire, lui tendit un des maillets. C'était une invitation à se joindre à eux. Elle s'en saisit avec aisance et le brandit avec la fougue de la Dame du Lac sortant de l'eau l'Excalibur du roi Arthur.

– Merci, mon chéri, tu es gentil, dit-elle.

Puis elle examina l'objet avec une attention soutenue.

– Vous voyez, dit-elle avec ce timbre de voix si particulier qui faisait trembler comme le feu d'une chandelle députés et ministres lorsqu'elle les convoquait à l'Élysée, ce maillet a été fabriqué dans les Vosges. Une preuve que l'on peut acheter français et divertir la jeunesse. Quand vous serez grands, n'oubliez jamais cet adage qui résume la bonne politique sur laquelle se sont bâties les économies solides dans ce monde incertain : « Nos emplettes sont nos emplois. »

Impressionné par cette harangue prononcée dans une langue inconnue, le petit garçon mit un genou à terre quand elle lui rendit le maillet. Nul doute que, si ce n'était sa vision du monde, du moins l'idée qu'il se faisait de ce jeu avait changé du tout au tout. Il était devenu un écuyer acquis à une noble cause et il épouserait plus tard la noble dame qui l'avait armé et avait guidé sa quête.

– Dites, madame, risqua le jeune écuyer, vous feriez quoi si vous étiez reine ?

– Si j'étais reine, je livrerais des batailles, répondit sans hésiter Marie-France.

– Ah... [L'enfant semblait un peu déçu de la réponse.] Tout le temps ?

– Si cela était nécessaire, oui.

– Mais ce doit être fatigant, non ? Se battre toujours ?

– On ne se fatigue jamais de la victoire, mon petit, dit-elle en lui tapotant la joue.

La scène était belle comme une couverture de la collection « Signe de piste », mais elle fut interrompue par l'arrivée sur le perron de l'hôtesse, la vicomtesse Beaupréau de Montjois, une femme sans âge dont le regard était d'un étonnant bleu pervenche, le visage énergique, les cheveux coupés court, pantalon et chemise vichy à manches courtes.

– Benoît ! Bathilde ! Baudouin ! Béatrice ! Bonabes ! Mais que faites-vous, les enfants ? N'embêtez pas Marie-France qui doit se reposer...

– Ils ne m'embêtent nullement, Agathe, puisqu'ils sont notre avenir !

– Allez, les enfants ! Allez vous laver les mains. Aujourd'hui, vous déjeunez dans la cuisine.

– Pourquoi, sommes-nous punis, mère ? demanda la plus grande des filles de la petite bande.

– Nullement. Mais les grandes personnes doivent parler de sujets de grandes personnes. Allez, dépêchez-vous, Marthe vous a fait des frites et des cordons bleus.

Un hurlement de joie accompagna cette annonce comme s'il s'agissait du banquet de Sardanapale ; les enfants se ruèrent à l'intérieur.

Les deux femmes suivirent la jolie marmaille en se tenant familièrement par le bras et traversèrent le vestibule, orné de gravures qui représentaient les exploits des zouaves pontificaux face aux chemises rouges de Garibaldi. Parmi tant de boiseries, de tentures et de stucs, de portraits d'ancêtres très laids (en particulier la gent féminine), de couronnes et de blasons, il régnait un sentiment diffus de bien-être et de protection.

La Pélissière était une demeure plongée dans l'ombre en plein midi. Il y flottait une odeur mélangée d'encaustique, d'eau de Cologne et de tabac blond. Marie-France et Agathe s'installèrent dans un petit salon où trônait, comme s'il s'agissait d'un autel politique, la photo en noir et blanc du général de Gaulle dans sa retraite irlandaise, canne à la main et imperméable flottant au vent. Marie-France s'arrêta et poussa un profond soupir qui valait bien une génuflexion. Un silence s'abattit dans la pièce, où l'on n'entendait plus que le bourdonnement d'une guêpe tournant autour d'une coupe de fruits trop mûrs posée en équilibre sur la console d'angle.

– Vous êtes en avance, Marie-France, commença l'hôtesse pour justifier l'absence des autres invités.

– Toujours, ma petite Agathe. Et de juste une petite heure, il n'y avait personne sur la route (sans doute la Prévention routière avait-elle lancé auparavant un avis d'alerte). Je ne suis arrivée qu'une fois en retard dans ma vie, quand je travaillais à la Justice pour Jean Foyer, qui m'avait remarquée sur les bancs de la faculté de Poitiers. Le ministre ne m'a pas parlé pendant deux mois. Autres temps, autres mœurs, que voulez-vous ! Alors, qui donc attendons-nous pour ce déjeuner ?

– Il y aura mon mari Charles et, bien entendu, son frère, le général de Montjois. L'écrivain André-Marie Truchi, que vous connaissez bien. Le maire de Toulon, Albert Jacquemin, l'abbé Grospierres, et l'avocat et député Camille Mollard.

Au pincement de ses lèvres après avoir entendu le dernier nom, il était évident que Marie-France s'offusquait de la présence de ce dernier invité qu'elle jugeait être une faute de goût. Elle trouvait d'une vulgarité sans nom ce cousin péteur de la droite et commença à caresser son chignon aussi impeccable que celui des geishas d'Hokkaidō, ce qui était, chez elle, moins un signe de coquetterie qu'une manifestation de son énervement. Elle n'ignorait pas la raison en ces lieux de la présence de l'élu qui écumait davantage les plateaux de télévision que les prétoires.

Après avoir parcouru l'ensemble de l'échiquier politique, Mollard avait choisi d'apparaître comme le porte-voix de la dédiabolisation du parti lepéniste. Mais son franc-parler entrelardé d'une solide grossièreté avait fini par indisposer la présidente de sa formation pourtant peu bégueule. Ajoutons que les causes qu'il défendait étant soit perdues, soit médiatiques, il ne les soutenait que pour une courte période. Pour avoir fait les yeux doux à la nièce de sa cheffe, il avait été viré comme un malpropre des instances dirigeantes du parti.

Bravache, l'avocat secouait sa crinière graisseuse qu'il tentait d'ordonner avec un peigne crasseux. Il avait fait assaut de légitimisme à l'image de son glorieux prédécesseur, l'illustre avocat et député royaliste Berryer, quand ce dernier subissait l'ingratitude des Bourbons. Cependant, au fond de lui-même, il était mortifié. Quitte à servir une dynastie, celle de Berryer avait quand même une autre allure que celle qui occupait Montretout.

À force de ruminer sa colère, il avait travaillé à rallier une poignée d'élus qui, dans leur naïveté, avaient cru, eux aussi, que le Rassemblement national pouvait être un jour autre chose qu'une petite boutique d'épicerie électorale familiale.

Marie-France avait croisé une fois Mollard dans le salon d'un ami parisien, éditeur de *Paris-Normandie*, mais l'avocat avait une piètre mémoire de ce qui ne le concernait pas directement, fidèle en cela au gros garçon qu'il n'avait jamais cessé d'être.

Pendant qu'elle s'efforçait de trouver la saillie qui allait désarçonner l'homme de robe, Marthe, la servante, s'activait en parcourant les interminables couloirs. Sa robe était retroussée sur des mollets de campeur. Elle finit par fouiller dans le buffet du petit salon qui avait la taille d'une berline. Non sans peine, elle sortit du meuble – où il y avait toujours quelques liqueurs pour les femmes et un morceau de tarte aux prunes pour les enfants – des verres à porto, sans cesser de fredonner une marche militaire où le refrain recommandait de « percer le flanc » d'un ennemi imaginaire.

– Puis-je aller arroser du jus de cuisson le chevreuil et les potimarrons qui sont au four, madame ? s'enquit-elle entre deux couplets.

– Je vous en prie, Marthe, faites ! répondit Agathe, un peu agacée de la question, comme si la bonne venait de dévoiler là le secret de la transformation du plomb en or.

Elle se tourna vers son invitée :

– Le général l'a chassé la semaine dernière, j'espère que vous aimez cette viande ?

Le sourire de Marie-France fit apparaître ses canines.

– Bien sûr, Agathe. Autrefois, la chasse était le dernier endroit où l'on pouvait traiter les affaires de l'État avec l'assurance de pouvoir parler en toute discrétion. Saviez-vous que Pompidou avait réorganisé les chasses présidentielles et restauré ce Chambord si apprécié, aujourd'hui, par le gamin usurpateur ? Pompidou, lui, aimait l'endroit parce que les faisans et autres volatiles ne l'intéressaient pas. Les chasser lui donnait l'impression de tirer des oreillers à plumes. Le chevreuil, en revanche, c'était une autre chasse... Nous en étions friands, même si personnellement je préfère la viande du faon, elle est plus tendre. Voilà une viande qui n'a pas besoin d'être marinée, on peut ainsi la manger rosée avec juste la goutte de sang qui perle...

Marthe sortit en continuant de chantonner.

– Elle vient d'où, cette fille ? s'enquit Marie-France, tout à coup méfiante.

– De Vendôme. Elle m'a été recommandée par les Label-Meunière qui emploient sa cousine.

– Comment vont-ils ? Toujours macroniens ? Et leur fils, toujours musicien ?

– Il est aussi compositeur. De la musique contemporaine... Charles, qui a assisté à un de ses concerts, dit que l'orchestre fait un bruit identique à celui de Marthe lorsqu'elle range les ustensiles de cuisine dans la remise.

– Et il en vit ?

– Plutôt bien. Vous connaissez le snobisme des élus de la région et l'entregent des Label-Meunière. Cette famille de sympathiques lobbyistes a le chic pour décrocher des commandes publiques.

Marie-France opina et revint à ce qui la chagrinait.

– Si j'en juge par le nom et la qualité des invités, vous m'annonceriez la présence d'un cœlacanthe que je ne serais guère étonnée, chère Agathe. C'est un déjeuner de fossiles que vous nous proposez là ! Un tout petit monde menacé d'extinction. On pourrait se croire un 21 janvier, à la sortie de la messe en mémoire de Louis XVI...

Cette femme pensait avoir le port de tête de la Grande Mademoiselle, mais elle avait surtout la mâchoire d'un prédateur.

– Marie-France, vous dites souvent que vous détestez voir des gens nouveaux !

– Je déteste voir des gens dont je ne sais rien. Nuance.

– La moyenne d'âge va tomber, car j'ai omis de vous dire que j'avais également invité le jeune Bruno Dargens.

– Il a de beaux yeux clairs qui donnent de l'intensité à son regard, faute de lui donner une personnalité. C'est un très gentil garçon. Je l'ai connu quand il travaillait pour nos services secrets.

– Depuis, vous le savez, il s'est fait élire par deux fois député européen chez Les Républicains. Il a cru la dernière fois qu'ils lui proposeraient la tête de liste, et puis non...

– C'est l'inconvénient, quand on est de droite et ambitieux, de ne pas être dans le bon réseau. On s'efforce de choisir la bonne Loge... et c'est un catholique versaillais qui sort du chapeau et vous passe devant. Mais il est, en effet, fort sympathique et cela nous apportera du sang neuf.

Cette dernière phrase avait été prononcée comme si elle sortait de la bouche de la comtesse Báthory.

Agathe cassa le biscuit au parmesan Michel et Augustin au-dessus de son verre de porto pour éviter de mettre des miettes sur la table. Elle fut sauvée de ce tête-à-tête qui était sur le point de se transformer en une admonestation amicale, mais rude, par l'arrivée de voitures dans l'allée principale. Les deux femmes entendirent les portes claquer, et deux hommes pénétrèrent dans la pièce en se suivant de près.

5

La sainte famille

Le premier était le maître des lieux, le mari d'Agathe, Charles de Beaupréau de Montjois. Avant d'être, sous ce nom de « Montjois », un vicomte perché et un entrepreneur culturel qui exportait son modèle de spectacles aux quatre coins du globe, il avait été l'héritier d'une gloire croulante, d'une mer d'orties, d'un royaume de rouille rouge.

De ce passé, Montjois avait gardé le goût d'une forme certaine de transgression. Et de fait, durant plusieurs consultations électorales (européennes, référendums, présidentielles), ce bateleur avait fait trembler la droite en prenant des positions qui heurtaient ses attentes et ses convenances. Mais le temps l'avait embourgeoisé, l'avait oint des pieds à la tête de son huile épaisse.

Charles était un homme très grand, au nez proéminent et aux lèvres minces comme les bords d'une plaie. C'était un marcheur infatigable qui déambulait dès son lever. Impossible de le tenir à une table de travail sans qu'il se levât cent fois pour ouvrir une fenêtre, fermer une porte, avaler une tranche de salaison ou tisonner un feu. Et tout en arpentant les pièces de La Pélissière, il marmonnait et se lançait dans d'interminables soliloques où il était question de l'état de la France et de croisades à mener, même si, en bon maurassien, son catholicisme consistait moins à suivre les recommandations religieuses qu'à défendre l'Église de l'ordre.

Son premier et son plus haut fait d'armes en politique avait été de transformer la petite ville de Baugé et son débonnaire château en parc d'attractions consacré au Moyen Âge, le plus grand de toute l'Europe. Un Moyen Âge de chevalerie, d'enluminures et d'amour courtois. Un Moyen Âge de légende où trônait en majesté la figure du bon roi René Ier, ce mécène jouisseur et belliqueux qui régnait en Anjou, en Provence et à Jérusalem. Du moins, en titres.

Au départ, la gauche établie et germanopratine avait eu pour ce courageux entrepreneur culturel un peu tout fou les yeux de Chimène avant de s'apercevoir du loup qu'elle avait fait entrer dans sa bergerie. Quand ils s'aperçurent de leur bévue il était trop tard, et Charles s'était fait élire président de Région.

Comme son illustre ancêtre qui avait été anobli à Marignan, Charles mangeait l'espace. D'ailleurs, il étendait souvent les bras comme s'il était dans un lit immense, brassant l'air avec de grands moulinets. Impossible lorsqu'on était en sa compagnie de passer à deux dans un couloir.

Était-ce l'obsession de repousser sans cesse les limites du fief qu'il s'était taillé ? Il aimait tant prendre ses aises et agiter ses longs membres qu'il n'était pas rare que son interlocuteur se prenne une gifle au passage, ce qui arriva plusieurs fois à Nicolas Dupont-Aignan, qui s'approchait souvent pour mieux entendre ses plaisanteries et les reprendre à son compte sur InfoNews, sans grand succès d'ailleurs. Les deux avaient fait l'ENA, mais le second avait, en dépit de louables efforts, le charisme d'un mollusque, accroché qu'il était à son catéchisme telle une bernique à son rocher.

« Je suis marié avec la politique, mais elle me laisse beaucoup de liberté », disait Charles de Montjois pour expliquer sa position en retrait de la chose publique depuis quelques années. Il avait surgi en politique avec bruit, puis s'était retiré en silence, à l'image de ces cirques ambulants qui s'installaient avec fracas l'après-midi dans un village puis disparaissaient le lendemain matin.

Il avait fini par comprendre qu'il aurait toujours plus de lecteurs que d'électeurs et publiait donc avec une régularité de métronome des essais flamboyants où il tentait, non sans succès, de manier la langue de Bloy.

Agathe accueillit son mari en l'embrassant sur la joue et en retirant du revers de sa veste une peluche imaginaire. Un geste censé rappeler une intimité enfuie. Certaines relations harmonieuses se créent et durent ainsi, grâce à un système complexe de menus renoncements et une multitude de petits gestes érigés en rituel.

Quelques pas derrière l'agitateur apparut son frère, Philippe Beaupréau de Montjois. Le militaire de la famille avait pénétré silencieusement dans le salon et se tenait non pas raide, mais immobile. Seul un discret sourire marquait son contentement. Le général en imposait tout naturellement. Sa mâchoire excessivement carrée (mais plutôt commune de l'autre côté de l'Atlantique) respirait, reflétait, exsudait l'autorité. Non pas l'autorité qui agressait, mais celle qui rassurait et semblait étendre sur vous une couette meringuée de protection. Non pas l'autorité qui servait trop souvent de string politique à l'usage de la force brute, non pas l'autorité du mâle alpha dans une assemblée de bonobos, mais la véritable autorité que l'on retrouvait dans l'expression qui évoquait une sommité dans l'art, la médecine ou l'éducation, lorsqu'on concluait le portrait de la personne citée par : « Et puis, c'est une autorité dans son domaine. » Bref, nous étions à des années-lumière de cet autoritarisme qui se déployait depuis une bonne décennie.

Autant son frère avait une voix de crécelle qui faisait la joie des caricaturistes, autant le général de Montjois avait une voix profonde et un timbre posé et mélodieux. Si l'on ajoutait qu'il économisait ses gestes, qui ne servaient qu'à souligner les étapes de son raisonnement, tous les signaux qui étaient envoyés à ses interlocuteurs étaient ceux d'un homme de décision. D'un chef.

Il s'était illustré trois fois. La première durant la guerre civile somalienne, une plongée dans l'imbroglio des milices tribales ; puis durant la guerre de Bosnie-Herzégovine, où il avait repris, à Sarajevo, le pont de Vrbanja à l'armée serbe de Bosnie, baïonnette au canon ; et enfin durant la guerre en Afghanistan, qui lui avait valu la Bronze Star Medal après avoir mis en déroute dans la neige près de deux mille combattants talibans, avec juste un bataillon de chasseurs alpins et quelques dizaines de volontaires afghans.

Sur ce trépied d'exploits militaires, il avait su bâtir habilement sa légende dorée qui n'avait fait que renforcer le respect que lui témoignaient tous ceux qui avaient servi sous son commandement, mais aussi ceux qui avaient croisé son chemin.

Le général de Montjois n'avait pas été piqué par la tarentule éditoriale qui avait nidifié chez son frère. Aussi avait-il été le premier surpris quand son ouvrage *La Guerre, notre défi*, préfacé par François Sureau et postfacé par Hubert Védrine, avait non seulement reçu le prestigieux prix Richelieu de l'Académie française avec la certitude de figurer dès lors dans la bibliographie de l'École de guerre, mais avait aussi occupé, durant cinq semaines consécutives, la première place des best-sellers politiques. Il est vrai que son seul concurrent sérieux ces semaines-là avait été François Hollande, avec ses mémoires intitulés *En confidences*, qui ne révélaient rien si ce n'est une grande aigreur.

Le général avait été contacté par l'association patronale Demain la gouvernance, un des leaders européens dans ce domaine, qui lui avait organisé un cycle de conférences fort convenablement rémunérées. Cette rencontre avec des lecteurs puis avec ces entrepreneurs l'avait poussé à écrire un texte plus court mais plus polémique : *La Voie du bon sens*, sous-titré avec un bandeau rouge *Restaurer la France*. Son éditrice avait su le convaincre qu'il était l'une des rares personnalités à avoir trouvé un public dès son premier ouvrage. Elle prévoyait une campagne de France, le voyant valser de salon du livre en salon du livre, avec à la clé d'interminables séances de signature à faire pâlir d'envie Amélie Nothomb, si cela était de l'ordre du possible.

Pendant les quarante ans qu'il avait passés sous les drapeaux, le général avait côtoyé toutes sortes d'hommes et de femmes. Des braves, des politiques, des ambitieux, des couards. À l'inverse de son frère, il avait rarement méprisé la nature humaine et avait l'habitude de répéter avec un certain ton désabusé : « Là où il y a de l'homme, il y a de l'hommerie. »

Aucune critique ne sortait de sa bouche, pas même contre ses prédécesseurs auxquels il parvenait toujours à trouver une vertu. De même, il avait servi les présidents, qu'ils soient de gauche ou de droite, avec le même sens du devoir accompli. C'était pourquoi, lorsqu'il était sorti de sa réserve pour mettre en garde dans trois tribunes les histrions de Bercy qui cherchaient à réduire à l'étouffée le budget de la Défense, l'affaire avait fait grand bruit. Spontanément, son nom sortait à présent lorsqu'il était question de trouver une personnalité non politique apte à remettre nos élites les pieds sur terre et la tête dans les étoiles.

Quand le parlementaire européen Bruno Dargens, blazer marine et chemise blanche (il avait aussi quitté le jean pour un pantalon en toile beige), pénétra à son tour dans la pièce, il se précipita vers le général tel un chien heureux de retrouver son maître. Ses grands yeux clairs étaient deux lacs de dévotion. Marie-France pensa que si le militaire avait été assis, le jeune homme aurait été capable de sauter sur ses genoux.

– Mon général ! Quelle joie de vous revoir !

Ce dernier sourit et lui donna une tape sur l'épaule.

Le maire de Toulon, Albert Jacquemin, et l'avocat député dépité, Camille Mollard, étaient arrivés au même moment, ils multipliaient les amabilités l'un envers l'autre avant de franchir le seuil de la demeure alors qu'ils n'avaient qu'une envie : se saisir au collet.

Les deux derniers invités avaient chacun apporté un présent pour leurs hôtes. L'écrivain André-Marie Truchi son dernier livre, rassemblant ses chroniques parues sur Souverainisme.info, et l'abbé Grospierres une grande bouteille de chartreuse.

– C'est une chartreuse épiscopale du IIIe millénaire, dit le prêtre rondouillard à Agathe. La recette contient un tiers de chartreuse verte et deux tiers de chartreuse jaune. J'ai un ami qui supervise la production, tenue toujours secrète. Elle se transmet de bouche à oreille de moine. Vous connaissez sûrement la phrase de l'écrivain Saki : « Les gens peuvent bien gloser sur la décadence du christianisme, mais une religion qui a produit la chartreuse verte *can never really die.* »

– En français, cher abbé ! se lamenta André-Marie Truchi. Dites-le donc en français : « ne peut jamais vraiment mourir ».

Il secouait de désolation sa tête de Habsbourg espagnol, menton en galoche et crâne rasé, prêt à porter perruque.

– Vous n'aimez pas la littérature anglaise, cher André-Marie ?

– Au contraire, j'ai écrit dans la revue *L'Espoir* un long article sur de Gaulle lecteur politique de Saki, et d'Evelyn Waugh. Je vous l'enverrai...

– Cher ami, un envoi groupé de vos œuvres complètes serait préférable.

Agathe sourit à son petit monde et frappa dans ses mains comme si elle marquait la fin de la récréation.

– Mes amis, et si nous passions à table ? Marthe me fait signe que le déjeuner est prêt.

– Volontiers, il se fait tard, dit Marie-France, et nous avons faim. Je suis persuadée, ma chère Agathe, que vous avez œuvré, à votre habitude, comme une fée...

6

Cet hymne à la joie

Il existe deux sortes de vérités, celle que l'on exploite et celle que l'on enterre. Deux verres plus tard après l'agression dans le restaurant, j'avais décidé de prendre la seconde option et de reporter ma mauvaise humeur sur l'environnement. L'après-midi s'éteignait doucement et le bar de plage, The Palace, baptisé pompeusement dans les guides « *one of South Beach's oldest gay restaurants* », était déjà plein à craquer. La raison était simple : c'était le seul endroit où l'on pouvait consulter tous les magazines gratuits gays – qui parlaient des mêmes sujets, shootaient les mêmes people et relataient les mêmes événements passés, présents et à venir – et ramasser le maximum de flyers donnant droit à quelques cents de réduction dans des soirées où l'entrée était à cinquante dollars.

Comme toujours dans ces cas-là, j'ai commencé à me sentir claustrophobe et déconnecté. Un établissement bruyant, c'est frime et bordel garantis : je saturais et j'avais besoin de respirer un bol d'air frais et de me sortir les scies musicales de Maroon 5 de la tête. Je serais bien allé faire un tour dans une librairie, mais ce qui m'avait surpris en arrivant ici, c'était leur absence. Rien. Nada. À l'exception de deux ouvrages sur les « palais » de Miami, en vente à Colison Road et qui servaient d'objet de décoration sur une table de chevet dans une boutique de mode.

Il y avait plus de chances de trouver un livre dans le désert du Nouveau-Mexique ou au cœur de la jungle karen. On était sûr de trouver, en revanche, des magasins pour les implants en silicone, pour la liposuccion - certains spécialisés dans la réinjection de la graisse enlevée dans le pénis, augmentant sa taille durant trois à six mois -, des centres d'amaigrissement, de relaxation, d'harmonie corporelle, d'équilibre psychique, de neurobiologie expérimentale et d'ufologie comparative. Ce dernier dégageait un bénéfice net de six cent mille dollars par an, m'avait juré Richard, deux millions si l'on prenait en compte la fraude fiscale.

Je convainquis mon ami de nous replier vers un bar situé à l'autre extrémité d'Ocean Drive. Il avait le double avantage de ne pas avoir été racheté par Starbucks et d'être plus proche de notre hôtel. Nous passâmes devant le News Café où les retraités qui se fabriquaient des petits cancers de la peau étaient plongés dans les derniers potins de *Miami Magazine* et les petites annonces de *French District*, puis nous chassâmes un essaim de restaurateurs venus en éclaireurs pour nous mettre sur le nez une carte où figuraient tous les plats de la Création, du goulasch hongrois jusqu'à la cachapa vénézuélienne. En slalomant, nous parvînmes jusqu'à la villa faussement hispanique de Gianni Versace, au 1116, devenue un hôtel de luxe.

Des motards à la peau tannée par le soleil envahissaient le trottoir d'en face pour prendre des photos en buvant des canettes de Honey Vanilla Heat et en dégustant sur le pouce de leurs mitaines cloutées en simili cuir des tramezzini à la mozzarella toastés. Un car à deux étages s'arrêta net et déversa des dizaines de touristes japonaises en jupe d'écolière et socquettes blanches, faisant la queue devant la villa et pouffant, la main devant la bouche. Elles prenaient des selfies sur les marches du perron, à l'endroit précis où le couturier avait été abattu de deux balles dans la tête, offrant à la ville par son sacrifice une attraction touristique supplémentaire ainsi que sa plus vibrante énigme puisqu'on ne sut jamais les motifs réels de l'assassin, Andrew Cunanan, « un homme cultivé, bien habillé et d'une dentition parfaite », selon la police locale.

À Miami Beach, qui avait voté à une immense majorité Joe Biden, on n'avait pas honte de sa fortune : on l'exposait, on la mettait en scène, on l'exhibait comme un trophée, comme la fameuse tête de Méduse, emblème fétiche de Versace, restée sur les grilles, le portail, les appliques et les pots de fleurs. Devant les lieux du crime, un homme-sandwich faisait les cent pas en distribuant des prospectus. Sur le devant du panneau était écrit en lettres gothiques : « Grandissez dans le Christ ». Et derrière : « N'oubliez pas de manger cinq fruits et légumes par jour ».

À cette distance, le pilonnage musical du Palace se parait d'une douceur presque amère, comme s'il y avait eu un orchestre de l'autre côté d'un lac. Loin de l'alternance de courants d'air glacé et de vaporisation à l'odeur écœurante de litchis, je sentais mon corps mollir.

L'été sue en Floride, et je comprenais Richard qui n'imaginait pas une autre température que celle assistée par ordinateur. Nous traversâmes encore une demi-douzaine de restaurants qui bouffaient agressivement le trottoir et de galeries de fringues où le prix était inversement proportionnel à la longueur du tissu exposé et où les vendeuses se grattaient les bras à travers leurs t-shirts, visiblement en manque.

Deux faux mannequins ou deux vraies putes montées sur des Louboutin sortirent d'une Ford Thunderbird couleur framboise écrasée, un luxueux suppositoire à camion, en faisant claquer la portière. Elles vinrent rejoindre une bande de blacks en Rollerblade, des néorappeurs avec des bagues à tous les doigts, lestés de quelques kilos d'or autour du cou, musclés et tatoués comme les chanteurs de rap de Trace TV. L'un d'eux avait des cils longs comme les héros d'Homère et trois diamants à chaque oreille. Ils engloutissaient des triples chicken hamburgers et vidaient des doubles pintes de bière. L'air autour d'eux transpirait de promesses et de prouesses qui ne seraient pas tenues.

C'était l'heure où la piste cyclable le long de la plage était envahie de joggeurs qui couraient à petites foulées. Ils paraissaient moins soucieux de s'entraîner pour le marathon de New York que d'étrenner leurs nouvelles tenues de sport aux couleurs acidulées. Parfois, ils s'arrêtaient pour quelques étirements et s'aspergeaient d'eau vitaminée. Même seuls, ils souriaient béatement. C'est fou comme le monde semble parfois inoffensif. C'est ce que devait penser Versace en revenant de sa promenade matinale.

À mi-parcours, les badauds croisèrent un punk clodo qui tenait en laisse trois chiens aussi efflanqués que leur maître. L'homme offrait un corps maigre comme un clou et une tête disproportionnée. À chaque passage, il lançait un quolibet différent, levait sa canette de bière ou faisait mine de tomber sa salopette noire de crasse pour montrer sa bite. Rien de bien méchant. Juste une vanité pour rappeler à ceux qui l'avaient oublié que la fortune est un toboggan d'Aqualand.

Au fond, ce grand échalas faisait davantage penser à un personnage de la commedia dell'arte remettant ses maîtres à leur place qu'à un agresseur, mais on sentait bien que les coureurs qui passaient et repassaient avaient abandonné depuis longtemps toute aptitude à l'introspection. Au vu des petits bracelets qu'ils portaient à leurs chevilles ou à leurs poignets, ils devaient être de fervents adeptes du zazen ou au moins être abonnés à *Ashram Sun* et cotiser pour la cause tibétaine, mais ils commençaient franchement à avoir la haine.

À un moment, l'un d'eux, qui portait un short échancré rouge (j'appris plus tard qu'il s'agissait vraiment d'un des maîtres-nageurs de la plage), pila net. Il avait une musculature gorgée de soleil et d'anabolisants. Il échangea deux paroles avec le vieux punk avant de lui envoyer un direct en pleine face. L'autre, dont le nez se mua en une pulpe sanglante, fit deux tours sur lui-même, s'emmêla dans les laisses de ses chiens avant de s'écrouler au sol. Les joggeurs et joggeuses continuèrent leur course en faisant juste un détour pour éviter le corps. Certains, plus sportifs, s'inventèrent un exercice en sautant par-dessus le corps allongé aussi loin qu'ils pouvaient. La scène avait été si rapide que Richard n'avait rien vu de l'incident, trop occupé à regarder devant lui tout en pianotant sur son BlackBerry, pestant contre le retard de la livraison des messages en provenance de Shanghai.

– Les rapports humains sont un peu rudes ici, non ? hasardai-je en pensant à la scène que je venais de voir aujourd'hui.

Richard haussa les épaules et me regarda avec bienveillance.

– Pas plus qu'ailleurs. Ce que tu nommes « rudesse » et ce que d'autres nomment « dureté » est simplement le fait que la liberté a un prix. Vous, les Français (il avait fini avec le temps par se considérer comme un citoyen du monde ou en tout cas d'un nouveau monde qui devait enjamber ces archaïsmes qu'étaient les nations), avez détesté Donald Trump quand, en fait, vous détestez les Américains. Vous leur reprochez de ne pas avoir d'Histoire avec ce putain de grand H, sans doute parce que, tout étriqués qu'ils sont dans leur Hexagone, les Français n'ont pas de géographie. Mais, tu sais, ici, les gens se foutent de ne pas avoir d'Histoire ou de ne pas hériter des trente rois qui font un pays, parce qu'ils ont Disney et les studios Pixar. Et parce que leur vraie liberté, c'est précisément d'en être délivrés, d'avoir jeté leur passé par-dessus bord avec les quarante tonnes de thé anglais. Allez hop ! À la flotte le fardeau de cette foutue Histoire et de son héritage. Et dans cet héritage, il y avait la fausse compassion pour les assistés, les démunis, les souffreteux, les nécessiteux et autres sans-dents...

7
Revue de bétail

Une serveuse d'un âge indétectable, à moins d'user du carbone 14, coiffée d'un calot rose bonbon en papier, vint interrompre Richard en apportant une grande carafe d'eau remplie de glaçons.

– Mon nom est Daisy, dit-elle en souriant, découvrant des dents aussi ordonnées que le vieux cimetière juif de Prague.

En dépit des difficultés qu'elle éprouvait à verser de l'eau dans les verres sans trembler, elle insistait pour nous servir. Les muscles de son avant-bras tavelé de taches brunes étaient bandés et, quand elle penchait la carafe, ses veines et les tendons de ses avant-bras apparaissaient comme des orvets blottis sous sa chair.

Une fois la commande prise, j'interrogeai Richard.

– Tu crois que Daisy est heureuse ?

Mon ami de Goldman Sucks daigna délaisser ses messages sur Telegram et partit d'un grand éclat de rire.

– Décidément, Benjamin, tu n'as rien compris aux States. Là encore, tu es comme la plupart de nos compatriotes qui pensent qu'une semaine à New York, l'intégrale de la filmographie de Woody Allen, les tweets de Laurence Haïm ou la série *Suits* suffisent à comprendre ce qui se passe aux States.

– Et toi qui as tout compris, réponds à ma question : elle est heureuse ou non ? insistai-je, comme si la réponse allait changer le sens de l'existence humaine.

– Ce n'est pas la chasse au bonheur qui caractérise les Américains, et ils ont raison, dit un Kupferman devenu soudain pensif. Le bonheur, c'est une idée dangereuse, une utopie laïque et qui donc leur fait peur. Le bonheur tue l'espérance. Le bonheur pue. Le bonheur, c'est presque l'antichambre du totalitarisme. Je parie même que pour certains républicains, le bonheur, sa recherche, sa quête, c'est du nazisme. Ne ris pas ! Non, en Floride comme dans tous les États, ce qui innerve l'ensemble de la société américaine, ce qui exsude par tous les pores de la peau du bon citoyen, c'est la joie. Ce n'est pas du tout pareil. « *Don't worry, be happy.* » Qui ne connaît pas ce refrain, cette scie musicale chantée par un black en costard blanc et pieds nus, cette idée, selon eux, de la coolitude absolue ? « *In every life we have some trouble, when you worry you make it double, don't worry, be happy...* » Et Richard de siffloter comme le chanteur en balançant le pied en rythme.

– Arrête, arrête ! suppliai-je. Je déteste cette chanson, je ne sais pas pourquoi, elle me file le bourdon.

– Parce que tu n'es pas convaincu, tu n'es pas un croyant, tu n'es pas pénétré par cette idée salvatrice que la vie doit être un immense parc d'attractions. Notre chère Daisy est en bas du grand huit de la vie ? OK. C'est l'assurance qu'elle va bientôt remonter en poussant des hurlements de joie ! Dis-toi bien, Benjamin, qu'ici la tristesse est un crime aussi punissable que le parjure et l'athéisme militant. Ne pas être joyeux est l'attitude la moins obscène qui soit et, par conséquent, la plus suspecte. Et regarde autour de toi : tu n'as aucune raison de ne pas être joyeux à Miami Beach. Je dis bien : aucune.

Là, Richard se moquait gentiment. Il savait que je ne pouvais pas le contredire puisque c'était à son invitation que j'étais venu dans ce paradigme artificiel. J'acquiesçai en versant une double ration de tabasco dans mon jus de tomate à vingt dollars.

– Parfait, murmura-t-il avec le sourire du trader qui vient de vendre à ses patrons des placements pour une start-up indonésienne. Donc, pour reprendre notre conversation précédente, tu dois être certainement heureux de voir Serge-Marc Joubert et son compagnon. Ils arrivent demain en fin de matinée.

– ...

– Ne me remercie pas.

Je comprenais mieux maintenant de quelle manière mon ami menait ses transactions, et je demeurai droit et stoïque à l'idée qu'Ocean Drive allait se parer dès le lendemain d'une autre Miami bitch. Je ne laissai apparaître aucun signe de panique. L'iceberg venait d'enfoncer la coque de ma bonne humeur, mais je me surpris à penser aux canaux de sauvetage, à ces dizaines de petits plaisirs qui allaient sauver mon séjour du naufrage. Après tout, peut-être que je commençais à devenir américain.

Nous rentrâmes à l'hôtel alors qu'Ocean Drive était arpenté par des rabbins véliplanchistes vêtus d'une combinaison vert fluo, d'ex-pom-pom girls devenues avocates d'affaires, des infirmières blacks sur des rollers poussant des vieillards agrippés à leurs bouteilles d'oxygène, des séparatistes sikhs en maillot de lutteur, de vieilles sudistes dont la tête était enserrée par une cathédrale choucroutée rose dont l'entretien devait expliquer les trous dans la couche d'ozone, des blondes à forte poitrine et à gros cul reconverties en mules bourrées d'héroïne, des Français supporters de Donald Trump, des détenus latinos avec lunettes de soleil à monture rubis, évadés dans leurs pyjamas orange, le maire, longs cheveux gris raides flottant au vent, sa chemise de plage couverte de perroquets assortis à son tricycle, une équipe de culturistes mâles en bikini avec une coquille en forme de conque à la place de l'entrejambe, un pasteur femme méthodiste qui passait en permanence sa langue sur ses gencives et tapotait sa narine gauche comme le font les cocaïnomanes, un groupe de gothiques en burqa, une poignée de chiites duodécimains en string, des nains recueillant des fonds pour la candidature de Michelle Obama en 2025...

Après cette odyssée, qui fut à maintes reprises l'occasion d'exercer mon ironie si facile et désespérément française, nous arrivâmes à notre Ithaque : le Delano Hôtel. Je confesse que j'aime beaucoup cet endroit, sans doute parce que de tous les hôtels de Miami Beach c'est le plus factice, même si la touche Arts déco est fortement appuyée (pour renforcer cette impression, son site a adopté les couleurs sépia). Mais qu'est-ce qui n'était pas surligné ici ? Si l'on prenait la piscine, elle était interminable, un long ruban aquatique qui languissait jusqu'au front de mer, bordé de tentes en toile blanche à rayures bleu style années 1920. Elle vous donnait envie de parader devant, un Ginger Martini à la main, en bombant la poitrine comme Johnny Weissmuller, ce qui devrait être la seule raison de la présence d'une piscine dans un hôtel.

À l'intérieur, une fois poussées les énormes portes à tambour, les bois - ébène de Macassar, palmier, palissandre, bois d'amboine, amarante, bois de violette, sycomore et érable - se mariaient à la laque, au cuir, au galuchat (peau de raie), au parchemin et au fer forgé.

En accompagnant Richard à Miami, j'avais projeté d'écrire les premiers chapitres d'une étude romancée sur les guerres de Religion. Un texte promis depuis trois ans aux éditions Leçons d'Histoire avec un coquet à-valoir. C'est la raison pour laquelle mon directeur de collection se rappelait à mon bon souvenir chaque trimestre. Pour le moment, je n'avais couché sur le papier que le premier chapitre qui décrivait la solitude hautaine du cardinal de Lorraine, ce grand pourfendeur de protestants, que ses contemporains avaient surnommé « le Tigre de France » et qui descendait par sa mère du dernier fils de Saint Louis, ce qui lui permettait de forcer quelques portes :

Teintés de pourpre étaient les dais qui s'enroulaient voluptueusement autour des colonnes manuélines qui soutenaient l'antichambre. De pourpre aussi était le tissu recouvrant les assises et les accoudoirs des chaises. De pourpre le prie-Dieu et la nappe de la table plus ajourée qu'une mantille. De pourpre les grenades prêtes à céder tout leur jus et livrer leur obscène architecture dans un compotier vénitien de couleur pourpre. De pourpre, les chardons ardents rougeoyant dans une cheminée assez haute pour y contenir un homme debout. De pourpre, les rubis qui enchâssaient les verres et le vin de Bourgogne dans la carafe. De pourpre également, les volets intérieurs, la commode, l'armoire et les tabourets de chaque côté du lit où était jetée une épaisse peau de loup teintée de pourpre. Et au milieu de ce tourbillon de pourpre qui aurait fait tourner la tête aux plus pompeux des Césars, un homme habillé de noir des pieds à la tête, se mordant les lèvres jusqu'à y faire perler une goutte pourpre...

Le problème est que mon sujet ne me tirait guère vers l'atmosphère snob et clinquante de l'hôtel Delano qui était si prenante qu'à force de la respirer il devait être difficile de ne pas écrire comme Somerset Maugham. Or, rien n'était plus effroyable pour un apprenti écrivain que de camper dans deux mondes antagonistes qui crient chacun sa vérité dans votre tête. Du coup, non sans un certain culot, je me plaisais à penser que j'aurais été davantage inspiré et prolifique sur cette année 1562 où se profilait cette guerre civile tant souhaitée par les deux camps pressés d'en découdre, si j'avais loué, sur les traces de Houellebecq, un deux pièces dans le quartier des Olympiades entre les tours défraîchies et les pseudo-pagodes.

Je me passais et me repassais le film de la journée et, surtout, la nouvelle de la venue d'un intrus dans ce séjour, qui, je le craignais, allait encore perturber mon inspiration chancelante. Quelque chose me tracassait dans cette histoire et je décidai d'en avoir le cœur net sans attendre le dîner, en demandant à Richard ce qu'il essayait aussi vainement de me cacher.

8

Un aller-retour dans l'aquarium

La porte de la chambre de Richard était munie d'une chaînette entrebâilleuse dorée, j'en ressentis presque une jalousie extrême. Il m'ouvrit et me fit entrer. Il se brossait les dents et portait un short long et un débardeur Abercrombie.

– J'espère que je ne te dérange pas, qu'il n'est pas trop tôt ?

– Trop tôt pour quoi ?

– Je ne voulais pas attendre ce soir avant d'avoir quelques éclaircissements. Tout à l'heure, tu m'as bien dit que le journaliste arrivait avec un nouveau compagnon.

– Exact.

– Eh bien, plus j'y réfléchis et plus je trouve étrange que tu n'aies pas essayé de le dépeindre, de me donner un ou deux éléments supplémentaires sur ses habitudes vestimentaires ou ses goûts sexuels. Rien. Pas même ce qu'il gagne, pas même son prénom. Comme nous allons passer quelques jours ensemble, je n'imagine pas que tu n'aies aucun élément d'information ou une anecdote croustillante à son sujet. C'est curieux, non ?

– Mmmmh, je vois.

Toujours cette phrase qui ne voulait rien dire, et qu'il disait pourtant. Richard me regardait comme s'il scrutait le brouillard. Derrière lui, j'aperçus sa chambre parfaitement rangée. Les chemises, les t-shirts et les polos en pile, repassés et empilés.

– Tu as quelque chose à me dire, Richie ? Alors dis-le. De qui s'agit-il ? Qui accompagne ton ami ?

– Ugo... ton ex-mari, dit-il enfin, comme s'il se jetait à l'eau. Voilà, maintenant tu le sais. Je suis désolé de ne pas te l'avoir dit plus tôt. Mais d'abord, je n'ai pas eu l'occasion [*juste une petite quinzaine de fois sur le parcours du retour à l'hôtel*, pensai-je] et puis, j'avais peur.

– Peur ? De quoi ? Peur d'Ugo ?

– Oui, enfin, peur que cela te pose un problème.

– Cinq ans après ? Tu crois que l'être humain a une mémoire affective aussi longue ? Aujourd'hui, un aller-retour dans l'aquarium suffit pour avoir tout oublié.

– J'ai cru que tu étais toujours entiché de lui. Je suis profondément navré de t'avoir caché qu'il venait, c'était ridicule.

– Aucun problème. C'est pardonné.

– C'est vrai ?

Richard me regarda avec l'œil dubitatif de César quand Brutus lui conseille d'entrer dans le Sénat romain sans escorte.

– Oui, c'est vrai.

– Sans rancune ? C'est aussi simple que ça ?

– Oui, aussi simple.

– Tu as l'air quand même de m'en vouloir. Mais comprends que, moi aussi, j'ai été mis devant le fait accompli, quand j'ai donné mon accord pour qu'ils nous rejoignent, j'ignorais qu'ils étaient ensemble.

– Ce n'est pas grave.

– Tu en es sûr ?

– Mais combien de fois faudra-t-il te le répéter ? Dois-je aussi te le chanter ou te le réciter en sourate ? D'ailleurs, juste après notre rupture, Ugo a essayé de remettre le couvert [ce qui était vrai] et je n'ai eu aucun mal à le renvoyer dans ses buts [ce qui était faux].

– C'est mieux comme ça, murmura-t-il.
– N'est-ce pas ?
– Tu vas bien ?
Je ne répondis pas tout de suite.
– Au fond, sais-tu ce qui me travaille ?
– Quoi ?
– Que tu aies pu imaginer une seule seconde que je sois toujours entiché de ce garçon sous prétexte qu'il est gaulé comme un Hercule et monté comme Priape. Mais ne t'inquiète pas, je sais me tenir. Je vais tranquillement faire des longueurs de bassin. On se retrouve après.

Nous allâmes dîner dans le même Planet Sushi que celui qui se trouvait rue Montorgueil, à Paris. La seule différence était que le plateau central où s'entassaient les mets était grand comme une antenne parabolique.

Il y avait à côté du restaurant un centre de remise en forme qui vendait des jus de légumes verts détox et des journaux français. Cela faisait bien longtemps qu'il y avait dix fois plus de francophones en Floride qu'en Louisiane. J'achetai *L'Opinion* parce qu'il y avait en première page une grande enquête d'un journaliste, Ludovic Vigogne, « La droite est-elle condamnée à être absente de la présidentielle ? », accompagnée d'un excellent dessin de Kak où on voyait tous les impétrants accrochés à une épave comme les pirates d'*Astérix*. En déchiffrant le titre, Richard devint guilleret et il commença à siffloter. Il me proposa d'aller prendre un verre « hors des circuits rebattus » (*sic*). Dans les faits, il s'agissait juste de s'éloigner de cent mètres des rues touristiques.

Deux rues après les façades Arts déco aux couleurs acidulées, les immeubles épousaient tous les styles, pour ne pas dire qu'ils n'en adoptaient aucun. Les fils électriques s'accrochaient là à une tourelle imitant un manoir anglais, là à un porche en bois de trappeur.

Nos pas nous conduisirent jusqu'au Savannah Bar. L'établissement était situé dans une des rues parallèles à Pennsylvania Avenue, accolé à un parking de sept étages d'où on s'attendait à voir surgir un des protagonistes de *Drive*. Autrefois, m'expliqua Richard, le bar s'appelait La Matrice et je compris vite pourquoi en poussant la porte. L'entrée était un interminable boyau tapissé de velours rouge, impossible d'y passer à deux de front. Tout au bout, une salle vaste comme un atrium attendait ceux qui s'étaient aventurés jusque-là. La pièce avait un dôme en verre et en son centre une fontaine ornée d'une statue romaine représentant la Justice. La musique était un mélange de free-jazz et de country soul. Le bar était vaste comme une piste d'atterrissage et derrière lui, les bouteilles d'alcool affichaient des noms et des formes les plus incongrus. Sur le côté droit était placardée une rangée de photos de célébrités en noir et blanc. Gertrude Stein et Alice tenaient Hemingway par la taille. John Irving, Tom Cruise, John Travolta, Jodie Foster mangeaient des lasagnes.

Sur le côté gauche était disposée une petite estrade avec un long divan où trônait en majesté Lady Sarrasine, la plus célèbre drag-queen de Miami. Richard me raconta quelques histoires à son sujet. La lady était née à Luang Prabang - ce qui l'amenait à se présenter une fois sur deux aux clients en ces termes suggestifs : « Je suis une Laochienne. »

Elle avait grandi pour être un des jeunes moines de la ville aux mille pagodes. Un mets de choix pour les touristes japonaises qui se faisaient un devoir de coucher avec le plus grand nombre de bonzes possible pour raconter plus tard leurs exploits sur leur blog et gagner leurs paris clandestins.

Durant son temps libre, Singh, c'était son nom, traînait ses sandales jusqu'à la librairie française, où il lisait sur le présentoir rouillé les vieux numéros du *Magazine littéraire*. Le novice avait fui Luang Prabang la veille de prononcer les vœux définitifs pour gagner Bangkok à vélo. C'est là où la métamorphose s'était opérée, un peu comme Henri III passant par Venise pour se rendre de Cracovie à Paris.

De Bangkok, où Singh avait été au cœur d'un scandale sexuel mêlant un général de l'aviation thaïlandaise, il était venu s'installer en France, à Guérande, où il avait choisi ce qui allait devenir son nom de scène : « Sarrasine », en hommage évident à la nouvelle de Balzac. Trois ans plus tard, Lady Sarrasine arrivait à Miami Beach, où peu de personnes résistèrent à la douceur de sa peau aussi diaphane et poudrée qu'une aile de papillon et, dit aussi la légende urbaine, à son bras d'enfant niché entre les jambes. Légende que Lady Sarrasine relativisait par une des maximes héritées de ses nombreuses heures passées sur le Net : « Le sexe, c'est comme la neige, on ne sait pas le nombre de centimètres qu'on aura, ni combien de temps cela tiendra. »

Au-delà de cet atout, la vedette du lieu chantait plutôt juste. Lady Sarrasine nous servit, ce soir-là, une interprétation assez réussie du tube de Carla Bruni, *Quelqu'un m'a dit*.

Après deux autres chansons, elle était venue s'asseoir à notre table.

– Ah, encore un Français. J'adoooore votre président, je le trouve *so sexy*. D'ailleurs, j'adore les Français. Enfin, ceux qui passent et ne s'installent pas ici. Alors, tu te plais, chéri, à Miami ? me demanda-t-elle sans l'ombre d'un accent, et en posant sa main sur mon genou.

J'étais tenté de lui répondre : « Oui, madame », et je cherchais désespérément un moyen de paraître spirituel. Et comme cela arrive souvent dans ces cas où je veux masquer ma timidité, je commençai à parler politique, feignant de m'interroger sur le vote de l'État de Floride aux dernières présidentielles américaines. Pour paraître informés, nos commentateurs avaient usé et abusé du terme de *swing State* en le désignant pour parler du vote indécis alors que les véritables enjeux étaient apparus dans bien d'autres États.

Elle partit d'un grand éclat de rire et rejeta derrière ses épaules ses cheveux noirs qui lui descendaient jusqu'aux fesses.

– Plus cette fois, chéri, plus cette fois. C'est fini. Regarde sur une carte : l'État de Floride fait penser à un pénis racorni qui pend de ce corps obèse que sont les States. Au bout de ce membre quelques gouttes que l'on garde pour le slip, ce sont les Keys. En dépit des multiples fellations pratiquées par les candidats républicains, aucun afflux sanguin électoral ne viendra le redresser.

Je restai sans voix. Je regrettais juste que la politique ne soit pas enseignée de cette manière à Sciences Po, dans cette noble institution où, après tout, les suceurs ne manquaient pas.

9

Autour du chevreuil

À table, Marie-France s'assit à la droite du général. À vrai dire, son air belliqueux n'engageait guère à lui proposer une aide quelconque pour se placer. Elle était de ces gens qui se couchent furieux et qui se lèvent en colère.

L'abbé Grospierres fut invité par ses hôtes à réciter le bénédicité. Il choisit la prière :

– Bénissez-nous, Seigneur, nous et la nourriture que nous allons prendre, et faites-nous la grâce d'en bien user pour Votre Gloire et pour notre salut.

L'homme était charmant, intelligent et presque spirituel, même si l'on sentait que son ton bonhomme hérité du scoutisme masquait une âpre passion pour les dogmes. Il n'avait rien à voir avec ces nombreux abbés de cour qui, depuis des décennies, arpentent les allées du pouvoir et qui, sous couvert d'épouser l'air du temps, embrassent les turpitudes de leur époque, nourrissant ainsi la piètre opinion que les politiques ont de l'Église de France.

Créateur d'un blog et d'une université d'été destinée à former les décideurs chrétiens de demain, il avait fait ses premières armes en ferraillant contre le mariage pour tous, et en rencontrant un par un les protagonistes avec l'habileté d'un chanoine et l'ardeur du missionnaire. Chaque fois, il les avait hameçonnés par un « Vous ne me refuserez pas un déjeuner ou un café... »

L'abbé Grospierres était aussi - bizarrerie ou extension de ses ambitions - le meilleur connaisseur de la carte électorale française depuis la Chambre bleu horizon de 1919. Était-il là par conviction ou en service commandé ? Sûrement les deux à la fois, même s'il était devenu un intime de la famille Montjois.

– Nous avons fait un marché, l'abbé et moi, confia Charles à la tablée après le bénédicité, je prie pour lui et il prie pour moi. Les jours de doute, je sais qu'il me supplée et me suppléera.

Avant le chevreuil, Marthe servit aux invités des fruits de mer. Arrivée en bout de table, elle s'aperçut qu'elle n'avait plus assez de bouquets ni de coquillages pour composer la dernière assiette. Agathe lui fit signe de s'approcher et lui murmura à l'oreille :

– Eh bien, ma fille, qu'attendez-vous ? Reprenez dans les assiettes !

La malheureuse s'exécuta et les convives, immensément polis, firent semblant de n'avoir rien remarqué.

Heureusement, Marie-France, qui n'avait pas touché à son entrée, passa à l'attaque sans les sommations d'usage :

– Il faut que cela cesse. Et sans tarder ! Avez-vous lu le dernier Baverez dans *Le Point* ? Dans quelques années, notre pays sera la dixième puissance économique du monde. Quelle dégringolade, quelle descente aux affaires ! dit-elle en tapant l'accoudoir de sa chaise. Quand on pense que sous le président Pompidou, nous étions dans le peloton de tête et que nous concourions pour la première place ! Vous me direz, depuis le temps qu'on a confié les rênes à des histrions qui se comportent comme ne le ferait pas une mère de famille, c'était couru d'avance, mais si vite et sans aucune perspective de redressement, qu'allons-nous laisser à nos enfants ?

– Dieu ne peut pas accepter un tel naufrage, murmura l'abbé Grospierres.

André-Marie Truchi rappela que Nicolas Baverez et lui avaient écrit pour Philippe Séguin du temps où ce dernier caressait un destin d'homme providentiel, et Bruno Dargens prit la parole pour donner quelques chiffres sur l'état de nos voisins européens et l'équilibre des forces au sein du Parlement européen. Mais les autres convives ne les écoutaient pas, car Marthe avait commencé à servir du chambolle-musigny.

– C'est la première fois de notre histoire, expliqua Charles, que nous sommes confrontés à une telle apathie. Si l'on excepte quelques sautes d'humeur, nos élites semblent être sous Prozac...

– Reconnaissez qu'au départ, vous avez été sous le charme, l'interrompit Marie-France.

– Il était très poli, se justifia Charles, et j'avais une entreprise culturelle à faire tourner, moi, des emplois à défendre, une vision du spectacle vivant à promouvoir. Je dois souligner que chaque fois que je me suis trouvé confronté à un de ces obstacles administratifs inventés par notre bureaucratie jamais à court d'inventions, notamment durant la pandémie, Macron m'a répondu avec une telle rapidité, un tel souci de m'aider... Alors, oui, quelque part, j'ai eu de la sympathie pour lui. Peu m'importe s'il donnait parfois l'impression que, pour lui, Péguy était un auteur du Moyen Âge, il était facile de voir combien il était seul, obligé de bivouaquer en Amateurie avec sa maigre troupe de bras cassés.

– Comme on est seul dans son linceul, on est tout seul dans sa chemise, risqua André-Marie dont la référence littéraire à Anouilh tomba un peu à plat.

– Malheur à la ville dont le prince est un enfant, laissa tomber dédaigneusement Marie-France, parce qu'elle voulait montrer qu'elle aussi avait des lettres. Vous avez cru qu'il suffisait de le choyer en l'invitant à vos festivités pour qu'il vous témoigne de la reconnaissance ; mais vous n'avez pas compris, cher ami, que ce marmouset n'était qu'un écorcheur de vieux. Il a eu beau chanter les louanges de Jeanne d'Arc à Orléans, il n'aurait pas déparé les rangs des clercs qui l'ont brûlée à Rouen. Quand il plante son regard dans le vôtre, il vous donne l'impression qu'il n'y a rien de plus important au monde que votre parole, fût-elle d'une absolue banalité.

Marie-France s'arrêta quelques instants comme le font les dentistes quand, la roulette à la main, ils vous accordent un peu de répit avant de replonger sur votre carie. Et bien sûr, elle reprit :

– Le président est un bien meilleur joueur d'échecs que vous ne pensez, mon cher Charles. Dans les faits, il appartient à cette race de joueurs capables de mener de front différentes parties sur différents échiquiers. Il n'y a qu'un moyen d'échapper à cet enfermement si l'on ne veut pas être mat, c'est de changer de stratégie.

Sur ces paroles sibyllines, Marthe servit le chevreuil. La tablée entière exprima son contentement par des grognements d'approbation, semblables à ceux d'une tribu accueillant le gibier dans une caverne.

– C'est toujours ça que les Verts n'auront pas, beugla Mollard qui avait déjà lampé trois verres de vin, sans que l'on sache trop qui étaient ces Verts ni ce qu'il voulait dire par là.

Marthe, les bras croisés, recevait en rougissant les compliments. Elle fut réveillée de sa béatitude par une injonction de la maîtresse de maison :

– Qu'attendez-vous, ma fille, pour apporter la saucière, voulez-vous que nous mangions froid ?

– Qu'entendez-vous exactement par « changer de stratégie » ? demanda le maire de Toulon, qui s'escrimait à couper un morceau étonnamment coriace de la bête. Vous voulez renverser la table ? Répondez, que voulez-vous faire ? Un coup d'État ?

– Un coup d'État ? À mon âge, je ne risque rien, dit l'ancienne conseillère.

– Dommage, avoua Truchi, parce que je ne suis pas, par principe, opposé aux coups d'État. Après tout, ce n'est rien d'autre que ce que l'on nommait jadis le « coup de majesté », quand le roi devait soumettre par la force son opposition. N'est-ce pas, mon général ?

Le général, qui n'avait pas pris la parole jusqu'à présent et qui n'avait regardé que son assiette, se vit contraint de sortir de son silence.

10

Faites votre devoir !

– Je vois que vous ne savez pas trop ce que cette notion recouvre. Il est possible de renverser par un coup d'État une dictature, comme cela se produisit heureusement en 1975 quand des officiers congédièrent le successeur de Salazar sans qu'une goutte de sang coule à Lisbonne. Mais il n'est pas possible de renverser nos démocraties, parce que le pouvoir est, aujourd'hui, disséminé partout et non concentré en un seul lieu, et c'est tant mieux.

Étrangement, sa réponse donnait à penser qu'il avait réfléchi à cette hypothèse.

– J'entrevois une excellente solution, et je suis sûr que je ne serai pas le seul autour de cette table, lança Jacquemin alors que Mollard allait prendre la parole.

L'avocat afficha sur le champ un visage congestionné de contrariété contenue.

– Laquelle ? s'enquit le général.

– Que vous vous présentiez à la prochaine élection présidentielle.

– Pour être sincère, je me suis longtemps refusé à envisager cette hypothèse.

– Le dernier à avoir caressé cette ambition était le général Jeannou Lacaze, dont plus grand monde ne se souvient ici.

– Mais si, intervint l'abbé Grospierres à la surprise générale. Il fut chef d'état-major sous Giscard d'Estaing puis Mitterrand. Lancé en politique, il finit - excusez-moi, cher Bruno Dargens - député européen, et créa un groupuscule, l'Union des indépendants.

– C'était surtout un franc-maçon notoire, cher abbé, le coupa Marie-France. On le surnommait « le Sphinx », du fait qu'il ne parlait que rarement pour ne pas éventer des secrets concernant notre Défense. Ce n'était qu'un artifice, ce sphinx-là n'avait surtout rien à nous dire, réservant ses informations à ses frères.

– Je sais qu'un jour, reprit le général, la question de la candidature d'un militaire à ce grand rendez-vous avec le peuple français se posera. Autant je ne crois pas à l'arrivée de l'extrême droite au pouvoir par les urnes, car à l'inverse d'autres pays ce n'est pas dans notre tradition politique, contrairement à ce qu'imaginent des esprits faux pour se faire peur ; autant il existe un pacte multiséculaire entre la France et son armée qui doit être régulièrement renouvelé...

– ... depuis Bouvines, glapit André-Marie Truchi.

– Mais pas aujourd'hui..., continua le général, ignorant l'interruption. Cela apparaîtrait comme une toquade. Et puis, un politique dans la famille, cela suffit. N'est-ce pas, Charles ?

– Voyez-vous, dans la vie, commença Marie-France en détachant chaque mot pour donner plus de poids à ce qu'elle allait dire, il y a ceux qui font et ceux qui défont. Je ne néglige pas ces derniers, car oui, j'ai usé du pouvoir de nuisance pour le bien public. Et Charles est comme moi un maître d'œuvre dans ce domaine. Nous avons lutté pour qu'un politicien sans étoffe, mais qui avait l'appétit de Grandgousier, ne charme pas le pays, nous avons lutté contre une Europe qui se piquait de souveraineté, nous avons ferraillé contre les nouvelles formes de totalitarisme. Bref, chaque fois, nous sommes montés en première ligne pour démanteler des machines de guerre. Mais là, il n'est plus question de défaire, général, mais de faire. Un Montjois peut toujours en cacher un autre.

Philippe de Montjois plia consciencieusement sa serviette et sourit à son frère qui lui faisait face.

– Vous connaissez bien mal mon frère, ma chère amie. Ce n'est pas dans son caractère ni dans ses habitudes de quitter la compétition pour s'asseoir sur le banc de touche tel un entraîneur, les yeux fixés sur le chronomètre.

– Et pourquoi donc ? intervint le jeune Dargens. J'aimerais, moi, vous voir à l'Élysée, mon général. Pour la France, pour ma sécurité et celle de mes enfants. Autrefois, nos éditorialistes germanopratins nous auraient objecté : « Le monde a changé. » Mais je leur répondrais, aujourd'hui, que le monde change. Il change à nouveau et il change de plus en plus vite. Nous ne pouvons plus rester immobiles à contempler la foire des vanités, parce qu'il nous faut une grande ambition politique, et une seule. Si je regarde ceux qui ont occupé l'Élysée dernièrement, je ne vois pas en quoi vous pourriez souffrir la comparaison. Et je ne parle même pas des nains qui prétendent leur succéder, ils portent la suffisance et la subversion en eux. [Après son passage dans les Renseignements, Dargens était persuadé que derrière tout adversaire, fût-il virtuel, se cachait un subversif.]

Mollard jugea qu'il avait fini de saucer son assiette et estima qu'il était bon de faire entendre sa voix.

– Ces Mélenchon, Hamon, Bertrand, gueula-t-il, ce sont des charlatans, des agents d'assurances, des attachés parlementaires montés en graine et qui se mettent à vouloir entrer dans l'Histoire quand le seul rôle qui leur convient est celui de portier ou de liftier, et encore !

– Rien de grand, enchaîna André-Marie Truchi, ne se fera sans avoir au préalable rétabli l'autorité. Candidat, vous devriez faire campagne sur la restauration de l'autorité de l'État, mais aussi de celle des pouvoirs publics, de la loi, de nos institutions. Car l'autorité est ce qu'il y a de plus noble. Il faut la prendre dans son sens étymologique, son origine latine. *Auctoritas* vient d'*augere*, « augmenter ». Loin de nous brider, l'autorité nous ouvre donc de nouveaux horizons, nous donne de nouvelles ambitions...

Le général gonfla ses joues, ce qui était chez lui un signe de perplexité. D'un côté, les conseils qu'on lui prodiguait l'assommaient, comme l'avaient assommé autrefois les avis des experts militaires qui, à peine sortis de l'École de guerre, se prenaient tous pour Clausewitz. De l'autre, il sentait bien la détresse de Truchi, qui semblait lutter en vain pour exprimer sa véritable personnalité, c'est-à-dire sa fragilité, sa vanité désemparée et il ne pouvait s'empêcher de le plaindre intérieurement.

– Vous savez, je suis militaire, mais j'ai lu Hannah Arendt, cher André-Marie. Mon expérience me porte à croire que l'on se fait mieux comprendre des hommes quand on ne se perd pas dans les nuées. Pour ma part, je me contenterai donc de dire qu'il faut remettre l'église au milieu du village.

L'abbé Grospierres et Charles de Montjois hochèrent la tête vigoureusement.

– Nous autres soldats sommes loin d'ignorer ce que recouvre exactement l'expression « Se consacrer à son pays ». C'est sans doute la raison pour laquelle nous ne l'employons qu'à bon escient. Quand on a été prêt à donner sa vie pour la patrie, quand on a servi son pays, on cesse d'ergoter sur des points secondaires et la vie civile s'en trouve colorée différemment.

Sur cette envolée que le général avait dû prononcer à d'autres reprises, Agathe de Montjois proposa de passer dans le grand salon-bibliothèque, qui donnait sur le parc. Le général prit son temps pour se lever. Il se déplaçait plus lentement que les autres, comme les grands animaux que sont les rhinocéros ou les buffles.

11

Au bord de la piscine

Les portes-fenêtres de la pièce étaient entrouvertes, et l'on pouvait entendre les cris aigus des gamins qui avaient accueilli Marie-France et qui jouaient autour de la piscine. Le soleil dardait ses rayons sur les ouvrages reliés en cuir et rangés avec soin. Outre des récits de guerre ou d'expéditions civilisatrices, les étagères alignaient les œuvres reliées de Bernanos, de Gaulle, La Varende, Raspail, Richard Millet. Et beaucoup d'ouvrages historiques : ceux de Bainville, de Gaxotte, les biographies de Benoist-Méchin et de Philippe Erlanger, ainsi que la somme des écrits de Dom Guéranger, refondateur de Solesmes.

André-Marie fut le premier à se ruer dans ce salon pour voir si un de ses ouvrages y figurait, et il revint soulagé d'avoir relevé la présence d'*Éloge de la Ligue*, paru aux éditions de La Gerbe. Un de ses meilleurs livres, qui taillait en pièces le pensum de René Rémond sur les droites en France, pensait-il, mais un ouvrage bien mal défendu par son éditeur. « Que voulez-vous, on ne paraît pas aux éditions de La Gerbe, on y disparaît », l'avait mis en garde Charles.

Les invités prirent place dans des canapés et des fauteuils profonds. Marthe proposa de la chartreuse avec des glaçons. Seuls Mollard et la maîtresse de maison acceptèrent. L'avocat but son verre cul sec.

– Je vois que vous aviez soif, lui dit Agathe.

– J'aime les liqueurs parfumées. Je me ressers, car je n'ai pas encore bien fait la différence entre la chartreuse verte et la jaune, s'amusa Mollard.

Le second verre fut également vidé d'un trait.

– À Angers, j'ai rencontré ce matin non pas une horde de marins, d'ouvriers et de paysans ainsi que le dit la chanson, mais un groupe de Gilets jaunes. Quelle couleur locale ! s'exclama l'avocat en suçotant les glaçons avant de les recracher dans son verre pour ne rien laisser perdre. Quelle existence dépouillée que la leur ! Du pur Dickens. J'admire la fierté de ce peuple. Mais vous savez quoi ? Quand je leur ai demandé s'ils voyaient une personnalité capable de les défendre, ils m'ont répondu d'une seule voix : « Philippe de Montjois ! »

Le général avait l'air extraordinairement calme puisque personne ne pouvait voir son pied gauche qui frappait nerveusement le sol avec une régularité de métronome.

– Vous n'écoutez pas ce que je vous dis ? lui demanda Mollard. Alors, oui, nous sommes vieux jeu. Je suis vieux jeu, votre frère l'est. Marie-France l'est [elle sursauta] et André-Marie aussi. Mais ce Macron a beau faire du jet-ski et qualifier la France de *startup nation*, c'est un petit branleur. Point.

Agathe de Montjois n'écoutait pas. Elle était en observation devant une des portes-fenêtres, admirant sa progéniture. Benoît, Bathilde, Baudouin, Béatrice et Bonabes, le petit dernier, gazouillaient autour de la piscine. Un tableau idyllique. Marthe vint leur apporter une collation constituée – ce qui était insolite si près du déjeuner – d'une montagne de crêpes, d'un grand bol de chantilly et d'un broc de jus de myrtille. Bathilde, Baudouin et Béatrice se désaltéraient avec élégance, exactement comme des oiseaux, allant jusqu'à rejeter la tête en arrière pour boire. Leur mère les avait rejoints. Elle les fixait avec l'air de béatitude de l'entraîneur dans *Les Chariots de feu* quand son champion remporte la course.

Allez savoir pourquoi, le député Mollard, peut-être espérant revenir dans les bonnes grâces de l'hôtesse après avoir vidé la bouteille de chartreuse, ou peut-être nourri des meilleures intentions du monde, les avait rejoints dans le parc, et il avait entrepris de jouer avec Bonabes en le jetant en l'air. Ce dernier, qui s'était gavé de crêpes, ne fut pas long à vomir des flots de bile jaunâtre.

L'avocat vouait un véritable culte à ses chaussures, semblable sur ce point à Roland Dumas. Mais il n'évita pas le premier jet. Poussant un cri d'horreur, il tenta un entrechat pour s'épargner le deuxième, mais il glissa et bascula tout habillé vers la piscine. Pour se rattraper, il voulut tenter un plongeon, mais à cet endroit, la profondeur du bain n'était que d'une trentaine de centimètres. L'assurance de porter une minerve pendant un bon moment.

Pendant que cette tragédie survenait, les adultes avaient poursuivi leur conversation. Le général s'était tourné vers son frère.

– Très franchement, Charles, sur quels relais pourrions-nous compter si je me présentais ? Même si j'ai les faveurs de la presse, je n'ai aucune illusion sur ce sujet. Ce sera l'état de grâce de la nouveauté, cela ne durera pas. Admettons que j'aie l'assise dans l'opinion pour me présenter, qu'en est-il des politiques ?

– Dargens, Mollard et moi, hasarda le maire de Toulon, nous nous faisons fort de vous obtenir les cinq cents parrainages d'élus. Nous pourrions même envisager de frapper les esprits en présentant le triple des signatures nécessaires.

– Bien. Et l'argent ? Admettons que j'aie l'influence et l'assise pour devenir président, qu'en est-il des moyens financiers ?

– L'argent ? Je ne vous savais pas prêt à entrer dans ce genre de considération, mon général, murmura Dargens.

– Me prenez-vous pour un sot, mon jeune ami ? Vous croyez peut-être que je vais me contenter de répéter : « L'intendance suivra » ? Ne vous trompez pas, Dargens : de Gaulle a toujours veillé à ce que l'intendance suive. Vous êtes trop jeune pour vous souvenir du nombre de banquiers et d'industriels qui se cachaient dans les plis du drapeau à croix de Lorraine. Et l'on y trouvait parfois même - que Marie-France me pardonne - de vrais affairistes.

Une étincelle d'amusement, sûrement provoquée par le frottement de deux souvenirs, passa dans le regard de l'ancienne conseillère de Pompidou.

– Je connais bien l'organisateur des Entretiens de Royaumont, rétorqua Dargens. Je me fais fort de lui vendre votre intervention, vous pourriez être l'invité vedette.

– Sur quel thème ?

– Peu importe, cela pourrait être : « Raison d'être et raisons d'agir ». Les grands patrons adoreront et chaque année, ils viennent en troupeau s'abreuver à ces entretiens, pensant qu'il s'agit là d'un séminaire conçu par eux et pour eux. Ce serait une excellente occasion pour nouer quelques liens...

– Admettons, dit le général. Admettons... Et les troupes ? Dans une campagne, il faut des fantassins.

– Il y a bien le parti Debout la Patrie, suggéra son frère.

– Son président n'a ni foi ni loi, coupa Marie-France. Il joue aux patriotes parce que c'est la mode. Pour peu que l'air du temps change, il changera aussi. Cet homme n'a pas plus de convictions qu'un raton laveur.

– Le parti chrétien-démocrate n'attend qu'une chose : vous rejoindre et marcher à vos côtés, s'enthousiasma Truchi. Il me semble, mon général, qu'ils vous ont déjà fait plusieurs offres de service, sans aucune réponse de votre part.

– J'imagine que lorsque les témoins de Jéhovah frappent à votre porte, cher André-Marie, vous les faites entrer et vous les invitez à vous rejoindre au salon, non ? railla Marie-France.

– Proposons-leur un rassemblement.

Tous se retournèrent vers l'abbé Grospierres qui avait dit cela sur le ton enjoué d'un chef de patrouille scoute.

– Caboter le long des rivages de la droite de la droite ne nous fera pas prendre le grand large. La meilleure stratégie est de leur proposer une confédération dont ils se disputeront les titres ; cela les occupera pendant un moment. Laissez-moi opérer avec Charles, je les connais tous. L'essentiel est d'être aimable, souriant, enveloppant. Je ne veux surtout pas que nos vaisseaux, même s'il s'agit pour l'instant de barques, soient brûlés par un bon mot, n'est-ce pas, Marie-France ? Et encore moins par un écho à un journaliste, c'est compris, André-Marie ?

– Il me semble que nous avons chacun notre feuille de route. Nous reprendrons contact quand nous approcherons de la cible, ironisa le général.

– Devons-nous comprendre, mon général, que vous avez accepté de plonger dans le grand bain électoral ? demanda Dargens.

– Nous verrons, dit le général.

C'était l'engagement maximal qu'il pouvait concéder quand il prenait une question à cœur. Seul son frère Charles, qui le connaissait bien, avait vu, l'espace de quelques secondes, frémir quelques ridules donnant l'illusion d'un fugace sourire. Il avait dit : « Nous verrons » ; la noble assemblée avait entendu : « Pourquoi pas... »

12

Les hommes de bonne volupté

Serge-Marc Joubert et Ugo arrivèrent à l'hôtel en fin de matinée, à l'instant où s'ouvrait le ballet qui allait conduire les clients dans les jardins pour un premier verre. Leurs bagages à la main, ils franchirent la lourde porte battante et pénétrèrent dans le hall, suivis d'une cohorte de chasseurs. Ils semblaient tous les deux très fatigués, et parcoururent avec une mine résignée le hall illuminé et accueillant. Quelques minutes auparavant, Richard m'avait glissé qu'ils étaient partis, le matin même, de Key West, « la dernière des îles à l'ouest de la Floride où l'on va quand on a échoué partout ailleurs », comme l'avait écrit Alison Lurie.

L'entrée de mes nouveaux « amis » n'était pas passée inaperçue. Tous les regards étaient braqués sur Ugo alors qu'il avançait d'un air faussement dégagé, un paquet de Beef Jerky à la main. Sa barbe de trois jours était si bien dessinée qu'on aurait pu croire qu'elle était tatouée. Ses lèvres étaient charnues et boudeuses. Il portait un short kaki court d'où s'échappaient deux cuisses de lutteur et une chemise en lin blanc suffisamment ouverte pour laisser admirer un large poitrail velu aux muscles striés. Il était à lui seul le numéro de *Time* consacré aux athlètes olympiques. Alors évidemment, une partie des conversations s'arrêtèrent net. Les bagagistes laissèrent l'ascenseur emporter les valises. Le groom se prit la porte battante en plein front. La réceptionniste oublia de compter les suppléments du minibar de l'équipe de hand de Munich. Un couple de gays péruviens (ou de Péruviens gays ?) fit tomber sa flûte des Andes avec cette même tête de ceux qui visitent un appartement sans avoir les moyens de se l'offrir. Une actrice américaine le fixa comme si elle venait de trouver enfin l'alpha mâle qui allait lui construire une hutte, rapporter du gibier et la féconder, assurant d'un seul coup de reins une telle descendance qu'elle permettrait de repeupler le Minnesota.

Sûr de l'effet produit par son entrée, Ugo s'arrêta au milieu du hall en faisant mine de réfléchir, porta un index à ses lèvres, pivota d'un quart de tour, posa les valises, puis mit une main sur sa hanche et l'autre en haut de sa poitrine, comme s'il triturait un foulard ou un collier de perles imaginaire. Et d'un coup d'un seul, le charme se dissipa. L'actrice tourna la tête avec un air de dégoût, la réceptionniste haussa les épaules, le groom ricana, les bagagistes adoptèrent sa pose en se dandinant. Et le couple de gays péruviens (ou de Péruviens gays ?) prit la décision de changer d'hôtel.

Ugo retourna chercher dans le coffre de la limousine les autres malles qui étaient d'ailleurs presque exclusivement les siennes. Serge-Marc Joubert lui cria qu'un des employés se chargerait de garer le véhicule avant de se laisser tomber en soufflant – je me souvenais de ce détail : il poussait souvent de profonds soupirs d'agacement – dans l'un des fauteuils cramoisis Starck du hall dont le dossier faisait deux mètres de hauteur. Richard Kupferman vint vers lui en affichant un large sourire. Je décidai de lui emboîter le pas.

– Ugo a voulu rester une journée de plus, commença le journaliste juste après les salutations d'usage, coude contre coude. Imaginez qu'il se tenait, hier soir, au Sloppy Joe's de Key West, l'élection du sosie d'Hemingway ! En raison d'un ouragan, les festivités étaient en avance de quinze jours. Nous avons donc passé la soirée au milieu de jeunes garçons de soixante-dix ans portant barbe blanche et short beige, déambulant le long de Duvall Street, bras dessus, bras dessous, buvant des bières artisanales au gingembre et au litchi, braillant des chansons sudistes en se soupesant le paquet (en avoir ou pas) et feignant de boxer. L'un d'eux s'est fait une luxation du coude à une partie de bras de fer contre son épouse, une géante de deux mètres, une sorte de Gertrude Stein en bikeuse, coiffée d'un bandana orange. Quand elle lui a rabattu d'un geste sec l'avant-bras sur la table, on a tous entendu un craquement sinistre et notre homme a gueulé comme un porcelet qu'on sépare de sa mère. Pathétique. Comme la maison d'Hemingway, d'ailleurs, une bête maison coloniale sans grand caractère qui se visite en cinq minutes, puisque la moitié des pièces n'est pas accessible au public. Et c'est peut-être mieux ainsi pour conserver des miettes du mythe. J'ai préféré la bicoque de Tennessee Williams, au 1431 de la Duncan Street. Elle reste encore à l'écart du flux incessant de touristes qui viennent ici comme ils vont dans un parc aquatique. Le ridicule des Bahamas a définitivement triomphé ici de l'esprit de la Floride...

J'avoue que je ne savais pas trop ce qu'était l'« esprit de la Floride » depuis que le capitaine Wyatt avait occis le dernier guerrier séminole.

– Laissez-le se plaindre, dit Ugo, qui réapparut soudain avec ses quarante kilos de bagages. Tout le monde n'est pas obnubilé par Dos Pesos.

– Dos Passos, corrigea machinalement Serge-Marc Joubert en relaçant ses baskets Gucci.

– On s'en tape ! Ce qu'il ne vous a pas dit, c'est que nous avions trouvé un hôtel formidable, au nom enchanteur d'Island House.

– Avec un rooftop qui est un baisodrome à ciel ouvert, ajouta son compagnon.

– Pas seulement ! Un endroit très convivial où le personnel prenait un soin particulier à exaucer tous nos vœux.
– Ça oui, tous.
– Ne sois pas lourd. C'était un peu comme au paradis.
Je n'avais pas besoin qu'Ugo aille plus avant dans sa description. Je savais très bien l'idée qu'il se faisait du paradis avec saint Pierre au torse épilé et huilé, accueillant les impétrants en jockstrap et leur préparant un mojito aux fruits rouges, avant de leur faire visiter les jacuzzis de leurs lodges. D'un commun accord avec Richard, nous proposâmes à nos nouveaux compagnons de prendre le temps de se rafraîchir dans leur chambre puis de nous rejoindre pour un verre dans les jardins de l'hôtel.
Dix minutes plus tard, Serge-Marc Joubert était allongé près d'un palmier sur un divan en osier, sirotant un Dr Pepper Cherry Vanilla. Les rayons du soleil qui avaient glissé jusqu'à la terrasse du restaurant léchaient les planches et commençaient à remonter le long de ses jambes. Il me fit de grands signes pour que je le rejoigne.
– Que fais-tu en ce moment ? Tu écris ? me demanda-t-il dès qu'il me vit.
– J'essaie, oui.
– Dis-moi si je me trompe : tu as bien été nègre pour des hommes politiques dans ton passé, non ?
Il aurait pu dire « dans ton passif », car il se trompait d'autant moins que je m'étais fait éreinter par des journalistes - non pas pour avoir été nègre d'un candidat malheureux, mais pour avoir manqué singulièrement de discrétion, risquant ainsi d'attirer l'attention sur tout un juteux commerce fort prisé de la profession.
– En effet.
– Qu'est-ce qui te plaît dans cet exercice ?

– Celui de me glisser dans la tête, dans la peau d'un autre, répondis-je sans hésiter. Tu ne peux pas être un bon nègre si tu n'as pas en toi un peu du lait de la tendresse humaine.

– Fais attention à cette expression, Shakespeare l'utilise dans *Macbeth*, sa pièce la plus sombre, s'amusa Joubert.

– De plus, je reconnais que l'exercice est assez souvent bien payé.

– Et tu as une commande en ce moment d'un éditeur, pour ce type d'ouvrage ?

– Non. Pourquoi cette question ?

– Il se pourrait - je surligne le conditionnel -, il se pourrait qu'une personnalité soit à la recherche d'une plume. Pour quelques mois.

– Pour un livre ?

– Je dirais plutôt pour des discours, des tribunes, des entretiens à relire, des éléments de langage à trouver, que du très classique, quoi. Tu connais l'écrivain André-Marie Truchi ?

– Euh... oui. Pour être franc, ce n'est pas tout à fait ma tasse de thé.

– Je te rassure, ce n'est pas la mienne non plus et ce n'est pas pour lui. Enfin, pas directement.

– Est-il possible d'en savoir plus ou c'est classé secret-défense ?

– Cela pourrait... Je peux t'en dire un peu plus, mais tu dois me promettre de ne rien dire à notre ami Richard...

– Pourquoi cette demande ?

– Parce que cela irait à l'encontre des intérêts de son champion actuel.

– À l'encontre du président de la République ?

Serge-Marc Joubert joignit les mains comme s'il allait prier et tapota son menton. Un geste que je l'avais vu souvent faire sur le plateau de télévision.

– Écoute. Pour peu que l'on arrête d'être obnubilé par la cote de X ou Y, les derniers sondages ne nous montrent qu'une chose depuis des mois : nos concitoyens ne veulent pas d'un match retour Macron-Le Pen. Il est donc possible - je dis bien « possible » - qu'un autre candidat sorte du bois, un peu à la manière de ce qu'a fait à la dernière présidentielle celui qui squatte en ce moment l'Élysée.

– Un candidat surprise ?

– En un sens, oui. Je dis en un sens, car ce n'est pas tout à fait un inconnu pour les Français.

– Créer la surprise... Je sais bien que nous vivons un temps où c'est la foire aux aléas, la fête au hasard. Je ne m'étonne même pas que le roi des forains ait pensé à s'installer à l'hôtel de ville de Paris. Mais tu sais comme moi qu'un présidentiable ne se trouve pas sous la queue d'un labrador, et qu'on ne rejoue jamais la même élection.

– Si cela était vrai, Jacques Chirac ne se serait jamais présenté une troisième fois en prenant modèle sur François Mitterrand et il n'aurait pas été élu...

– Je te l'accorde, mais c'est aussi en ayant ce modèle fumeux et furieux que Bayrou s'est présenté trois fois avec le succès que nous lui connaissons, et que Mélenchon s'apprête à leur emboîter le pas...

– Comparaison n'est pas oraison, me coupa Serge-Marc Joubert, soudain beaucoup plus sérieux. Quand j'évoquais la candidature d'Emmanuel Macron en 2017, je ne parlais pas d'exemple à suivre. Je voulais juste dire qu'elle ouvrait un cycle : celui où les invariants structurels qui ont façonné notre vie politique s'effacent au profit des aléas, de l'inattendu. Connais-tu le tableau du peintre symboliste Caspar Friedrich, *La Mer de glace* ?

– Celui où l'on voit des blocs de glace aux bords tranchants faire saillie vers le ciel et emprisonner un bateau ?

– Celui-là même. Nous vivons dans un temps de ruptures où des plaques tectoniques peuvent surgir sans crier gare et éventrer le navire à la surface. C'est ce que nous vivons depuis l'élection de ce président de la République : Gilets jaunes, violences sociales, attentats, pandémie... Au fond, nous savons désormais que l'actuel président était moins une solution que le premier symptôme du mal. Qu'est-ce que le macronisme, sinon une aventure personnelle qui met fin à des siècles d'aventure collective ?

– Tu ne parles pas sérieusement ?

13

La Fayette, nous voici !

– Je parle très sérieusement, reprit-il en articulant lentement. Et tu devrais prendre la situation avec plus de sérieux. Dans des situations de chaos, de peurs millénaristes, d'apocalypse à portée de caniche, de vociférations de populace débraillée et hystérisée, ce sont invariablement les mêmes boucs émissaires qui finissent au pilori : les Juifs, les femmes et nous, les gays.

– Et la solution, c'est... ?

– Le retour, je ne dirais pas à l'ordre, mais à l'apaisement.

Il ne voulait pas parler d'ordre, mais il y pensait très fort, lui et ses proches, semblables à cette noblesse de robe soucieuse de poursuivre sa trajectoire vers les sommets sans que des « sans-dents » viennent briser cet élan. Ils étaient intimement convaincus que la France se situait quelque part entre le déclin de Byzance et la chute de l'Empire aztèque.

– Et donc toi et tes amis, vous avez trouvé le candidat adéquat pour cette mission ?

– Peut-être bien. Tu sais, c'est comme la lettre volée d'Edgar Poe, il y a parfois des évidences qui n'apparaissent pas au premier coup d'œil parce que nous ne voulons pas les voir. Il n'y a pas de candidat caché. L'élu est devant nous, sous nos yeux. Il a toujours été devant nous. Et tu verras que sa vie est beaucoup moins ennuyeuse que celle de n'importe quel politique que tu as rencontré jusqu'à présent.

– Cela va quand même être difficile de ne rien révéler de cette conversation à Richard.

Serge-Marc Joubert cligna des paupières et broya la canette devant lui.

– Pourquoi ? Il te dit tout, lui ?

– Qu'est-ce que tu veux dire par là ?

– Crois-tu qu'il soit seulement venu ici pour boire des cocktails sirupeux et nager dans une eau aussi chaude et trouble qu'un potage ?

– Il serait venu pour quoi ? Je sais juste qu'il a un rendez-vous cet après-midi dans une galerie d'art du centre de Miami pour acheter un Botero. Je me dis que l'âge aidant, visiter les galeries d'art, c'est peut-être une nouvelle forme de clubbing...

– Ce que tu ne sais pas, c'est que cette galerie est une usine désaffectée qui est le lieu parfait pour une petite sauterie politique. Si ton journal ne datait pas de l'avant-veille, tu aurais appris que le Comité Lafayette, qui regroupe les résidents français de Floride, y reçoit, justement cet après-midi, un jeune ministre, Clément Beaune. Il a en charge les Affaires européennes. Une des rares révélations de ce gouvernement. Le but est, à la sortie, de ramasser plein de jolis chèques ou de promesses de dons, la somme variant en fonction de ce que le signataire attend du souverain recouronné. Vois-tu, le grand financement en vue de la présidentielle a commencé. Une équipe de fundraising a été créée, et c'est notre Richard qui la préside. À deux ans de la présidentielle, le temps est venu de se rappeler au bon souvenir des contributeurs grâce à qui la campagne Macron avait pu dépasser les seize millions d'euros, et cela sans l'appui d'aucun appareil politique.

– Ce point-là n'a pas changé, ricanai-je bêtement.

– Les poissons-pilotes du président sortant ne vont pas commettre la même erreur que ceux de Sarkozy qui, sans se soucier du budget, avaient donné le feu vert à des meetings dignes du couronnement de Cléopâtre.

– Tu veux donc dire que Richard organise des « tournées » auprès des communautés françaises à l'étranger afin de mobiliser les petits donateurs ?

– Exact. Mais ce n'est que la partie immergée de l'iceberg. Il s'agit également de préparer l'après-présidentielle. Je te rappelle que les candidats de La République en Marche étaient arrivés en tête aux législatives dans dix circonscriptions sur onze des Français de l'étranger. D'ailleurs, tu vas pouvoir en savoir davantage, voilà Richard qui arrive avec Ugo.

Bras dessus, bras dessous, les deux compères devisaient en pointant du doigt comme des gosses mal élevés les clients de l'hôtel. Serge-Marc Joubert demanda à brûle-pourpoint à Richard Kupferman s'il était possible que nous l'accompagnions au raout organisé par le Comité Lafayette.

Percé à jour, ce dernier me regarda avec le grand sourire espiègle de l'enfant qu'il ne cessait d'être, et se contenta de dire en substance que c'était une bonne idée, qu'il n'avait pas jugé utile de polluer notre séjour en nous imposant ce pensum, mais qu'en revanche, il ne fallait pas tarder si nous voulions être sûrs de trouver des places assises.

Le seul à poser des conditions fut Ugo, qui déclara haut et fort que la politique l'ennuyait et qu'il n'acceptait de nous suivre qu'à la condition de faire, après la réunion, quelques emplettes sur Lincoln Road.

Richard n'avait pas tort sur l'affluence. Le nombre de voitures me laissa sans voix. Il devait y en avoir près de trois cents remplissant le moindre centimètre carré de parking du centre

Botero, débordant sur un tapis noir et boueux qui avait été jadis une pelouse. Les invités continuaient d'arriver de partout au volant de Mercedes, de berlines, de voitures de sport, et recollaient sans cesse au pare-chocs devant eux.

La salle était pleine à craquer. Les représentants locaux du parti présidentiel avaient pris place en rang d'union sur la tribune ornée de drapeaux tricolores en berne. Ils s'étaient entassés autour d'une table à tréteau recouverte d'un tapis vert élimé, immobiles comme des figurants sur un plateau de cinéma.

Je reniflais des effluves de parfum féminin et d'after-shave qui luttaient pour la prépondérance olfactive. Le vainqueur était une odeur indéfinissable.

Je jetai un regard circulaire sur la foule dans l'espoir de repérer un visage aimable à partir duquel j'aurais pu bâtir un vague scénario érotique le temps de la conférence. Mais les hommes étaient soit gras - comme si distendre leur corps était pour eux devenu un nouveau défi, une nouvelle frontière -, soit minces et secs comme des quakers, avec les deux rides de l'amertume creusées au soc de charrue. Quant aux femmes, blondes et la peau tannée, elles avaient mis un tel acharnement à se ressembler qu'on aurait dit qu'elles sortaient d'une usine de réplicants.

La porte se referma bruyamment dans mon dos et leurs regards se tournèrent vers moi dans un même mouvement, sans aucune expression. J'avais l'impression d'être dans ces films américains de science-fiction où l'on découvre que les familles d'un quartier entier ont été lobotomisées à l'insu du héros par des extraterrestres.

C'était peut-être le cas.

Je regardai si je pouvais battre en retraite, mais l'accès à la sortie était déjà bouché. Mon malaise fut aggravé par la conscience croissante que j'allais devoir rester debout dans une chaleur étouffante jusqu'au dernier prêche. Je revins donc me placer près de Serge-Marc Joubert et d'Ugo, Richard ayant disparu dans les coulisses.

– Oh ! Celle-là, je la connais, fit Serge-Marc Joubert, en voyant passer un cinquantenaire, mâchoire carrée, cheveux ras, la face ravagée de tics, portant un short militaire et un débardeur échancré couleur kaki. Quand je pense que je l'ai connu habillé été comme hiver en costume croisé...

– Je la connais aussi, dis-je, nous avons travaillé ensemble dans le passé, au quotidien *Le Gaulois*. Je me souviens que, comme tout énarque qui débarquait dans une entreprise de presse, il avait un avis sur tout et méprisait les lecteurs presque autant que les rédacteurs. À part lui, et ses pairs qui lui assuraient un réseau social pour l'éternité, les hommes (et surtout les femmes) étaient des êtres incapables et bornés. Il faisait la pluie et le beau temps dans le journal, jusqu'au moment où lui vint l'idée saugrenue que dans une entreprise familiale, il pouvait à la fois prendre la place du fils et virer le père...

– À l'époque, c'était un énarque fier et une folle honteuse, continua Joubert. Une fois remercié et installé à son propre compte, il est devenu un militant flamboyant et a ambitionné de régenter l'ensemble de la communauté. Dans notre milieu, nous l'avons surnommé « la Banquière ».

– Et il est vraiment banquier ?

– Pas vraiment. Il est du genre intermédiaire qui sait se rendre indispensable parce qu'il sait se glisser entre les fissures du système, où il n'y a plus de prises de décision ni de responsabilité. Il passe ses journées à mettre en relation les individus et les entreprises, les organismes financiers et les institutions. Une initiative sur mille réussit, mais lorsqu'elle aboutit, tu te doutes qu'il sait convoquer le ban et l'arrière-ban de la presse économique pour qu'ils le couvrent de fleurs et qu'ils fassent son portrait. C'est le prototype le plus abouti de ces hommes de l'ombre qui ne peuvent vivre que dans la lumière. Le plus drôle dans l'affaire est qu'il passe son temps à pourfendre l'« exception française », alors qu'il en est le pur produit. Mais c'est vrai aussi qu'il y a une exception française : ailleurs en Europe, nul n'a besoin de ce type de parasite.

14

La politique à la carte

– Vous ne pouvez pas vous taire un instant ? demanda un homme plus ridé qu'une vieille châtaigne en nous dévisageant tous les trois d'un air soupçonneux.

Officiellement, le Comité Lafayette réservait le meilleur accueil aux racisés, aux pédés, aux femmes célibataires et aux Latinos, mais en privé, il classait strictement leurs demandes d'adhésion. Cette association était le douillet royaume de l'entre-soi. Quand les membres avaient passé en revue les personnalités susceptibles de tenir le rôle de vedette américaine pour cet événement, ils avaient songé à faire venir Richard Millet ; mais le romancier était en visite à Beyrouth pour inaugurer le nouveau mess des officiers des Forces libanaises.

Une permanente bénévole avait alors contacté, de sa propre initiative, Renaud Camus, mais le président avait tordu le nez. « Et s'il lui prenait l'idée de draguer un des mâles de notre association ? » Heureusement, l'écrivain avait eu des exigences absolument extravagantes, réclamant des draps de soie pour son king bed et un séjour d'une semaine à Key West pour consacrer un chapitre de ses *Demeures d'écrivains* à Hemingway. Finalement, l'association s'était rabattue sur un pasteur francophone, quoique évangéliste, pour faire le job.

Barbe fleurie, chaussures Berluti et costume de prêt-à-porter, le révérend s'était avancé au milieu de l'assistance et, sans attendre, beugla trois fois :

– C'est un miracle !

Cela eut pour effet, évidemment, de faire cesser toutes les conversations. Il poursuivit alors :

– Oui, mes sœurs et mes frères, c'est un miracle, car Dieu est parmi nous ce soir ! Il est devant nous, il est au-dessus de nous, il est à côté de nous, il est en nous ! Alléluia ! Vous sentez combien il est présent ?

J'observais du coin de l'œil la Banquière, excédée, qui dansait d'un pied sur l'autre et parlait à voix basse.

– Que fait-il ? demandai-je à Joubert.

– Il fait un compte rendu en direct à Xavier Bertrand.

– À... Sans blague ? Et il est écouté ?

– Nos hommes politiques, murmura le journaliste, ne connaissent rien à l'économie alors ils picorent un peu partout. Notre ami a tellement répété qu'il était incontournable et qu'il avait fait l'élection de Nicolas Sarkozy que certains à droite ont fini par le croire. Il a dû lui dire que ses informateurs l'avaient alerté sur l'importance de cette réunion.

– Je croyais qu'il était ici en vacances.

– Avec ses cinq portables allumés en permanence ? Tu plaisantes.

– Parfois, je me demande si je ne suis pas la seule personne ici à me croire en vacances, murmurai-je.

Serge-Marc Joubert et Ugo me jetèrent le même regard plein de pitié.

Le pasteur se rassit à sa place au moment où le ministre s'avança au milieu de la foule en serrant les mains, agrippant des avant-bras, s'adonnant aux selfies. Il était jeune, courtois, souriant, les yeux clairs et les cheveux roux comme un Highlander. Arrivé au milieu de l'estrade, Clément Beaune fit un signe discret à Richard puis tomba la veste. Il portait une chemise à manches courtes de chez Charvet. Il commença par quelques anecdotes sur ses collègues européens. Rien de bien méchant, mais c'était bien troussé et la salle rit puis applaudit. Et c'est sans note que Beaune partit dans un long développement sur l'Union européenne, passant sur son incapacité à résoudre la crise sanitaire, économique et sociale qui avait cloué au sol le Vieux Continent. Avec lui, le plan de relance devenait une promenade confort et le conflit du Haut-Karabakh un incident entre un poids lourd et un cycliste. Peu de chiffres, mais les rares qu'il révélait étaient choisis pour frapper les esprits. Deux ou trois génuflexions conceptuelles à l'égard de son patron à l'Élysée pour louer ses intuitions et son volontarisme politique, et l'auditoire eut l'impression que jamais personne n'avait parlé d'une manière aussi vivante et apaisée de ce grand cadavre à la renverse qu'était l'Europe. La fin de son allocution fut suivie d'un tonnerre d'applaudissements.

Puis il y eut un moment long, même interminable, durant lequel on entendit un concert de toussotements et de raclements de gorge.

Un homme de la tribu des quakers tendit, comme à regret, un micro à un autre homme de la tribu des gras. Celui-ci ne fut pas assez rapide pour le saisir, ou sa paume de main était peut-être trop humide : le micro tomba sur la table. Un choc mat suivi d'un long sifflement.

– Désolé, souffla le maladroit.

Il s'arracha de son siège, accueilli par un maigre crépitement d'applaudissements. Tourné à demi vers le public et à demi vers l'auguste aréopage entourant le ministre, il se présenta :

– Je m'appelle Jean-Baptiste Lefebvre comme beaucoup d'entre vous le savent, je représente le consulat, mais ce n'est pas à ce titre que je suis ici devant cette assemblée. Plutôt au titre de citoyen français qui est fier de son pays, et fier du redressement accompli par Emmanuel Macron, en dépit de l'adversité, de ces crises qui secouent le monde libre.

La salle approuva de la tête. Les invités qui entouraient Jean-Baptiste gardaient le regard fixé sur la tribune, sans daigner le poser sur lui. Trois autres représentants du consulat prirent la parole en récitant d'une voix monocorde le même mantra.

Depuis combien de temps étions-nous là ? Je l'ignorais. Une heure au moins. Une de mes jambes était ankylosée à partir de la hanche. Soudain, la Banquière arracha le micro à un membre de la tribu quaker.

– Moi, je ne me présente pas. Vous me connaissez. De toute manière, ceux qui ne me connaissent pas ne seront pas intéressés par la question que je vais poser au ministre. La voici : cher Clément, ne crois-tu pas que l'ennemi principal de cette Europe que tu nous as dépeinte – non sans talent – comme une belle endormie, ce n'était pas la pandémie, ce n'est pas la désunion, mais c'est la ruine que l'exécutif français a créée par ce confinement généralisé absurde ?

Des sifflements accompagnèrent cette sortie. Richard chuchota quelque chose à l'oreille de deux armoires à glace aux biceps ronds comme des boules de bowling. En dépit de la foule, la paire de videurs se déplaça avec une stupéfiante rapidité comme s'ils glissaient sur le parquet.

En moins de vingt secondes, ils étaient de chaque côté de la Banquière et le saisirent chacun par un bras pour l'entraîner au fond de la salle.

– Merci, cher ami, de votre question, dit Beaune en s'adressant pourtant au reste de l'auditoire. Si vous le voulez bien, pour que vous puissiez tous vous exprimer, je vais vous demander s'il n'y a pas d'autres interventions, afin que je puisse les regrouper dans ma réponse. Je vous écoute, je suis venu pour vous, rien que pour vous…

L'échange avec la salle sembla durer une éternité car très vite le débat se recentra autour de l'essentiel, c'est-à-dire le chef de l'État. Le ministre le voyait-il souvent ? Était-il vrai qu'Emmanuel Macron avait pris du poids ? Le cuisinier de l'Élysée avait-il introduit dans le menu de nouvelles spécialités culinaires ? Comment s'appelait ce chien adorable que le couple présidentiel avait adopté dans un chenil ?

Le meeting fini, nous fîmes ensemble les vitrines de Lincoln Road. Seul Ugo était volubile, s'arrêtant, s'extasiant, condamnant les marques, les enseignes, les vêtements, avant de nous entraîner à l'intérieur d'un magasin Abercrombie qui avait la taille d'un centre commercial. Deux mannequins blonds, torse nu, grands et larges d'épaules, deltoïdes striés et abdominaux saillants, nous accueillirent avec un grand sourire doté de dents blanches et régulières. Ugo s'approcha de l'un d'eux qui portait une barbe de trois jours en s'écriant :

– Oh, un échantillon gratuit !

Il entreprit de le serrer comme s'il effectuait sur l'impétrant une prise de lutte libre non homologuée par la WWF. Le souffle coupé, le garçon devint livide, mais ne savait pas quelle attitude adopter.

Voyant un de ses vendeurs en difficulté, le chef de rayon jugea bon de voler à son secours et s'adressa à Ugo.

– Est-ce que je peux vous aider ?

Ugo prit son temps pour dévisager l'intrus qui venait ainsi de lui sauter à la jugulaire, ce qui contribua à faire monter notre tension artérielle de plusieurs crans. Pressentant un buzz possible sur les réseaux sociaux, un groupe de touristes japonais commença à faire cercle autour des protagonistes. Certains d'entre eux pointaient déjà l'objectif de leur Canon 3000.

– Oui, dit Ugo au chef de rayon, je voulais savoir si la musculature de votre employé était ou non de la contrefaçon.

– Monsieur, répondit ce dernier, je crois que vous vous trompez d'établissement.

– Je me trompe de quoi ? commença à hurler Ugo. Vous voulez dire que cet accueil de pédés, ces fringues de pédés, cette déco de pédés et ce parfum sucré pour pédés que vous déversez dans les narines de vos clients, c'est de la frime ? Quand on joue à ça, cher monsieur, dit-il en lui enfonçant l'index dans le thorax, il faut assumer jusqu'au bout. Et puis, le client est roi, pas vrai ?

Là-dessus, Ugo fouilla dans la poche arrière de son jean et brandit une carte Visa Super Platinum moirée avec bandes fluo.

Où l'avait-il donc volée ?

Il advint alors ce que je devais considérer comme un des plus grands retournements de l'Histoire contemporaine, bien supérieur à la contre-offensive de Patton contre Rommel. Une double haie d'honneur, pleine de muscles et de vendeurs, se forma pour accueillir dignement Ugo. Lui ne les regardait plus. Il se tourna vers Richard et lui lança en clignant de l'œil :

– Tu vois que moi aussi je sais faire de la politique. Après tout, ce n'est pas si compliqué !

15

« Tu ne me comprends pas »

Nous sommes rentrés par le même vol de Miami. Dans la salle d'embarquement, j'avais refusé de prendre les journaux français qui faisaient leur une sur la macabre découverte de trois têtes de militaires déposées devant une caserne de Pau. Le voyage pouvait donc se passer délicieusement en alternant films, parties de solitaire et allers-retours au bar, mais le sort allait en décider autrement. Le bambin qui s'agitait à côté de moi avait été rapatrié par l'hôtesse auprès de ses parents. Parfait. Comme tout ce qui se passe dans un avion reste dans un avion, j'avais lu la longue liste de films qui s'affichaient sur mon écran et votai pour *Madagascar 2*. Un film d'animation avec un lion efféminé et un commando de pingouins psychotiques que je ne serais jamais allé voir en salle - ou alors en cachette - et qui autorisait de multiples pauses. Au moment précis où je m'enfonçais dans un état régressif avec à portée de main un verre de champagne et un bol de noix de cajou grillées au paprika fumé, je vis se détacher la silhouette imposante d'Ugo, qui se laissa tomber dans le siège à côté de moi, provoquant un couinement déchirant.

– Benjamin, j'ai quelque chose à te dire. Tu sais, Serge-Marc ne me comprend pas. Il n'y a rien à faire, il ne me comprend vraiment pas.

Ce que je compris aussitôt est que j'allais avoir droit à cette ritournelle vieille comme le monde : « L'autre ne me comprend décidément pas. » Cette chanson qu'entonne la femme mûre à son amant de vingt ans assis nu sur la table de sa cuisine, celle hoquetée par le pilier de bar qui tente de séduire la serveuse après lui avoir commandé le sixième verre de bourbon, celle que murmure la jeune lycéenne à l'oreille du père de sa meilleure amie, celle que déclame l'éditeur à la nouvelle lectrice qu'il vient d'embaucher pour lire des manuscrits qu'il ramènera le soir chez lui, celle de l'homme politique à une journaliste venue recueillir du off et pour laquelle il a de tout autres projets. L'incompréhension, ou tout du moins sa révélation, est le levier de l'amour, la clé absolue, le passeport pour le cœur de l'autre quand il fait semblant de s'adresser à sa raison. *Il ne me comprend pas.* Et Ugo ne pouvait pas ignorer qu'il empruntait là un sentier que des millions, que dis-je, des milliards d'êtres humains ont emprunté avant lui.

– Il croit qu'au bout de deux ans de vie commune [applaudissements de l'auditoire], tout va pour le mieux. Mais tiens, un exemple. L'autre soir, je rentre un peu tard d'une soirée avec quelques camarades de boulot. [Traduction : il rentre à 3 heures du matin après avoir essayé toute la pharmacopée d'une équipe de prod.] Je me dis : j'ai passé un moment formidable, mais tout cela me laisse vide.

Il détachait chaque syllabe de peur que je ne perde une miette de son discours.

– Pourquoi fais-je tout ça ? C'est avec lui que je veux être, c'est dans ses bras que je veux me réveiller. Et là, j'entre tout guilleret dans l'appart. Il est en train de regarder sur W9 la fin de *Suits*. Je ne sais pas pourquoi il aime cette série, sans doute parce qu'il s'identifie à un des protagonistes, l'avocat Harvey Specter, qui écrase ceux qui se trouvent en travers de son chemin, à l'exception d'un jeune de son cabinet avec lequel il joue au Big galion.

– ... au Pygmalion.

– Je me demande bien pourquoi il ne m'a jamais mis le pied à l'étrier depuis que l'on est ensemble... Moi, dans la série je me sens plus proche de Rachel Zane Ross...

Il vit que cela ne suscitait aucune réaction de ma part. Je voulais juste en terminer au plus vite.

– C'est le personnage qu'incarne Meghan Markle, tu sais bien la duchesse de Sussex, comtesse de Dumbarton et baronne Kilkeel...

Je me gardai bien de lui dire que la seule série ayant un lien avec la famille royale qui trouvait grâce à mes yeux était *The Crown*.

– Bref, toujours est-il que j'arrive, prêt à ramper à ses pieds et à lui dire : « Tu es l'homme de ma vie. Je veux vivre avec toi. » Et à ce que nous fassions ensuite la bête à deux dos, mais avant même que j'aie ouvert la bouche, il me dit : « Chhhuuttt. » Je ne l'écoute pas et je me lance : « Écoute, ce que j'ai à te dire est grave, j'ai beaucoup pensé ce soir et j'arrive à une conclusion qui va bouleverser ma vie et par conséquent la tienne... » Alors, il me lâche du fond du canapé : « Si c'est pour me dire que tu as enfin décidé de trouver un boulot au lieu de jouer les suceurs de plus-value, c'est super. Mais je pense que tu aurais pu me laisser voir cet épisode jusqu'au bout. C'était le dernier. Tu as vraiment le chic pour me pourrir la vie. » Puis, il s'est levé pour aller se faire couler un bain. Résultat, je suis ressorti et j'ai passé le reste de la nuit au sauna Sun Gym, où là, j'ai enfin trouvé une oreille attentive : un danseur brésilien magnifique...

– Super.

– Mais je sais être persévérant. Une autre fois, je suis arrivé avec plein d'idées pour que nous partions en amoureux : Bali, beaucoup de couples y vont ; ou Sitges, s'il pleut, on peut prendre le train et aller dans un musée à Barcelone ; ou encore Édimbourg, j'ai souvent rêvé de porter le kilt. Un soir, j'ai donc débarqué à l'appartement avec une dizaine de catalogues dûment choisis et je lui ai dit, pendant qu'il démontait le siphon du lavabo de la salle de bains : « Chéri, je voudrais me rendre dans un endroit où je ne suis jamais allé. » Et là, il me répond sans même tourner la tête : « Je te suggère donc de te mettre devant un écran d'ordinateur. » J'ai le sentiment terrible avec lui d'être un personnage de téléréalité. J'entends par là que je suis plutôt beau mec [oui, Ugo, nous le savons], d'un caractère toujours égal [dans un sens, c'est vrai] et j'ai le goût des belles choses [là, je sors mon joker], mais j'ai le sentiment terrible qu'à tout moment, il peut me faire disparaître en appuyant sur la télécommande. Nous n'arrivons pas à parler.

Je le comprenais car, pour ma part, rien ne me terrifiait davantage qu'un partenaire qui vous disait un soir qu'il fallait qu'on se parle.

– Nous échangeons des sons. Nous vivons ensemble et dormons ensemble, ça oui. À propos de dormir ensemble, je ne t'ai jamais raconté cette histoire, avec David ? Non ? Jamais ?

– C'était lequel, David ? Le médecin ?

Ugo me regarda comme si j'étais devenu fou :

– Bien sûr que non ! Comment David aurait-il pu être médecin ? Tu confonds avec Hocine. David était vendeur chez Chanel.

– Je ne sais pas, moi. Comment veux-tu que je sache ? Cela remonte à combien de temps ?

– Oh, il y a un moment, cinq ou six ans.

– Super. Et c'était un bon coup ?

Je fis un rapide calcul dans ma tête reprenant la chronologie de ses conquêtes.

– Si c'était un bon coup ? Il aurait pu convertir un escadron parachutiste. Pourquoi me demandes-tu ces détails ?

– Pour rien. Ou plutôt si... Peut-être parce que, pour moi, ce ne sont justement pas des détails. Peut-être aussi juste pour te rappeler qu'il y a cinq ou six ans, précisément, nous étions encore ensemble.

– Oh, mais il y a prescription.

Dans la relation amoureuse, le sens de la prescription est extrêmement variable. Profitant de cette remarque, je mis le masque de sommeil aux couleurs de la compagnie aérienne. Ce qui fit taire Ugo après avoir maugréé qu'il était vraiment un incompris.

Quand nous atterrîmes à Roissy-Charles-de-Gaulle, Air France nous fit remplir une longue fiche d'informations qu'un steward ramassa en esquissant quelques pas de danse. Le but de ce contrôle était sans doute d'enrichir les données personnelles de la compagnie, car ils avaient déjà nos noms avec l'emplacement de nos sièges. Comme nous pouvions nous y attendre, le passeport sanitaire que nous avions dû brandir avant l'embarquement ne nous fut pas réclamé.

L'aéroport était si désert que l'on aurait pu croire qu'il servait de décor pour le tournage d'une nouvelle saison de *The Walking Dead*.

Serge-Marc Joubert m'avait pris à part pendant qu'Ugo récupérait ses malles Vuitton et ses cartons à chapeau :

– Si le petit travail que je t'ai proposé t'intéresse toujours, je te propose que nous nous retrouvions cet après-midi chez André-Marie Truchi. Il habite derrière Saint-Sulpice. Je t'envoie l'adresse exacte et les codes.

Et il tourna les talons sans attendre ma réponse pour rejoindre Ugo, qui était sur le point de se battre avec une femme de forte corpulence qui l'accusait d'avoir pris sa valise.

Je demandai à Richard Kupferman s'il avait son déjeuner libre, mais il déclina la proposition avec un sourire. Il devait sans tarder passer à son bureau. L'idée me traversa que je n'étais pas loin de remplir auprès de lui le même rôle qu'Ugo auprès de Serge-Marc Joubert. J'espérais juste qu'il me trouvait plus intéressant qu'intéressé.

À la sortie, je me frayai un chemin parmi les faux taxis qui finissaient par agresser les rares clients et pris le RER B. J'étais prêt à affronter le désastre des transports en commun, mais j'eus de la chance. Un train direct qui n'était pas annoncé arrivait juste et je n'avais pas pris une des navettes internes de l'aéroport. Je descendis à Châtelet avec le frisson qui me parcourt l'échine chaque fois que je m'aventure dans ce dédale de couloirs fléchés par des inscriptions cabalistiques. Quand je ressortis à l'air libre une heure plus tard, j'avais juste le temps de déposer ma valise dans mon deux pièces de la rue Montmartre avant de filer à mon rendez-vous.

16

Les repères de la murène

Je traversai l'église Saint-Eustache, où la statue de Colbert était gardée par deux jeunes sentinelles chasseurs alpins. Je m'arrêtai quelques instants devant son mausolée. Le ministre priait, mais il était revêtu du grand manteau de l'ordre du Saint-Esprit. Il avait multiplié les intrigues pour devenir marguillier de ce vaisseau de pierre. Plus on avance en âge, plus on poursuit les honneurs. Et le grand Colbert n'avait pas échappé à cette règle. Chez certains, l'orgueil n'est jamais plus actif qu'au seuil du tombeau.

Dans les différents univers professionnels que j'ai visités, j'ai vu cet axiome se vérifier des dizaines de fois, j'ai vu tant de belles personnes qui étaient des autorités dans leurs domaines respectifs se mettre à plat ventre et repter dans l'espoir d'un siège à l'Institut de France, d'une breloque à accrocher au revers de son veston ou d'un titre au sein du bureau de l'association des défenseurs de l'authentique quenelle de brochet.

J'aimais depuis toujours la place Saint-Sulpice et son église à la fois intimiste et théâtrale comme le sont les édifices religieux romains. Elle était plus vaste que Saint-Eustache et débarrassée de cette lutte absurde entre art roman et gothique. En me faisant ces remarques et en flânant ainsi dans Paris comme un héros de Modiano, je me rendais compte combien Miami était remplie de distractions, mais dépourvue d'âme, combien cette ville était sans aucune perspective. J'avais oublié tout ce qui me déplaisait dans la capitale, y compris sa première magistrate, dont le logiciel politique s'était arrêté à l'époque où Lionel Jospin gérait la France comme un congrès du PS.

André-Marie Truchi habitait au 5, rue Servandoni. Dans ce quartier où le prix au mètre carré atteignait des sommets, les immeubles ne dépassaient pas trois étages, sauf celui de l'artiste aventurier François-Marie Banier, dont le fric-frac sentimental m'avait fasciné.

La porte n'avait pas de sonnette, mais un heurtoir en forme d'aigle bicéphale, ce qui allait parfaitement avec ce parfum de conspiration qui entourait cette rencontre. L'appartement était si bas de plafond que je devais prendre garde en permanence de ne pas me cogner la tête. Nous étions au dernier étage, mais mon hôte, qui me reçut en continuant de deviser sur son portable, avait dû allumer les lampes afin d'éclairer la salle de séjour constituée de trois chaises, d'un divan et d'une table basse supportant des dizaines d'ouvrages annotés. Il me fit signe de m'asseoir en face de Serge-Marc Joubert, qui feuilletait un bouquin d'art sur les églises de l'Arménie orientale. Le journaliste donnait l'impression d'être chez lui.

Après un long palabre où l'on comprenait que Truchi cherchait à convaincre un couvreur moldave de revenir examiner le toit de son presbytère dans le Berry, l'écrivain vint enfin se joindre à nous.

– Cher Benjamin Strada, tout d'abord, merci de venir vous encanailler dans mon repaire.

En prononçant cette phrase banale, il avait avancé la tête et tendu le cou telle une murène sortant de l'anfractuosité du rocher où elle se cachait.

– Alors, mon cher ami, dites-moi avant tout si vous êtes heureux.

Je fus surpris par cette entrée en matière et examinai plus en détail cet homme que j'avais déjà aperçu sur des plateaux de télévision, et qui me semblait venir d'un autre siècle avec son crâne rasé, ses petites lunettes d'écaille et son énorme mâchoire. J'aurais, d'ailleurs, été incapable de donner un âge précis à ce jeune vieillard.

– Oui. Dans un sens, oui, on peut dire que je suis heureux.

Serge-Marc reposa son livre d'art, leva les yeux au ciel et poussa un soupir d'agacement.

– Tu devrais arrêter de te raconter des histoires et de nous en raconter par la même occasion.

J'ignorai l'attaque et regardai André-Marie dans les yeux.

– Alors, allons droit au but : de qui s'agit-il ? Quel est ce mystérieux monsieur X qui va bientôt entrer en piste ?

– Il s'agit du général Philippe de Montjois.

Je connaissais ses hauts faits d'armes et je savais que ce militaire bénéficiait d'une réputation flatteuse, à l'inverse de son frère, mais j'avais des doutes sur ses ambitions. Tout général qui veut entrer en politique songe à de Gaulle et, aussitôt après, à Boulanger. Ce qui refroidit même les généraux les plus volontaires.

– Pensez-vous réellement que je puisse faire l'affaire ?

– Notre ami ici présent semble en tout cas le penser.

André-Marie désigna de son menton Serge-Marc Joubert, qui continuait de fureter dans sa bibliothèque en nous tournant le dos.

– Je crois en effet que tu as les qualités requises pour cette tâche, ajouta ce dernier, à la condition que tu extirpes de ton cerveau ce gentil et douillet conformisme qui est bien la vérole de la pensée.

– Attention, risquai-je, il existe sans doute un conformisme de l'anticonformisme.

Mais ma réplique tomba à plat. Truchi me saisit la main et je sursautai au contact de sa paume froide et presque écailleuse.

– Benjamin, dans la vie, il nous faut des repères pour avancer. Regardez-moi et dites-moi que vous n'avez jamais rêvé d'entrer d'une manière ou d'une autre dans l'Histoire, la vraie. Reconnaissez, ajouta-t-il de sa voix chevrotante et nasillarde, que le fait de ferrailler pour une cause que les imbéciles estiment perdue vous fait bander, que l'idée de tenir un poste sacrifié vous fait jouir. Avouez que lorsque vous êtes dans un meeting, vous vibrez avec la foule. Bien sûr que vous avez été déçu la dernière fois que vous vous êtes livré à cet exercice, mais vous savez que vous étiez plus fort, plus brillant que l'éteignoir qui vous employait. Et même dans ce contexte, je suis sûr que vous avez connu une certaine ivresse...

– Cela remonte aux calendes grecques, maugréai-je.

– Cinq ans. Ce n'est pas une éternité, continua Truchi sans se démonter. Et puis, de même que ce qui a été pensé une fois éternellement demeure, les rêves ne meurent jamais. Tout au plus se cachent-ils au fond de vous et attendent-ils, affamés, prêts à vous sauter à la gorge à la première occasion.

André-Marie me regarda et esquissa, cette fois, un sourire de Polichinelle.

– Tiens, ce n'est pas mal comme formule. Permettez-vous que je la note ?

Il sortit un calepin Moleskine rouge et griffonna quelques phrases aussi illisibles qu'une ordonnance médicale. Joubert était assis près de la bibliothèque et feuilletait *Séraphin, c'est la fin !* de Matzneff, encensé à sa sortie et couronné d'un auguste prix littéraire.

– Où en étions-nous, mon ami ? Ah oui, à vos rêves. Notre proposition de collaboration leur ajoutera une paire d'ailes en or.

– Combien ?

– Je vous demande pardon ? sursauta Truchi.
– Je vous demande : « Combien ? », insistai-je.
– Tu as un statut d'autoentrepreneur ? intervint Serge-Marc Joubert.
– Comme beaucoup de membres du tiers état, aujourd'hui, oui.
– Ce sera une mission d'un an. Dès la signature, tu recevras un acompte de trente mille euros avec, bien sûr, des engagements particuliers.
– Quel type d'engagements ?
– Celui de ne pas publier de livre mentionnant le général avant cinq ans, de ne répondre à aucune demande éditoriale, de n'accorder aucun entretien.
– Cela va sans dire...
– Mais cela va mieux en l'écrivant, reprit Truchi. Il faut que cela reste entre nous, d'accord ? Ou, en tout cas, que cela ne sorte pas de Paris. Votre venue dans l'équipe ne sera officielle qu'à la fin de ce mois. Il faut un peu préparer les esprits.
– Qu'entendez-vous par là ?
– Je dois expliquer aux militants de Bien commun pourquoi nous faisons appel à vous. Je vous vois esquisser une grimace de réprobation, mais il faut bien des volontaires pour remplir les enveloppes, coller les affiches, tenir les réunions, faire des relances téléphoniques. Les militants bénévoles se font rares de nos jours. Ces conneries de primaires à l'américaine n'ont pas arrangé les choses... En entendant circuler votre nom, nos jeunes amis vont se méfier, mais dès qu'ils auront la certitude que vous êtes venu seul et que vous ne cherchez pas à faire de l'entrisme dans nos rangs, ils vous accueilleront à bras ouverts.
– Je n'en demande pas tant, ironisai-je.
– Ah, ne dites pas ça, protesta vivement André-Marie Truchi. Il y a parmi eux quelques mignons blondinets du collège Stanislas qui ne vous laisseront pas indifférent, j'en suis sûr.

– Je pense le contraire, mais je vous laisse à vos appréciations. À part cela, avez-vous déjà le nom de la personne qui s'occupera de la presse pour le candidat ?

– Oui, il s'agit de Marianne Cougard-Cohen, dit Joubert. Elle nous a été chaudement recommandée par Henri de Castries.

Marianne Cougard-Cohen était responsable des contrats publics pour une grande entreprise de BTP. Traduction : rien de ce qui touchait la politique ne pouvait lui être étranger. Elle buvait trop, corollaire de ses fonctions selon moi, et proférait fréquemment des réflexions acides, cinglantes, que l'on était censé apprécier comme des manifestations de son esprit. Elle était pareille à beaucoup de jolies filles qui sont encore jolies, mais qui ne sont plus des filles depuis vingt ans. Elle prenait souvent un air indigné, destiné à vous faire croire que vous veniez de lui faire des avances.

Je me demandais dans quoi je m'embarquais. Il était impossible d'accepter sans avoir eu un échange direct avec le général. Après tout, au bout d'un moment, c'est lui qui allait être mon interlocuteur direct. Je le dis à Truchi, mais c'est Joubert qui me répondit.

– Très bien. On peut sans doute t'organiser une rencontre dès demain, mais pas plus d'une heure. Son agenda est surchargé.

– Déjà ?

– Tu n'as pas idée des politiques qui ont souhaité le rencontrer, juste pour sentir la bête, s'amusa Joubert.

Il avait fini d'explorer la bibliothèque de Truchi et avait en main le *Précis de Foutriquet* de Pierre Boutang, un pamphlet que le philosophe gaullo-maurassien avait sorti jadis, alors que le président Giscard d'Estaing était en plein état de grâce.

– Je peux te l'emprunter ? demanda-t-il à notre hôte.

Le livre avait gardé son bandeau rouge « Il faut qu'il parte ». Truchi lui prit vivement l'objet des mains, l'ouvrit au début et déclama avec une éloquence très Troisième République :

– « Royaliste, je crois avoir plus de droits que personne à parler contre le despotisme en sa forme la plus générale, comme corruption horrible du pouvoir paternel, et dérision de la monarchie. D'où ce précis de coquinologie morale et politique. »

Puis il le referma avec un claquement sec.

– C'est incroyable à quel point ce passage résume notre situation présente. Vous ne trouvez pas ? Quel dommage qu'aucun pamphlet de ce genre n'ait été écrit durant ce dernier quinquennat ! Il est vrai que tout le monde peut être méchant, mais pour faire ressortir le ridicule d'un homme ou d'une situation, il faut de la culture. Oui, de cette culture qui donne de la profondeur aux êtres et aux choses. Vous allez avoir du travail, Benjamin Strada, et, quelque part, je vous envie. Mon tour, hélas, est passé.

Truchi se leva, signe qu'il mettait fin à la rencontre, et nous raccompagna vers la sortie. Je notai juste qu'il n'avait pas jugé bon de nous servir à boire alors que plusieurs bouteilles de chambolle-musigny étaient posées en évidence sur la commode qui obstruait l'entrée. Il vit mon regard.

– J'organise un dîner avec quelques énarques de la promotion Paul-Claudel. Si nous voulons gagner, il nous faut bien être à l'affût dans ces eaux glacées du calcul égoïste et en retirer quelques petits poissons pleins d'arêtes pour notre bouillabaisse politique.

Il rit, nous fit un clin d'œil et retourna s'enfermer dans son repaire en attendant que passent de nouvelles proies.

17

Des muscles et de la grâce

Quand je doutais, j'appelais Sarah Berg. Face à l'adversité, elle ne doutait pas, Sarah, elle avançait, elle saisissait l'oriflamme tombée et la brandissait au-dessus de son mètre soixante-cinq. Pour l'avoir vue en équilibre sur ses Louboutin, en train d'arpenter le pavé d'un Belgrade dévasté par les bombes alliées, je savais qu'elle n'était pas du genre à se laisser impressionner. J'appréciais d'autant plus de lui rendre des visites impromptues que la fenêtre sur cour de son appartement donnait sur la maison de Marie Touchet, la maîtresse de Charles IX. L'édifice privé était un écrin du XVIe siècle entouré d'immeubles sans charme, mais on pouvait songer sans peine au peu glorieux monarque accourant la nuit, à la lueur de sa torche, pour rejoindre la belle courtisane qui allait lui donner un fils en cachette.

Je songeais aux attentes de Marie Touchet, au cœur tout couturé, se balançant sur son bassin, ligotée par ses propres membres. Ses contemporains disaient qu'un tel mélange de noblesse et de mollesse, d'innocence et d'indolence ne cessait de surprendre qui l'approchait dans son intimité, harponné par son œil bleu et brillant.

Seul un Michel Zevaco pouvait voir le romanesque de la situation.

J'imaginais aussi combien l'art de s'évader de la cour et, surtout, de l'emprise de Catherine, la royale daronne, exigeait des muscles et de la grâce. Or, Charles n'avait reçu aucune de ces qualités. Le sang épais des Valois et celui empoisonné des Médicis ne s'alliaient que par force, et ce corps frêle qui en détenait les mélanges n'y consentait qu'au prix de pas mal d'infirmités. Sa peau était si blanche, ses yeux si cernés et ses lèvres si blêmes qu'il devait donner l'impression, en dépit de sa barbe tirant sur le roux, de sortir d'un cercueil. Il avait déjà sécrété sa prison autour de lui comme une carapace.

J'imaginais enfin que le monde du Louvre, sinistre palais, était nourri d'ombres. À peine né, ce prince avait été sevré dans les linges du rituel, ses oreilles vouées aux échos, ses yeux à un labyrinthe de pierres. Enfant, voûtes, bas-côtés et mascarons avaient été son alphabet : langage du demi-jour des escaliers et des combles tapissés de toiles d'araignées. Il avait eu pour terrain de jeux de vastes salles balayées par les courants d'air, des cours carrées pour champs et des piliers pour arbres. Pourtant il y avait dans son corps autre chose que cet ombrageux héritage. L'hypertrophie de ses névroses n'avait pas étouffé chez lui le commerce des chairs. Et ce commerce avait le joli nom de Marie Touchet.

– Quand tu veux entrer, Benjamin, tu me le dis !

Je fus interrompu dans ma rêverie par Sarah Berg, en collant et soutien-gorge, une serviette nouée autour de ses cheveux mouillés.

– Désolée de te bousculer, c'est le moment où je fais ma gym quotidienne. Mais comme tu m'as dit que c'était urgent et que le monde menaçait de s'écrouler si je ne répondais pas présente à l'appel...

– Merci, Sarah, murmurai-je presque penaud en la suivant jusqu'à la salle de séjour, non sans l'avoir complimentée sur ses fessiers d'acier.

– Alors, que t'arrive-t-il encore ? Tu as pris des airs bien mystérieux pour me dire que l'on ne pouvait pas se parler au téléphone.

Elle ouvrit la fenêtre et commença à fumer à son balcon. En quelques minutes, je lui racontai Miami, la présidentielle qui commençait, Joubert, Truchi, le général, et la collaboration qui m'était proposée avec le salaire qui l'accompagnait.

– Mazette, rit-elle. Te voilà embarqué dans une aventure sans lendemain. C'est une habitude chez toi. Ton général n'a aucune chance, et je pense qu'il calera au dernier moment. Mais...

– Mais quoi ? lui demandai-je d'autant plus excédé par son jugement tranché que je n'étais pas loin de le partager.

– Mais en attendant... tu peux t'amuser et être payé pour cela. Non ?

Comme je ne répondais pas, elle alla dans la cuisine pour nous faire un café. Sa machine était une antiquité qui rejetait plus de vapeur que de café, et qui faisait le bruit d'un atelier d'imprimerie. En revenant, elle me tendit le dernier numéro du *Boudoir*, le mensuel qu'elle dirigeait et qui donnait régulièrement de l'urticaire à la majorité des beaux esprits de Paris. Elle s'assit en face de moi. Elle avait toujours ces yeux bleus qui lui mangeaient le visage et dévoraient ses interlocuteurs.

– Benjamin, tu plaisantes ou quoi ? On ne refuse pas une somme pareille !

– Mais pense pour qui je vais travailler...

Fronçant les sourcils et croisant les bras, je me calai dans mon siège, attendant l'assaut qui n'allait pas tarder.

– Ne prends pas cet air-là avec moi, je ne suis ni ton psy ni ta mère. Car entre nous, tu as fait pire, tu te souviens quand tu écrivais les discours de...

– Stop ! [Je levai la main pour l'interrompre, ce qui miraculeusement fonctionna.] À l'époque, j'avais de gros soucis d'argent.

– Je sais, railla-t-elle, tu devais payer une forte somme à ton futur-ex-mari, Ugo, qui relevait davantage d'une rançon que d'une prestation compensatoire. Au passage, je n'aurais jamais imaginé que vous, les gays, alliez prendre tous les travers hétéro... Tu imagines Verlaine payant une pension alimentaire à Rimbaud ? Dis, tu ne veux pas m'épouser par hasard ?

– Tu racontes n'importe quoi. Rimbaud et Verlaine n'étaient pas mariés.

– Je plaisante, mais reconnais que c'est... Quel est donc déjà l'adjectif que tu emploies souvent ? « Inepte » ? Oui, c'est cela. C'est inepte et tristement banal en même temps.

Je connaissais son exaspération sur ce sujet et n'avais aucune envie de partir dans une joute oratoire qui, avec elle, pouvait durer des heures. Je jugeais plus sage de revenir à l'objet de ma visite.

– Je pourrais faire quelques ménages auprès d'institutions culturelles et trouver la même somme. Il y a sûrement des cénacles patronaux qui ont besoin de conférenciers.

– Les très riches heures de l'Union des industries et métiers de la métallurgie, c'est fini, mon chat. Il serait temps que tu reviennes sur terre, tu ne crois pas ?

Quand elle s'énervait, sa voix de velours tapissée par la nicotine se faisait plus rauque, plus faubourienne.

– Ton dernier bouquin s'est vendu à combien d'exemplaires ? Mille cinq cents ? Deux mille à tout casser ?

Là, elle frappait en dessous de la ceinture.

– Et puis tu sais quoi ? Tu n'es pas le seul à avoir été démarché !

– Qui d'autre ?

– Le dernier en date était Joffrin.

– Joffrin ? Laurent Joffrin ? Je le voyais plus proche d'Hollande que du général de Montjois.

– Parce que tu ne connais pas le romancier féru de Napoléon et d'histoire militaire. Et je te signale qu'Hollande et Montjois étaient récemment à la même table et qu'ils se sont entendus comme larrons en foire. Le général a même été obligé de pondérer les critiques de l'ancien président de la République à l'encontre de son ancien ministre. Un comble, non ?

– Oui, j'avoue. Mais quand même... Laurent Joffrin.

– Il a rencontré le général. Deux fois. Et il est loin d'être le seul. Alors, tu sais quoi ? Tu te décides après l'avoir vu et tu le fais suffisamment parler. Comme cela, si vous ne faites pas affaire, tu pourras toujours m'écrire son portrait pour *Boudoir*. Je me vois déjà rédigeant le chapô : « Ce fameux ou fumeux général qui fascine les Gilets jaunes et la droite... »

Nous topâmes et elle me mit à la porte afin de préparer son entretien hebdomadaire avec Alain Finkielkraut sur une radio communautaire. Je pensais naïvement qu'il suffisait de présenter au philosophe fulminant une sotie contemporaine pour que l'émission se déroule en pilotage automatique, mais elle était comme ça, Sarah Berg, toujours dans son rôle de bonne élève qui faisait la fierté de son paternel. Je notai en moi-même : faire un petit livre sur les pères juifs. (Les mères, cela a déjà été fait cent fois.)

18

Le charme des légumes anciens

La rue où se dressait le QG de campagne du général était une voie discrète du 15e arrondissement qui était devenue étroite parce qu'on y trouvait une voie pour permettre aux cyclistes de circuler de front à trois ou quatre. Une camionnette en double file y stationnait pourtant, déchargeant des cageots de panais, de radis noirs, de topinambours, de crosnes, d'ocas du Pérou, de capucines tubéreuses, de navets boules d'or, de carottes et de betteraves de couleur. Ces bonnes fibres riches en protéines et antioxydants étaient destinées à nourrir le magasin Biocoop et non ses employés, qui avaient l'air d'avoir parcouru les déserts de la planète Dune à la recherche de l'Épice. Ils avançaient d'un pas traînant et crachaient leurs poumons chaque fois qu'ils attrapaient une caisse.

Excédé, Joubert paya et nous sortîmes du taxi, qui emboutit une trottinette électrique et son conducteur en faisant marche arrière. Le chauffeur lâcha le kebab qu'il avait gardé à la main durant toute la course, se rua à l'arrière de son véhicule, s'apprêtant à vaporiser la totalité de sa bombe lacrymogène sur l'impétrant, mais il glissa sur une courge butternut et s'étala sur le dos, agitant ses membres comme un bousier retourné par des gamins méchants. Taxi : 0 - Adeptes de l'écomobilité : 1.

L'extérieur de la permanence électorale avait été bâti pour défier les siècles, et l'intérieur aménagé pour être démonté en deux heures. La façade en briques rouges au style néogothique collégial renvoyait aux campus américains. Mais la porte franchie, l'édifice était dépourvu de tout cachet. Les rares boiseries d'autrefois avaient été remplacées par de faux murs blanc cassé, avec pour seuls ornements de longues éraflures.

Deux vigiles aux oreilles en forme de chou-fleur vinrent nous contrôler. Je me demandais si je n'allais pas commencer par rebrousser chemin, mais Joubert me saisit le coude.

– Je connais tes réticences, mais il va falloir me faire confiance.

– D'accord.

– Le moment est venu de rencontrer le général, tu es bien venu pour ça ? Est-ce que je me trompe ?

– J'ai toujours rêvé d'avoir sa dédicace.

Je sortis de mon cartable d'étudiant son tout dernier opus, *La Guerre, notre défi*. Titre pas terrible, soit dit au passage...

– Tu veux bien arrêter de plaisanter ?

– Mais je suis très sérieux, protestai-je. Je mesure l'honneur qui m'est fait et c'est aussi pourquoi j'ai mis la cravate et le blazer bleu marine réglementaires.

– À propos d'honneur, quand tu t'adresses à lui, dis-lui « Mon général », et non « Monsieur » ou « Général ». Autant éviter les bévues dès le début.

Cette recommandation faite, Joubert s'approcha d'un des deux gorilles, bâti comme un sumo à la retraite, et murmura quelques phrases à cet amas de chair sans cartilage. Le Néandertalien frémit et se mit à cogiter dur, on pouvait voir le hamster qui actionnait la roue à l'intérieur de son crâne et courait de plus en plus vite. De grandes interrogations devaient le hanter. « À quoi servent les orteils ? » « Pourquoi les moutons ne rétrécissent-ils pas quand il pleut ? » « Si Dieu existe, pourquoi a-t-il tué Johnny ? » Tout à coup, son visage s'illumina, affichant un sourire de séraphin, et il se poussa assez pour que je puisse passer en présentant mon meilleur profil.

Une fois franchi ce premier contrôle, trois femmes d'un certain âge nous attendaient, sûrement des bénévoles, habillées de tailleurs hors d'âge aux couleurs Quality Street. Avec un nombre impressionnant de fines chaînes en or autour du cou, auxquelles étaient suspendues des médailles miraculeuses.

– Qui devons-nous annoncer ? demanda une des trois Parques.

– Serge-Marc Joubert et Benjamin Strada. Le général nous attend.

Pendant que la deuxième cherchait nos noms sur sa liste, la troisième nous dévisageait avec le sourire paisible des infirmières quand elles vous font une ponction lombaire.

Sans attendre leur sentence, Serge-Marc Joubert haussa les épaules et me poussa dans l'ascenseur qui nous catapulta au septième étage, celui qu'allait occuper le futur état-major de la campagne. Nous entendîmes glapir dans notre dos des « Messieurs, messieurs ! ».

Arrivés à destination, nous ouvrîmes la double porte en verre et pénétrâmes dans ce qui aurait pu être les bureaux d'une boîte du CAC 40 ou le siège d'une banque, c'est-à-dire un univers froid, aseptisé, impersonnel que l'architecte avait su agrémenter de deux ou trois astuces pour justifier ses émoluments. Le seul charme était la lumière qui baignait chaque pièce et, pour les nostalgiques du Paris pompidolien, une vue sur le périphérique. Et la seule différence était que le tapis de sol couleur aubergine était déjà tout collant.

L'assistante du général vint à notre rencontre. C'était une jeune femme grande et mince en serre-tête qui me fit aussitôt penser aux vieilles photos de Ségolène Royal quand elle était conseillère à l'Élysée.

Dans son bureau non chauffé, notre homme providentiel, costume et cravate bleu nuit, était assis à une immense table ronde en verre. Il fixait du regard des papiers sur lesquels figuraient des courbes et des diagrammes de toutes les couleurs avec le sigle de l'Ifop. Pas un cil ne bougeait, il était aussi immobile que le dernier empereur romain avant l'assaut final.

C'est après avoir toussoté pour signaler ma présence qu'il daigna tourner la tête et planter son regard bleu gris dans le mien. Combien de temps s'écoula-t-il avant qu'il ne prenne la parole ? J'aurais pu dire une minute ou deux. Curieusement, cela ne me mit pas mal à l'aise. Bien au contraire. Il y a des mutismes qui sont moins l'expression d'une agressivité profonde que le rappel d'une parfaite sérénité. Le général esquissa un frêle sourire et, d'un geste, désigna ma place autour de la table.

– Je vous en prie, asseyez-vous, monsieur Strada. Voulez-vous boire quelque chose ? Puis-je vous conseiller avec votre café...

Il poussa au milieu de la table une boîte à biscuits en fer-blanc. Je m'exécutai et je pris deux petits gâteaux qui étaient aux corn-flakes.

– Tenez, servez-vous. C'est ma femme, Florence, qui les fait avec beaucoup d'amour et de gingembre, commença-t-il sur un ton badin. Bien. J'imagine que vous avez eu le temps depuis votre retour en France de vous renseigner sur mes états de service.

J'opinai vigoureusement de la tête, ne sachant trop quelle posture je devais adopter face à lui.

– Comme notre ami Serge-Marc Joubert a dû vous le dire, je vous ai fait venir parce que je voudrais vous voir travailler pour moi. Ce que je vais vous dire est strictement confidentiel.

Je me gardai bien de l'interrompre en ironisant sur cette confidentialité qui, sans doute, ne sortirait pas de Paris, mais qui n'allait pas tarder à faire bruisser de rumeurs les dîners de la capitale.

– C'est très simple, reprit le général. Voilà : j'envisage de me porter candidat à la prochaine élection présidentielle.

19

Les grands fauves

Le général se redressa sur sa chaise, et continua en me regardant dans les yeux :

– Je crois que je ne vous étonnerai pas en vous disant que le pouvoir est, aujourd'hui, à ramasser. Les crises s'accumulent et l'année qui se présente va être une catastrophe économique, sociale et politique. Quand je vous dis cela, entendons-nous bien, car cette précision sera importante pour la suite de notre collaboration : je ne me félicite nullement de la situation. Un militaire décliniste est un crétin et certainement pas un soldat. Si j'ai pris la décision de me présenter, c'est pour le bien de mon pays. Je n'ai aucun souci de gloriole. Je ne pratique pas le tout à l'ego. Avez-vous lu *Français, si vous saviez* de Bernanos, monsieur Strada ?

– Je n'ai lu que *Les Grands Cimetières sous la lune*, mon général.

Il hocha la tête, satisfait.

– C'est un bon début. Le livre dont je vous parle est un recueil de textes publiés quelques semaines avant la mort de l'écrivain. De Gaulle lui-même n'était pas arrivé à apprivoiser ce grand d'Espagne. Ministère, Académie française, Légion d'honneur, ambassade... Chaque fois, Bernanos avait dit « non ». Je connais un passage de cet ouvrage par cœur, lorsqu'il s'adresse directement aux Français : « Vous avez perdu la guerre et vous n'avez pas regretté de l'avoir perdue, car vous n'auriez absolument pas su quoi faire d'une victoire. Au lieu que vous saviez quoi faire d'une défaite à la condition qu'elle fût assez complète pour justifier tous les abandons… » Au-delà de l'ampleur du style, on peut se demander à quoi sert un grand homme, si c'est, au final, pour se planquer dans son ombre, n'est-ce pas, Strada ?

Soudain, le visage du général s'éclaira.

– La grande question qui va nous préoccuper et dont vous devez bien avoir conscience est la suivante : nos compatriotes ont-ils le sentiment d'avoir échappé au pire ? Parce que si c'est le cas, ils vont préférer jouir de ce court répit et ne plus songer à bâtir l'avenir. Or, mon pari, qui est fragile, je le reconnais, est de compter sur un redressement économique, mais aussi intellectuel et moral du pays.

L'assistante entra sans frapper et tendit un mot au général, qui se tourna aussitôt vers moi.

– J'avais oublié que j'avais promis un entretien à *Gaulois Vox* sur le terrible attentat islamiste contre trois de nos soldats. Je sais ce que je vais leur dire, mais, tiens, faisons un exercice en temps réel, voulez-vous ? Une ou deux formules à me conseiller, monsieur Strada ?

Il me donna l'impression d'être un sergent m'ordonnant de faire une série de pompes devant lui. Heureusement, j'avais eu le temps de réfléchir dans le taxi. Je répliquai du tac au tac :

– Oui. Tout d'abord souligner que l'attaque terroriste n'est pas un épisode de la « guerre des civilisations » de Huntington. Le sujet n'est pas une civilisation occidentale chargée des crimes du passé face aux autres civilisations, c'est un combat entre la barbarie et la civilisation.

– Juste, mais un peu trop littéraire. Il me faut des phrases courtes.

– « La France n'est pas attaquée en raison de ce qu'elle fait, mais de ce qu'elle est », mon général.

– Je prends. Et s'il y a une question sur les actes concrets à mettre en œuvre ? Aujourd'hui, le pouvoir en place ne craint plus de nommer l'ennemi.

– Approche négative : on ne combat pas un totalitarisme par des lâchers de ballons et des ours en peluche.

– Pas mal, mais enlevez les ours et mettez des colombes à la place.

– Approche positive : on le combat en adoptant une langue commune.

– Qui est ?

– La survie de notre pays et l'amour de la France.

– Pas mal du tout. Je vois, en effet, que nous parlons au moins le même langage, Benjamin, c'est déjà ça.

Je me redressai sur mon siège et mon regard plongea dans le sien. J'étais sûr qu'il avait pu, lui aussi, se renseigner sur mon compte. Peut-être même avait-il une fiche en sa possession. Je me souvenais que, lorsqu'il était le directeur éditorial du *Gaulois*, Alain Peyrefitte en avait une sur chaque journaliste, actualisée quotidiennement par sa fidèle Arlette de la Loyère avec un sens aigu du détail. Autant mettre les choses au clair puisque j'appréciais ce premier contact. En quelques circonvolutions choisies, je mis en garde mon interlocuteur contre mon parcours professionnel et privé et, contre toute attente, cela l'amusa beaucoup.

– On voit que vous ne connaissez pas l'armée, Strada. Ce n'est, certes pas, une institution très... progressiste, mais au moment du choix définitif de savoir s'il faut tirer ou pas, la responsabilité individuelle resurgit. C'est justement parce que vous êtes si... différent que votre place est parmi nous. À Londres, parmi les premiers résistants autour de de Gaulle, il y avait des

Français venant de tous les horizons et même des hommes de la Légion étrangère ! Je me moque de ce que vous avez été. Ce qui vous définira à mes yeux est ce que vous allez faire.

Là-dessus, il était difficile de lui donner tort.

Son iPhone se mit à vibrer sur la table en verre. Il le regarda, soupçonneux, et finit par s'en saisir.

– Oui, chère Marie-France, qu'y a-t-il ?... Je ne suis pas seul... Vous voulez des informations fiables sur... ?... Bien... Vous souhaitez que je demande ce travail à Bruno ? Je ne suis pas persuadé que ce soit dans ses cordes... Je suis d'accord avec vous, nous ne pouvons pas faire l'économie d'être mieux armés pour éviter les critiques de nos adversaires, mais il est préférable de se reparler quand nous nous verrons, j'aurai sans doute vos renseignements, comme je vous l'ai dit, il y a du monde dans mon bureau... Vous comptez participer à notre petite marche ? Alors, je vous dis à très vite...

– C'est ce que l'on nomme le « destin », crus-je malin d'ajouter après l'appel.

Il réfléchit et esquissa un sourire comme pour se faire pardonner cette conversation qui le mettait mal à l'aise.

– Oui, à ceci près, répondit-il, que si être l'instrument du destin est bien, il est préférable, à mes yeux, d'être l'outil de la Grâce.

Sur ces dignes paroles, il me signifia mon congé.

En sortant de la pièce, j'aperçus Serge-Marc Joubert en grande conversation avec un homme dans une gabardine jaune chiffonnée. De dos, sa silhouette faisait penser à celle de l'inspecteur Columbo. Joubert me vit et me fit signe d'approcher.

– Benjamin, j'imagine que tu connais Jean-Louis Borloo.

L'homme se retourna et au milieu de rides profondes qui donnaient à sa trogne l'allure d'un légume d'autrefois, un regard pétillant, presque espiègle, me dévisagea.

Bien sûr que je le connaissais. Quand presque tous les politiques se rêvaient président de la République, Borloo ne pensait, lui, qu'à Matignon. En dépit de ses relations tendues avec le chef de l'État, il avait été étonné et même dégoûté qu'on lui ait préféré Jean Castex, qui avait, selon lui, autant de volonté qu'une veste pendue à une patère et la vista politique d'un sous-préfet aux champs. Le hasard voulait que j'avais interrogé trois fois cet éternel candidat au poste de Premier ministrable. La première fois, c'était pour son projet de kibboutz à Valenciennes, la deuxième pour les fameuses « Maison Borloo » et la troisième pour l'électrification de l'Afrique. Trois échecs splendides qui avaient redoré son blason médiatique et sa réputation de réformateur.

– Moi, je me souviens de vous, dit l'ancien ministre, d'une voix pâteuse et néanmoins empathique. J'expliquais à Serge-Marc Joubert combien la politique avait été envahie par des petits hommes gris au talent fort modeste, mais à l'ambition dévorante... Que des laborieux traîne-pantoufles. Étonnez-vous après que le débat politique soit devenu un brouet fade et indigeste.

– Ce que me disait Jean-Louis, corrigea Joubert, est qu'il était venu voir le général pour lui exposer son plan pour les banlieues.

– Je suis venu lui dire, comme à tous ceux qui nourrissent une légitime ambition, de restaurer un pays en capilotade. Je suis venu lui dire que le centriste que je suis estime que nous avons besoin de réparer la France. Je suis venu lui dire qu'ils ne doivent pas oublier que ce n'est jamais bon de séparer le gratin des nouilles, conclut un Borloo rigolard qui se balançait d'un pied sur l'autre.

L'assistante du général s'approcha avec la dignité lasse de Meryl Streep nommée pour la dix-septième fois aux Oscars. Avant de la suivre, Borloo se tourna vers nous et lança :

– Rappelez-vous, mes amis, que les grands fauves de la politique n'abandonnent jamais ! Jamais !

Il remua sa main, qu'il avait fort petite, comme s'il saluait une foule de supporters.

– Et il n'y a rien de pire que les grands fauves qui s'imposent un trop long jeûne, murmura Joubert entre ses dents.

20

La teuf is dead

Mon portable était sur vibreur. Il tressauta sur la table de chevet. Une première fois, puis une seconde. Tiré de mon demi-sommeil, je tendis la main et en l'empoignant je vis s'afficher « 1 h 40 ».

– Allô ? Qui est-ce ? parvins-je à articuler d'une voix pâteuse.

Au début, le grondement sourd des conversations indiquait que mon interlocuteur devait se trouver dans un bar ou dans une réception, puis :

– Soldat Pithivier ? Confirmez-moi que la 7e compagnie est sur zone.

Je reconnus la voix de cet imbécile qui avait autant de talent pour faire les blagues au téléphone que moi pour être margrave de Moravie.

– Ugo ? Non, mais tu as vu l'heure qu'il est ?

– Oh, désolé ! Tu dormais ? C'est ta faute, j'ai essayé de te joindre, mais tu ne réponds jamais.

Depuis notre retour de Miami, Ugo m'avait pris pour confident de ses peines de cœur, c'est-à-dire de ses frasques sexuelles autorisées par le label « Union libre ». Il m'appelait au moins une fois par jour pour un interminable monologue. Lorsque j'étais à la maison, je mettais mon téléphone en *mute* et vaquais à mes occupations en concédant à moments réguliers des « Tu as raison », « Tiens, c'est intéressant », « Vraiment ? » qui remettaient une pièce dans le juke-box des plaintes. Il m'était arrivé de voir les huit épisodes de la première saison de *Ratched* de cette manière. Mais cette fois, il avait dépassé les bornes. Je deviens intransigeant dès que l'on s'avise de remettre en question mes huit heures de sommeil.

– Tu ne veux pas en venir aux faits ? Et vite, s'il te plaît, je peux encore éviter la nuit blanche.

– Sorry s'il y a un peu de bruit. [Il hurlait pour se faire entendre.] J'ai organisé une petite fête pour célébrer ma nomination, juste une petite cinquantaine de personnes. Mais attention, hein, nous avons tous des masques et nous nous saluons avec le coude... enfin... pour le moment. Tu ne peux vraiment pas venir ? C'est peut-être ta dernière soirée avant longtemps.

– Et tu es nommé où ? criai-je à mon tour, moins pour me faire entendre que pour me défouler.

Je sentais venir un mal de tête atroce comme si on m'empalait le cerveau sur un pieu métallique.

– À l'Élysée ! Je rentre à l'Élysée, mon vieux ! J'ai un job !

– Pardon ?

– Attends, je n'entends rien, je vais sur le balcon.

Il devait vouloir annoncer au monde entier qu'il avait enfin pris la décision d'entrer dans la vraie vie. Ce qui était à peu près aussi plausible que l'histoire de cette souillon qui séduit un prince en se rendant au bal en pantoufles.

– Tu es encore là ? Oui ? Voilà l'affaire : la semaine dernière, Richard m'a mis en contact avec un membre de sa fraternelle du bâtiment et des travaux publics, un propriétaire de théâtre qui connaissait très bien le couple Gabriel Attal et Stéphane Séjourné, tu me suis ?

Bien sûr que je le suivais. Le premier, jeune député, était porte-parole du gouvernement et le second, chef de file des parlementaires européens macronistes, était conseiller politique à l'Élysée. L'ascension de ce *power couple* n'était pas sans rappeler les premiers pas du couple Hollande-Royal, à la différence près que les deux bébés Macron étaient, eux, pacsés, à l'inverse de nos Thénardier du PS à l'époque où ils entouraient Mitterrand.

– Bon, continuait Ugo, j'ai vu le propriétaire de théâtre en question qui cherchait à constituer un commando de choc. Il m'a appelé cet après-midi et je dois bosser au service de presse ou à celui du protocole ou, peut-être, aux commémorations, je ne sais plus exactement. Mon rôle n'est pas encore clairement délimité, mais j'ai tellement fait une forte impression que je commence après-demain. Alors, elle n'est pas belle la vie ? Pense que j'envisageais, la semaine dernière encore, de m'installer à Londres pour ouvrir une boulangerie à la française et vendre des croissants à la fleur d'oranger.

– Je n'aurai qu'un mot : bravo !

Il n'y avait nulle ironie dans mes propos. Après tout, pourquoi pas Ugo ? Alexandre Benalla et Sibeth Ndiaye avaient bien sauté sur la marelle élyséenne. À lui la possibilité de répondre à un journaliste s'inquiétant d'un possible couvre-feu mis à 16 heures, à l'occasion d'un septième confinement, par un sonore : « The teuf is dead ! »

– Je ne veux pas te manquer de respect, Benjamin, enchaîna Ugo.

– Ne t'en fais pas. La subtilité n'a jamais été ton fort.

– Il paraît que tu as franchi le pas. C'est la vérité vraie ? Tu as décidé de prêter ta plume au général qui dit « non » ? [Il pouffa comme le faisaient les enfants quand ils croyaient utiliser un vocabulaire à double sens.] Comment il s'appelle déjà ? Monte là-dessus et tu verras le Sacré-Cœur ?

Bingo ! Serge-Marc Joubert n'avait donc pas tenu sa langue. Ce qui était étonnant, c'est qu'il n'avait pas vendu l'écho à un de ses amis journalistes.

– Et il n'a rien à se reprocher, ton militaire, avant de vouloir rétablir l'autorité et de faire silence dans les rangs ? Parce que général ou pas, on a déjà vu en politique des premiers communiants qui pillaient les troncs des églises.

– Rien de rien, dis-je d'un ton sec et presque militant, à mon grand étonnement.

– Es-tu sûr que ton candidat est bien clean ?

– Comme bébé après sa toilette, répondis-je.

– Admettons. Et autour de lui ? Son épouse ? Ses enfants, sa famille, ses amis d'extrême droite ?

– J'ignore de qui tu veux parler, mentis-je en pensant à ma visite à André-Marie Truchi.

– Allons, avoue que ton type n'est pas très... gay friendly. Sais-tu où tu mets les pieds ? À ton âge, il serait temps de sortir de ce cercle vicieux de haine de soi.

– Mais je ne me hais pas !

– Tss, tss... Un cercle vicieux de haine de soi et de malaise engendré par la honte.

– Mais je n'ai pas honte, de quoi me parles-tu ?

– Tu devrais voir un thérapeute. J'en connais un excellent que je peux te conseiller, le Dr Pinçon-Blanchart. Il ouvrirait tes chakras.

– Parfait, Ugo. Écoute : je travaille demain. Ne m'en veux pas si je retourne me coucher. Je te souhaite une excellente fête en espérant qu'elle se terminera dès le premier tour de l'élection présidentielle. D'ici là, profite bien.

Je raccrochai sans attendre sa réponse. Ouvrir mes chakras ? Non, mais je rêve. Lorsque nous étions ensemble, nous avions descendu le Nil jusqu'à Assouan. Entre les escales, Ugo était resté la majeure partie du temps dans notre cabine et n'était même pas allé à la fenêtre pour voir les felouques et les pêcheurs qui le saluaient. Seuls lui importaient les commentaires sur ses nouvelles photos postées sur Instagram. (Des photos de lui, bien sûr, prises sous tous les angles et toutes les poses avantageuses.) La visite des temples était pour lui une corvée. La seule chose qu'il demandait au guide était l'endroit où se trouvait la villa de Christian Louboutin pour se prendre en selfie devant le portail.

Je pensais déjà aux images dont il nous gratifierait à l'occasion de son passage à l'Élysée. Ugo dans la cour d'Honneur, Ugo dans le salon Napoléon III, Ugo dans la salle des Fêtes, Ugo dans le Salon vert et pourquoi pas ? Ugo dans le bureau présidentiel, un bout de fesse négligemment posé sur le canapé deux places en cuir noir, entourant la taille de deux rappeurs torse nu lors de la Fête de la musique.

21

Un agenda de sinistre

J'étais tellement agacé par cet appel que j'allais certainement passer une nuit blanche, et cette seule perspective m'agaçait encore plus. Peut-être pouvais-je trouver le sommeil en regardant l'agenda officiel du général, que j'avais reçu avant le dîner ?

Il était déjà plus rempli que celui d'un ministre sous ce quinquennat. Figurait en tête la liste des personnalités auxquelles le futur candidat n'avait pas daigné répondre la veille et qu'il convenait de joindre, ne fût-ce que brièvement. Elles étaient groupées sous le vocable d'« agents de liaison ». Sans doute parce que l'on jugeait ici que leur seule utilité était de transmettre les informations pouvant faire diversion. J'y découvris le nom de Ségolène Royal avec la notation « Elle souhaite faire un livre où vous dialogueriez » et un mystérieux « BRP » suivi d'« Il a appelé trois fois ». Après quoi venait la chronologie de la journée.

7 h 30. Invité de France Info (par Zoom).

8 h 15. Radio Classique. Invité de Jean Pommereau.

J'adorais la voix de basse de ce colosse qui n'aurait pas déparé dans la scène cultissime de la cuisine dans *Les Tontons flingueurs*.

8 h 30. Petit déjeuner au restaurant du Cercle militaire avec Gérard Longuet.

C'était à deux pas. Je savais que le général avait rencontré dernièrement tous les anciens ministres de la Défense y compris Hervé Morin, le Marty McFly de la côte normande, mais qu'il appréciait particulièrement le sénateur de la Meuse qui avait tranché : « C'est un vrai militaire de droite. » Un bel adoubement.

9 h 15. Deuxième petit déjeuner, à la questure de l'Assemblée nationale avec le député de Nice, Éric Ciotti, et une poignée de députés Républicains. Irréductibles sarkozystes.

10 h 00. Ouverture des premiers groupes de travail chargés de coordonner le projet.

Un signe qui ne trompait pas sur la percée du général dans des milieux qui auraient pu ou dû observer à son encontre un devoir de réserve était la surreprésentation de hauts fonctionnaires de Bercy et du Quai d'Orsay. Je me gardais de me moquer des experts parce que j'avais bien conscience que l'expertologie est la science de notre temps.

10 h 45. Présentation des équipes digitales.

Je ne reconnaissais aucun des noms qui figuraient ici, mais je relevai des pseudos de snipers de droite que j'avais repérés sur Twitter (Msieur Michu, Brice Van de Kamp, Madame SansGene, Cincinnatus fortius...).

11 h 30. Entretien avec Valeurs Actuelles.

C'était souligné en rouge. Dernièrement, l'hebdomadaire avait consacré sa une au général. Les deux journalistes étaient deux chouans complotant à sauver Cadoudal.

12 h 30. Échange avec Michel Onfray.

Le philosophe avait voté naguère Olivier Besancenot puis Jean-Luc Mélenchon. Et demain vers quel rivage se dirigerait-il ? Le libertaire Proudhon avait bien cru trouver un bon usage de Louis-Napoléon Bonaparte.

13 h 30. Déjeuner chez Lipp avec Valérie Pécresse.

L'endroit où il fallait être vu. À condition d'avoir une table juste à l'entrée, ce qui était acquis. Le meilleur endroit assurément pour évoquer ce que la Région Île-de-France faisait en faveur des jeunes dans les quartiers difficiles.

15 h 00. Visite au pavillon Hautencourt.

Neuilly : c'est ici que les choses sérieuses commençaient. Lorsque j'étais journaliste au *Gaulois*, j'avais effectué cette visite afin de recueillir pieusement la vision du monde de Mylène Hautencourt (baiser son escarpin aurait été une expression plus judicieuse). En me recevant, elle m'avait négligemment tendu sa main parcheminée de momie alourdie de pierres précieuses grosses comme des œufs de caille. Je la soupçonnais de porter, été comme hiver, le même manteau rouge avec col de fourrure en loup gris et manches en astrakan.

À l'époque, elle avait des velléités politiques et était prête à dépenser le PIB du Togo afin de devenir sénatrice radicale des Yvelines.

– Pourquoi le Parti radical ? m'étais-je permis de lui demander afin de nourrir mon article de complaisance.

Elle m'avait répondu :

– Mais parce qu'il n'y a personne dans ce mouvement, jeune homme ! Sous prétexte que l'on veut entrer en politique, sommes-nous vraiment forcés de séduire les braillards à digestion difficile ?

Elle avait tapoté ses cheveux blond cendré avant d'enchaîner sur le ton de la fausse confidence :

– Et puis, j'adore la coquette maison qui leur sert de siège place de Valois, pensez qu'ils n'ont pas bougé de ce bâtiment depuis 1933 !

Il était clair que, pour elle, le futur n'était que le miroir dans lequel le passé se regardait.

Mais Mylène Hautencourt était aussi née Meulhmann, c'est-à-dire au sein d'une des plus grandes fortunes de France. Son père était un industriel qui avait créé un empire dans le domaine de la cosmétique et qui avait aidé la presse des ligues d'extrême droite dans les années 1930, et donc François Mitterrand au début des années 1950, pensant faire du « beau François » un échotier à leur service. Déjà conséquente, sa fortune s'était considérablement développée grâce à l'entregent et l'entrejambe de son mari, Lucien Hautencourt, ministre gaulliste éphémère et falot, mais homosexuel constant et haut en couleur entouré de jeunes et sémillants attachés parlementaires. Je ne m'interrogeai pas longtemps sur les raisons de la visite du général. Pour se lancer dans l'arène électorale, le général Boulanger avait été obligé de courtiser la duchesse d'Uzès et ses milliards.

17 h 00. Rendez-vous à A.M. Conseil. 10, avenue George-V, 75008 avec A.M. et B.T.Cie.

J'imaginais qu'il s'agissait d'Alain Minc, cette abeille de verre, qui pensait que la gauche n'existait plus et que la droite n'existait pas, et d'un des disciples de Bernard Tapie. Je pensais à la tête que ferait le premier cercle autour du général s'il apprenait cette rencontre. Je me souvenais que la première fois où j'avais interviewé l'ancien ministre et patron de l'OM, il était venu vers moi et m'avait demandé sans fioritures : « T'aimes quoi, toi, le fric ou les nanas ? » Il était loin le temps où les tauliers de la République s'encombraient de circonvolutions pour vous faire miroiter l'avantage qu'il y avait à suivre la feuille de route qu'ils vous donnaient.

18 h 15. Siège d'Havas Conseil. 40, avenue Pierre-Lefaucheux, Boulogne, avec Stéphane Fouks.

J'avais souvent été admiratif de la manière dont le jovial communicant jonglait avec la politique. Sa seule véritable passion lui faisait commettre des erreurs qu'il transformait chaque fois en pierre philosophale. Je savais que le général avait lu et annoté son pamphlet contre une gestion macronienne de la pandémie fondée sur un trépied : infantilisation des citoyens, tyrannie de la bureaucratie et absence totale de cohérence des mesures prises.

19 h 15. Premier dîner au Sénat.

Intergroupe sénatorial des chasseurs. La raison pour laquelle les parlementaires de la Haute Assemblée se mettaient tôt à table est qu'ils en sortaient tard. Le général allait devoir entendre durant deux heures leurs doléances anti-animalistes qu'il supportait déjà lors du déjeuner dominical. Sans oublier les propos sexistes bien épais, bien gras. S'il était vrai que certains sénateurs faisaient sous eux, ils étaient bien plus nombreux à penser sous eux.

22 h 30. Second dîner au restaurant italien Guido de Luca avec le comité de la campagne.

Dans cette noble assemblée figurait le frère, Charles de Montjois, Bruno Dargens, surnommé « l'Étroit Mousquetaire » tant son sectarisme augmentait au fur et à mesure que la candidature du général se profilait, l'onctueux abbé Grospierres, le toujours fougueux et disponible André-Marie Truchi en Séraphin Flambeau du souverainisme, et le roi du trampoline, Serge-Marc Joubert, qui aurait certainement figuré un traître dans la série *24 heures chrono*.

22

Le gourou de secours ?

Comme je m'y attendais, la lecture du planning du général fit son effet : je m'endormis sur le canapé.

Tel un héros de Houellebecq, dépressif et pas douché, je pris à mon réveil une grande tasse du café de la veille et la réchauffai dans le micro-ondes. Je la regardai tourner en grignotant un vieux bout de pita du précédent repas. À la télé, j'écoutai d'une oreille distraite un reportage de trente secondes sur InfoNews autour du troisième référendum sur l'indépendance de la Nouvelle-Calédonie. C'est curieux : il me semblait qu'un vote avait déjà eu lieu l'année dernière et un autre en 2018, qui avaient, chaque fois, donné la victoire à ceux que l'on nommait les « loyalistes » ; mais, apparemment, c'était, à l'image du Brexit, une histoire sans fin.

Avais-je le courage de me mettre à ma table de travail et d'écrire quelques paragraphes pour mon livre sur les guerres de Religion ? Je me souvenais qu'un jour où j'étais allé le visiter dans son antre de la rue Meslay, le romancier académicien Angelo Rinaldi, noyé dans l'ombre, m'avait confié ce qui était, à ses yeux, la meilleure « recette » pour écrire : ne pas laisser passer une journée sans coucher sur le papier ne serait-ce qu'une phrase, sous peine de voir le fil du récit se casser et se retrouver dans l'incapacité de le renouer plus tard. Je m'exécutai donc en pensant à mes conversations récentes : « Comme il arrive aux hommes de talent, le duc de Guise avait la vision de l'avenir, mais d'un avenir qui s'approchait à son goût trop lentement depuis que la nation était tombée entre les mains débiles d'un souverain enfant aux mollets de coquelet. »

Après quoi, je filai au futur siège de campagne afin de régler ma situation.

À peine avais-je passé la double porte en verre que j'eus l'impression d'entrer dans une ruche. En trois jours, les deux cents postes de travail qui occupaient l'open space avaient tous été occupés et équipés de plusieurs écrans. Les jeunes femmes, ravissantes et blondes, se comptaient sur les doigts d'une main et les jeunes hommes étaient vêtus de la même chemise blanche et du même costume gris anthracite. Ils donnaient l'impression d'être sortis du même moule : le visage allongé, les cheveux bruns et drus, les sourcils broussailleux et la barbe naissante alors qu'ils s'étaient rasés le matin même. Je suis sûr qu'un bref sondage aurait permis de démontrer qu'ils venaient en majorité soit de la fac catholique d'Angers, soit de l'école de commerce de Lyon. S'agitant sur leurs sièges à roulettes, ils étaient rivés à leur téléphone et vociféraient comme des traders new-yorkais à l'été 2007.

J'avais rendez-vous avec le directeur de la comptabilité, dont Joubert m'avait parlé comme l'un des poissons-pilotes de Bien commun. Ce mouvement catho tradi pratiquait l'entrisme des trotskistes en l'appliquant à la droite depuis la dernière présidentielle. Ses membres avaient l'habileté de ne jamais réclamer des rôles de premier plan, mais de tenir des postes clés. Rien d'étonnant si on les retrouvait en charge des Finances. Le directeur était un grand jeune homme aux épaules larges. Je compris pourquoi quand je vis sur son bureau des photos de compétitions de water-polo. Pour ne pas avoir l'air d'un catho tradi, il s'était laissé pousser une barbe courte qui lui donnait juste l'air d'un catho tradi avec une barbe courte.

En me voyant, il se leva d'un bond et me tendit une main large qui broya la mienne. De mon côté, je lui décrochai mon sourire d'animateur de téléréalité, prêt à accueillir les plus banales des digressions et à les transformer aussitôt en évangiles apocryphes.

– Enchanté, je suis Guillaume. Vous êtes Benjamin ? Je sais que vous êtes déjà venu au siège, alors je ne vais pas vous faire perdre trop de temps. Avez-vous apporté tous vos papiers ?

– Bien sûr.

Je fouillai dans mon sac de sport pour en sortir des feuilles chiffonnées dont la vue le fit sourire.

– Nous sommes honorés de pouvoir vous compter parmi nous. Savez-vous que nous sommes nombreux à avoir lu vos articles sur le XVIe siècle ? Cette époque est fascinante ; elle ressemble tellement à celle d'aujourd'hui.

– Ah ? Et pourquoi selon vous ?

– Les guerres de Religion, nous y sommes ! La dégénérescence de la cour des Valois, nous y sommes ! Le Louvre, tout le monde y était armé, sauf l'État ! Nous y sommes aussi...

– En effet. Y a-t-il des papiers qui manquent ?

– Non, je regarde. Tiens, vous n'êtes pas marié, demanda-t-il en faisant un clin d'œil.

– Est-ce nécessaire ?

Il rit une nouvelle fois. Il devait savoir que c'était là une de ses armes de séduction massive.

– N'y voyez là aucune critique, mais beaucoup de vos congénères sont, aujourd'hui, mariés.

Autant par lassitude que par souci d'écourter la conversation, je ne relevai pas le terme désagréable de « congénères ».

– Eh bien, ce n'est pas mon cas.

– Vous avez raison. Imagine-t-on Mishima ou Pasolini mariés ?

Il parlait comme Sarah Berg ou plutôt, il parlait comme tous ceux qui pensent que les homosexuels ont un rôle social à jouer et que les lois du mariage ne peuvent pas coller avec celles de l'artiste rebelle ou de l'écrivain en marge (car si l'on n'était ni l'un ni l'autre, pourquoi aurait-on « choisi » (*sic*) cette voie qui était une impasse pour l'espèce ?). Le plus drôle dans cette affaire - si tant est que le mot « drôle » soit approprié - était qu'à l'autre bout de l'échiquier politique, des gays pensaient eux aussi que les homosexuels avaient un devoir de militance à remplir, qui leur interdisait de céder aux sirènes de ce symbole du conformisme bourgeois qu'était le mariage. Tout cela ne me parlait pas trop. Moi, dont les convictions étaient à l'image de mon enfance : frêles et douillettes.

Je fus tiré de cette triste conversation par le général, qui passait dans l'*open space*. Il me fit un signe bref pour le rejoindre. Je remerciai mon interlocuteur sans avoir eu le temps de lui dire qu'il existait une excellente équipe gay de water-polo affiliée à sa fédération. À quoi bon ? Sans doute m'aurait-il répondu que jamais Mishima ou Pasolini n'auraient accepté de boire la tasse dans un bassin avec un bonnet sur la tête...

– Bonjour, Benjamin, vous tombez bien. Suivez-moi dans mon bureau. Je reçois dans cinq minutes Michel Onfray, à sa demande expresse, et j'avoue que si j'apprécie le caractère, je ne sais pas trop quoi lui dire.

– Ne dites rien, mon général.

– Je vous demande pardon ?

– Écoutez-le. Ne dites rien.

Quand j'étais jeune, je dévorais la prose de Michel Onfray. Il avait commencé par donner du marteau contre les idées, comme son cher Nietzsche, afin d'entendre leurs résonances. Celles qui sonnaient creux étaient jetées à la casse puis refondues parfois avec de nouvelles. Dans son genre, il était une sorte de ferrailleur. Le problème était, peut-être, que les années passant, il avait fini par prendre goût au seul maniement de la masse. Grâce à elle, son poids éditorial était devenu considérable, sa face s'était élargie et son corps épaissi. Au début, il avait bien pris soin de copier les manières de son milieu, mais l'âge venant, son visage criait le secret qu'il s'efforçait de dissimuler : celui de n'être, au fond, qu'un bon gros garçon. Il en avait le ton bourru et la rhétorique agressive. Sa dernière abstinence médiatique avait été de plus courte durée que les précédentes. C'était moins une traversée du désert qu'une traversée de bac à sable. Il s'apprêtait à publier quatre livres en même temps, dont un sur la diététique du Pr Raoult.

– J'aime bien son côté « Aristote, Kant, Hegel, Freud, tout cela ne vaut pas tripette », m'avait dit le général juste avant qu'Onfray n'envahisse la pièce par sa tonitruante présence.

– Vous avez vu ? interrogea le philosophe sans même dire bonjour. Ce sont les médias qui l'ont annoncé : Joe Biden est élu. Formidable ! Ce sont les médias qui annoncent désormais la vérité politique, quand bien même les comptages sont toujours en cours. Mais les médias ont décidé et tout le monde de s'incliner devant le roi nu. Or, vous savez aussi bien que moi qu'il y a des fraudes dans toutes les élections et pas seulement celle-ci, il y a des fraudes dans tous les pays démocratiques, qui sont le lieu où l'on peut prendre le pouvoir et le garder en laissant croire que l'on est démocrate. Mon général, je ne sais pas si votre décision est prise de vous lancer dans la bataille, mais laissez-moi vous donner ce conseil : méfiez-vous de l'État profond, c'est lui qui décide. Lui, c'est-à-dire les banquiers, les fiscalistes, les tenants du complexe militaro-industriel, la mafia. Et je vois à votre tête que vous allez me dire : « Et Macron. » Macron ? Il a beau surjouer le régalien, il ne le sera jamais. Vous vous rappelez cette séquence dans la Cour carrée du Louvre ?

Quelle grotesque figure, il n'était pas habité par la politique, il était habité par les caméras. Si vous partez dans cette course à la présidentielle, ce que je comprendrais car j'ai songé moi-même à être candidat (et je n'ai pas totalement abandonné l'idée), si vous êtes candidat, donc, faites que la politique reste ce qu'elle n'aurait jamais dû cesser d'être. L'expression du peuple, libre et souverain. Si l'on n'est pas souverainiste, on est quoi ? Hein, on est quoi ? Je vous le demande. Le contraire de « souverain » est « vassal ». Dans ce cas, j'aimerais que l'on ose dire quel est notre suzerain ? Qui ? Qui ?

Le général hochait la tête, l'encourageant à continuer. Ce dont Onfray n'avait pas besoin tant était grand chez lui le plaisir qu'il avait à s'écouter jouer avec les noms, les situations, les citations. Les mots roulaient dans sa bouche. Moi, je me tenais sagement en arrière, sans broncher. De temps en temps, le philosophe s'arrêtait et levait les mains en l'air, paumes vers le ciel, comme s'il priait une divinité inconnue. Et j'imaginais, cette fois, combien il aurait excellé dans le rôle du penseur gnostique des premiers siècles. Huysmans avait raison : tous les débuts et les fins d'une époque se ressemblent. Et la nôtre excellait dans l'art de faire passer pour de la sagesse ou de la profondeur le surnaturel de baraque de foire.

Le philosophe reprit :

– La ligne de fracture ne passe pas, aujourd'hui, entre la droite et la gauche, les progressistes et les réactionnaires, mais entre le peuple sur qui s'exerce le pouvoir et ceux qui exercent le pouvoir. Comme l'écrivait La Boétie, il suffit que le peuple décide de ne plus obéir pour que le château de cartes s'écroule d'un coup. Alors, oui, j'ai choisi le camp du peuple, j'ai choisi ce côté-ci de la barricade où se tiennent les pauvres, les humbles, les gens modestes privés de parole, celui qui défie les oppresseurs.

J'avais entendu et lu plusieurs fois Michel Onfray évoquer son père ouvrier agricole, sa mère femme de ménage, qui lui achetaient des vêtements solides et non « à la mode ». Je savais qu'il aimait ce mot de Nietzsche : « Toute philosophie est une biographie. » Mais peut-être parce que je le voyais cette fois devant moi, un autre souvenir s'imposa : celui d'une pièce « grinçante » d'Anouilh, *Pauvre Bitos ou le Dîner de têtes*. Fils d'une blanchisseuse, André Bitos est un fils du peuple devenu procureur au lendemain de la Libération. Il est invité par d'anciens camarades de la bonne société à un dîner où chaque convive choisit d'incarner une figure de la Révolution. Sans surprise, Bitos choisit Robespierre. À un moment de la pièce, acculé par les railleries des autres invités, il leur lance : « Si un jour, j'ai droit à des armes comme vous, messieurs, il y aura les deux bras rouges de ma mère croisés dessus. »

Le général avait écouté ce discours sans sourciller et même, je le crois, avec une attention extrême. Je savais qu'il avait lu et soigneusement annoté l'essai d'Onfray défendant les Gilets jaunes. Il voulait comprendre comment un de leurs leaders avait pu, au plus fort de la crise, souhaiter son arrivée à Matignon et le dépeindre comme un homme providentiel.

Le philosophe étant à bout de souffle, le général en profita pour poser une question que j'allais entendre bien souvent et qui était un peu la réplique militaire du fameux « Vous êtes venu comment ? » que Giscard demandait à chaque personne rencontrée :

– Qu'êtes-vous prêt à faire pour notre pays ?

Je compris plus tard l'habileté de cette formule. Il ne serait jamais venu à personne l'idée de la poser en retour à un soldat puisque ce dernier, en raison de son engagement, y avait répondu en adhérant au patriotisme, à la discipline, à la fraternité et, surtout, à l'esprit de sacrifice.

Onfray regarda le général avec étonnement. Il ne faisait guère de doute, à ses yeux, que son parcours, ses livres et son existence même constituaient un crédit illimité qu'il avait ouvert à la nation française.

– Je ne comprends pas bien le sens de votre question...

– Je ne suis pas un penseur comme vous, poursuivit le général. Je n'ai pas votre talent. Je ne suis qu'un homme d'action et de décision. Et je me garderais bien d'empiéter sur des domaines qui ne sont pas les miens. C'est à vous et à vous seul qu'il revient de susciter l'adhésion, de réveiller notre peuple, de renverser les montagnes de préjugés. Davantage que ma simple personne, la France a besoin d'hommes tels que vous.

– Ne prenez pas mal ce que je vais vous dire, répondit le philosophe flatté, mais je vous voyais davantage « casque à boulons ». L'essentiel est que vous soyez, comme moi, convaincu d'une chose : cette fois-ci, leur fête est finie.

Les deux hommes se séparèrent en se serrant longuement la main. Une fois Onfray parti, je me tournai vers le général.

– Vous ne lui avez rien dit de vos intentions !

– Vous apprendrez qu'il faut toujours choisir le bon moment, dit-il sur un ton un peu sec. En attendant qu'il survienne, nous devons tous avoir à cœur d'entretenir la légende.

– Qui est ?

– Mais voyons ! Que je ne suis pas candidat !

Et sur ces paroles, le général me planta là, me laissant totalement décontenancé.

23

« Combien de divisions ? »

Plantée dans le sol limoneux d'une anecdote bien construite, une contre-vérité est, telle la mauvaise herbe, presque indéracinable. L'anecdote en question était le lapin que le général avait posé au Club de Juin, où il était attendu pour une conférence. Ce cénacle organisait un déjeuner, chaque dernier lundi du mois, au musée de la Chasse, rue des Archives, dans l'ancien hôtel de Guénégaud. Autour de l'invité et du menu « petite battue », où figurait toujours un gibier, se rassemblaient des anciens ministres, des patrons de presse, des papes de la transition écologique et des banquiers.

Aux yeux des importants, cette absence était pire qu'une bévue, elle relevait du blasphème. D'autant que le conférencier s'était désisté pour assister à un goûter mondain chez Mme Genlis, membre influente de l'Académie des sciences morales et politiques, dont le salon avait en permanence une odeur de grenier. À n'en pas douter, le général briguait un des cinquante sièges de l'honorable institution.

Depuis trois mois, il était acquis pour le microcosme parisien que Philippe de Montjois ne nourrissait pas d'autre ambition que de faire la promotion de son dernier ouvrage et la tournée des Fêtes du livre pour le plus grand bonheur de son éditrice. Jamais il ne prendrait l'initiative de marcher sur les anciennes plates-bandes politiques de son frère, Charles, de crainte de le contrarier. Ce dernier multipliait les appels à une nouvelle croisade alors que le général donnait de plus en plus l'impression à travers son appel répété au bon sens paysan d'être devenu un de ces nouveaux gourous du développement personnel.

Les députés continuaient-ils à se presser dans son bureau ? C'était un leurre. Des groupes Facebook étaient-ils créés pour chanter ses louanges et en appeler sous son autorité à la restauration de la France ? C'était l'initiative des traditionnels allumés qui peuplent les réseaux sociaux. Parlait-on de ses multiples démarches pour rencontrer des industriels mécènes ? Normal. L'homme voulait assurer ses fins de mois et l'entretien du manoir familial. L'exercice relevait de l'équilibre financier depuis sa retraite.

« Montjois ? Combien de divisions ? » se gaussait le boulevard Saint-Germain quand une personne osait évoquer son nom pour pimenter une élection présidentielle qui s'annonçait aussi peu intéressante que possible. « C'est un contenant, mais où est le contenu ? » reprenaient souvent les éditorialistes en oubliant qu'ils avaient posé la même question, en 2016, quand ils débattaient des chances d'un certain Emmanuel Macron. Toujours aussi intuitifs, ils préféraient s'interroger sur les chances de ce nouveau présidentiable qu'était devenu le gênant vert, Yannick Jadot.

Cette séquence avait l'avantage de m'éviter les appels sarcastiques d'Ugo, qui avait commencé sa collaboration à l'Élysée dont j'ignorais toujours les contours, et les conseils rassis de Truchi relayés par Joubert. De temps en temps, le secrétariat du général m'envoyait un mail me demandant de reprendre un entretien accordé à *Nice-Matin* ou une tribune pour *L'Opinion*, ce que je faisais de bonne grâce dans la minute, tout heureux d'appartenir au monde enchanté du télétravail. Je pouvais ainsi me réserver de longues, très longues plages horaires où je me consacrais à ma vie rêvée et érotique sur les différents sites où je surfais. Cela tombait plutôt bien, les confinements successifs avaient fini par exacerber l'imagination des internautes et rendaient les interminables conversations beaucoup plus attrayantes, voire parfois excitantes. Les débats avaient remplacé les ébats.

L'appel de l'assistante du général me surprit en pleine activité que j'hésiterais à qualifier de « cérébrale ».

– Monsieur Strada ? Est-ce que je vous dérange ? Je voudrais vous passer le général.

Sans attendre ma réponse, elle me mit en contact avec mon employeur.

– Dites-moi, Strada, êtes-vous libre demain ?

– Oui, bien sûr, mon général.

– Tant mieux. Vous m'accompagnez pour un petit tour. Il est bon que vous ayez une meilleure connaissance du terrain. Nous décollons à 7 heures pétantes du Bourget. Présentez-vous une demi-heure avant au bâtiment Meulhmann Aviation. Ma secrétaire me dit qu'il se trouve à côté de Dassault Falcon Service. Vous allez trouver ? Vous avez bien noté ?

– Oui, mon général. Nous nous rendons où ?

– Alors, à demain.

24

En passant par la Lorraine

Dès 6 heures, j'étais dans le salon d'attente après avoir salué le pilote. Un homme qui avait une curieuse tête piriforme renforcée par une petite touffe de cheveux bouclés au sommet du crâne et des yeux minuscules. Il mâchouillait en permanence un cure-dents, ce qui, je ne sais pas pourquoi, me semblait assez peu professionnel et me mettait mal à l'aise. Sans doute parce que j'étais peu habitué à voyager ainsi. Ma dernière escapade avait été avec Bernard-Henri Lévy et Arielle Dombasle, qui m'avaient proposé de les accompagner à Venise pour l'ouverture du Palazzo Grassi, destiné à accueillir la collection d'art contemporain de François Pinault. Durant deux jours, le milliardaire était devenu le nouveau doge de la cité aquatique en louant tous les bateaux de la lagune pour transporter ses invités.

Le pilote me regardait lui aussi avec suspicion. Il devait juger que j'étais un intrus. Heureusement, dix minutes après mon arrivée, le général arriva, flanqué de son attachée de presse, Marianne Cougard-Cohen, enveloppée dans une longue écharpe Kenzo, du député européen Bruno Dargens, en parka rouge et pantalon beige, et de ce Guillaume à l'impressionnante carrure qui m'avait reçu au siège. Dès qu'il me vit, ce dernier me fit un signe de tête entendu, comme si nous partagions le plus lourd des secrets.

En me voyant, Dargens eut les yeux qui se voilèrent d'ennui. Quant au général, il répondit sans un son à mon salut, seules ses lèvres remuèrent. Il s'arrêta, en revanche, devant le pilote, avec lequel il parla chaleureusement.

Durant tout le trajet, il ne desserra pas les dents, lisant un discours qu'il annotait fiévreusement et dont je n'étais ni l'auteur, ni l'inspirateur, ni même le relecteur. Après l'avoir parcouru plusieurs fois, il ferma les yeux et s'assoupit. Magnanime, Guillaume, qui était assis derrière moi, me souffla dans la nuque :

– Nous atterrissons dans moins d'une heure à l'aéroport de Nancy.

Je décidai de me plonger sur mon portable afin de mieux comprendre l'objet de notre visite. La veille, une policière avait tenté d'arrêter un véhicule volé, mais elle avait été traînée sur cinq cents mètres par le chauffard, qui avait percuté une ambulance. Le conducteur, âgé de seize ans, en possession de plusieurs faux billets de banque, était mort sur le coup. Une heure plus tard, des émeutes avaient éclaté en différents points de la ville.

Avant de nous poser sur la piste, je regardai par le hublot ; j'aperçus des bouts de ciel bleu et, dans le lointain, trois colonnes de fumée noire.

À l'arrivée, deux voitures nous attendaient avec une cocarde tricolore collée sur le pare-brise. Le général parut alors seulement s'apercevoir de ma présence :

– Strada, vous monterez avec moi.

Les portes claquèrent avec un bruit ministériel. Nous prîmes place à l'arrière de la Renault Megane et Montjois posa sa main sur mon avant-bras avant de commencer à me parler sur un ton familier.

– J'ai tenu à ce que vous m'accompagniez parce que la visite que nous allons faire est importante. Je dirais même hautement symbolique. Lors de notre première rencontre, vous vous souvenez, je vous ai parlé de Bernanos, et aujourd'hui je vais vous entretenir de Maurice Barrès. Vous allez peut-être me demander si nous faisons de la politique ou de la littérature et vous aurez raison.

Je désapprouvai avec la tête :

– Ce n'est pas du tout le cas, mon général. Je suis en terrain connu. Mon maître à Sciences Po, Alain-Gérard Slama, aimait répéter que la littérature était une affaire politique et qu'elle était essentielle pour comprendre l'identité de notre pays et cela, depuis la nuit des temps. Il aimait souligner à quel point nos mœurs, mais aussi nos paysages, se définissent à travers leur expression littéraire.

– Et il avait bien raison. Nous allons en avoir la preuve tout à l'heure. Voyez-vous, Benjamin, je suis né catholique et je mourrai catholique. La foi est une vertu à mes yeux : c'est ce que j'ai essayé de transmettre à mes enfants. Mais j'estime que c'est la littérature qui est l'âme de notre nation.

Je pensai à cet autre général qui, à l'Élysée, avait fait installer une petite chapelle à ses frais. La religion avait, certes, une grande place dans la vie de De Gaulle, mais c'était son mystère. Jamais il n'avait invoqué Dieu dans ses choix. Il s'était toujours présenté en public comme le chef d'un État laïc. En revanche, personne ne pouvait contester les envolées lyriques et les passages épiques contenus dans ses mémoires. En France, tout est littérature et non pas religieux ou ethnique, c'est là le cours le plus intérieur de notre histoire.

– Qu'avez-vous lu de Barrès ?

Le général aimait bien faire passer des examens. Ce devait être une seconde nature pour se débarrasser des énarques qui préféraient se fourvoyer dans des considérations vaseuses et générales de crainte de reconnaître leurs lacunes.

– Je connais son œuvre et son parcours politique, mais je ne l'ai jamais vraiment lu, mon général.

– Dommage, vous auriez été intéressé par son parcours spirituel. Comprendre comment l'homme à ses débuts a pu écrire avec exaltation contre ce qui entravait l'épanouissement du moi, et comment il a pu évoluer vers le nationalisme républicain et l'attachement à la terre natale, aux racines. Cela devrait vous parler...

– Que me conseillez-vous de lire, mon général ?

– Je pourrais vous dire *L'Appel au soldat*, qui retrace l'épopée du boulangisme, mais ce serait un peu... téléphoné ? À mes yeux, son plus beau roman est *La Colline inspirée*, qui est la colline de Sion où est planté un monument célébrant la mémoire de Barrès. C'est le point culminant du plateau lorrain, d'où nous aurons une vue à couper le souffle sur la plaine du Santais.

– J'imagine que c'est là où nous nous rendons...

– Affirmatif.

– Je suis naïf, je pensais que nous nous rendions à Nancy en raison des émeutes.

– Est-ce que je commande une compagnie de gendarmerie ? Est-ce que je suis ministre de l'Intérieur ?

– Euh... ni l'un ni l'autre.

– Très bien. Dans une guerre, on choisit toujours d'amener son adversaire sur son propre terrain, et non l'inverse. Sinon, c'est la défaite assurée.

Le général demanda au chauffeur de « mettre les informations ». Cette formulation me rappelait celle qu'employaient mes grands-parents.

France Info, RTL, Europe 1 : les journaux ne parlaient que de l'attaque surprise qui avait eu lieu dans le château de Versailles, musée fermé au public depuis bientôt un an. Une première depuis la Seconde Guerre mondiale. Piétinant les tulipiers de Virginie, des militantes du Mouvement des Enragées s'étaient introduites, tôt le matin, dans les petits appartements et retenaient en otage la conservatrice, qui n'avait jamais rien fait dans sa vie que recueillir pieusement dans des carnets grandes anecdotes et petites histoires de la Cinquième République. Par un bref communiqué, les Enragées réclamaient qu'on rouvre immédiatement l'établissement, et aussi qu'il soit rebaptisé « Centre d'animation Claire-Lacombe », du nom d'une actrice bien sûr révolutionnaire et féministe. Sinon ? Elles promettaient de publier toutes les heures quelques morceaux choisis des fameux cahiers de la conservatrice... Une équipe du Raid, composée uniquement de femmes, avait été envoyée sur place. Elles avaient trouvé déjà sur place le ministre de l'Intérieur, prêt à accueillir les caméras, mais le chef de l'État lui avait intimé l'ordre de rentrer prestement à Paris et de laisser la place à sa collègue de la Défense.

Pas un mot sur Nancy. Rien. Il est vrai qu'il y avait belle lurette que les médias ne parlaient plus des violences urbaines, des actes de banditisme ou des véhicules brûlés. Ils ne faisaient que suivre une opinion publique qui avait fini par se lasser de ces sujets après le troisième confinement.

À un moment, les voitures quittèrent la route pour s'engager sur la départementale 51 puis 56. Au bout d'une demi-heure, nous nous arrêtâmes devant des murs épais, mais délabrés, derrière lesquels se tenait une imposante bâtisse à la fois moderne et médiévale.

– Vous pouvez sortir pour vous dégourdir les jambes si vous le souhaitez, Benjamin.

C'était la première fois que le général m'appelait par mon prénom. Je m'approchai de la porte d'entrée sur laquelle était inscrit *Château de Thorey-Lyautey – ouvert du 1er mai au 30 septembre et sur rendez-vous (groupe).*

– Excusez-moi, mon général, est-ce que ce château a un rapport avec le maréchal Lyautey ?

– Un : essayez de perdre cette habitude de vous excuser en permanence. Deux : en effet, le château a été construit dans les années 1920 par le maréchal Lyautey. C'est là qu'il s'est retiré après avoir servi la France, mais aussi le Maroc. Les imbéciles qui dénoncent le néocolonialisme l'ont aujourd'hui en grippe car il n'entre pas dans leur grille d'analyse manichéenne, il échappe à leur logique binaire. Il n'y a que dans l'armée que l'on peut entendre « une, deux, une, deux ». Plutôt que de mettre au pas, je préfère (je le cite de mémoire) « être de ceux auxquels les hommes croient ; dans les yeux desquels des milliers d'yeux cherchent l'ordre ; la voix à partir de laquelle les routes s'ouvrent... »

Nous repartîmes pour nous garer quelques centaines de mètres plus loin, devant la mairie du village. Je vis Bruno Dargens sortir comme un diable de l'autre voiture et monter quatre à quatre le perron de l'édifice.

Nous dûmes l'attendre presque une heure, durant laquelle le général m'évoqua la figure de Lyautey, ses démêlés avec Pétain, les gouvernements de la Troisième République, l'administration, les politiques et la franc-maçonnerie de l'époque.

Il me raconta comment ce légitimiste qui faisait célébrer en ces lieux des messes à la mémoire des Habsbourg-Lorraine s'était opposé aux colons, et combien il était obsédé par la question sociale et le dépassement des rapports de classes. Il me parla des artistes et des écrivains dont Liautey s'était entouré au Maroc, parmi lesquels André Gide. Comme je m'y attendais, il marqua une pause et, en guettant ma réaction, me parla de l'homosexualité de Lyautey, qu'il préférait d'ailleurs qualifier d'« homo-érotisme ». Ce moment aurait pu être gênant si Dargens n'était pas réapparu. Le parlementaire se mit à la portière et le général descendit sa vitre.

– J'ai évoqué l'état de délabrement du château, dit Dargens, en dépit des efforts de la mission Stéphane-Bern. Je pense que nous pouvons compter sur le maire et ses adjoints.

Il parlait avec l'enthousiasme d'une patrouille qui rentre d'une mission derrière les lignes ennemies.

25
Code Barrès

Je compris que le détour par le château de Lyautey était aussi un prétexte pour aller chercher avec les dents les cinq cents signatures dont avaient besoin les candidats à l'élection présidentielle. Les partisans du général voulaient partir avec une longueur d'avance et ne pas attendre paresseusement le dernier moment pour récolter ces parrainages comme le faisaient, chaque fois, les candidats ou candidates du Rassemblement national.

Les véhicules gravirent la côte qui serpentait jusqu'au village de Saxon-Sion. J'aperçus un attroupement près de la basilique, quelques centaines de personnes parmi lesquelles beaucoup plus de jeunes que d'anciens. Je reconnus quelques députés cornaqués par André-Marie Truchi, et remarquai un petit groupe entourant une femme d'un âge certain, au chignon impeccable.

Lorsque le général sortit de la voiture, il fut chaleureusement applaudi et aussitôt entouré. Pour la première fois, depuis le vibrant hommage des militaires lors de son départ, il renouait avec la foule. Certes, à l'occasion des signatures de son ouvrage, il avait serré les mains d'admirateurs, embrassé les vieilles lectrices et accepté les selfies avec les bambins ; mais l'atmosphère qui régnait ici était moins teintée de dévotion que d'émotion. Nulle pancarte, nulle banderole, juste une poignée de Tadzio boutonneux qui avaient au revers de leurs vestes une petite croix de Lorraine en or.

Chacun semblait nourri de la certitude qu'il écrivait une page d'histoire en venant sur cette colline qui offrait un panorama à couper le souffle. Il était temps de se rappeler la seule phrase connue du roman de Barrès, son incipit : « Il est des lieux où souffle l'esprit. »

– J'espère que vous n'avez rien contre une petite marche, me dit le général.

– Elle nous conduira où ?

– Jusqu'au bourg de Vaudémont qui est situé de l'autre côté de la colline et, peut-être, qui sait ? plus loin encore...

J'allais lui répondre, mais Truchi me prit familièrement par le bras alors que la petite troupe s'ébranlait en suivant le général qui marchait en tête d'un bon pas.

– Alors, jeune homme, êtes-vous heureux de renouer avec ceux qui ont foulé le sol sacré de cette terre de France qu'est la Lorraine ? Permettez-moi de vous présenter à Marie-France.

Je fis demi-tour et me retrouvai presque face à face avec la conseillère de Pompidou que j'avais interrogée au lendemain des attentats islamistes de 2015. Contre toute attente, elle me reconnut. Il est vrai que j'étais parvenu à publier son entretien *in extenso* dans *La Revue des Deux Mondes*, entre un texte d'Éric Zemmour et une tribune de Régis Debray.

– Monsieur Strada, vous qui êtes bien informé, commença-t-elle sans s'embarrasser de circonvolutions, pouvez-vous me dire avec qui le chef de l'État partage son lit ?

Ne m'attendant pas à ce genre de question, j'enfonçai les mains jusqu'au fond des poches de ma veste et les écartai en signe d'ignorance.

– Allons, je suis sûre que vous savez. Je ne veux pas croire que l'hypertrophie de son ambition ait étouffé le commerce des chairs. Pensez-vous réellement qu'il ait pu attraper autrefois la pandémie en étant plongé du matin au soir dans ses classeurs ?

Je pris un air distrait comme si elle me proposait de m'aventurer dans une partie de Jumanji en pyjama. J'envisageai une nanoseconde que Marie-France me laissât en paix, mais elle me bombarda de questions du même tonneau. Ma seule échappatoire fut de faire semblant de saluer de loin un des marcheurs. Je m'excusai platement et rejoignis le peloton de tête en marchant à grandes enjambées pour me retrouver à côté du Guillaume aux larges épaules, qui était avec Bruno Dargens.

– Peut-être pouvez-vous m'expliquer ce que nous sommes en train de faire ? lui demandai-je.

– Une promenade.

– Mais plus sérieusement.

Dargens intervint dans la conversation, le sarcasme à la bouche.

– Que se passe-t-il, Benjamin Strada, vous ignorez vos classiques ?

– De quel classique s'agit-il ?

– Une promenade, un candidat, un lieu hautement symbolique... Cela ne vous rappelle rien ?

Je reconnus que le parallèle avec l'ascension de la roche de Solutré, par François Mitterrand entouré de ses fidèles, m'avait échappé.

– N'est-ce pas dangereux de rejouer ce genre d'épisode ? hasardai-je.

– C'est dangereux si vous surlignez l'événement, monsieur Strada.

Je n'avais pas entendu arriver Marianne Cougard-Cohen, qui soufflait tel un phoque.

– Les pauvres Arnaud Montebourg et Laurent Wauquiez ont tenté l'expérience en collant au plus près du modèle initial.

L'ivresse des sommets, j'imagine. Ils se sont pris de sévères retours de bâton dans les médias. Et l'un et l'autre ont été jugés incapables de renouer avec notre histoire profonde et de prendre leurs distances avec la petite cuisine politique. En communication, il faut sug-gé-rer. Il faut laisser le journaliste croire qu'il a percé à jour ce qui relevait de l'évidence... Il est possible ainsi de prévoir les titres et même les jeux de mots de *Libé*. J'imagine qu'ils vont titrer « Code Barrès ».

– À chaque aventure, qui plus est si elle est collective, il faut un rituel. Nous n'avons pas attendu les maçons pour prendre conscience de la valeur du rite, enchaîna Dargens.

Nous parvînmes au sommet de la colline et débouchâmes sur une vaste clairière au milieu de laquelle était érigée une lanterne des morts. C'était le monument à la gloire de Barrès, dressé, notamment, avec l'appui du maréchal Lyautey. L'endroit était majestueux en raison de la vue sur la Lorraine, mais aussi du silence qui y régnait. Silence que respectèrent les marcheurs, placés en arc de cercle autour de l'édifice.

Le général gravit les quelques marches qui menaient au monument, orné d'un faisceau de douze colonnes couronnées par un toit en pierre surmonté d'une croix.

– Mes très chers amis, merci d'avoir fait ce chemin avec moi. La route qui doit nous conduire à assumer toutes nos responsabilités pour redresser le pays commence ici, sur cette colline, qui bat au rythme du cœur de la France. Vous pouvez voir que, sur les faces du socle de ce monument qui honore un de nos écrivains les plus glorieux, sont gravées des sentences.

Le général pointa l'une d'elles et lut d'une voix claire et posée :

– « L'horizon qui cerne cette plaine, c'est celui qui cerne toute vie. Il donne une place d'honneur à notre soif d'infini en même temps qu'il nous rappelle nos limites. » Mes amis, cet « en même temps »-là, je le respecte. Il a guidé ma vie de soldat, ma vie d'homme. Dans deux ans, nous célébrerons en ce même endroit la mort de Barrès. Rappelons-nous qu'en 1973, pour le cinquantenaire de sa disparition, Pierre Messmer, un soldat qui était Premier ministre à l'époque, était venu déposer une gerbe au pied de cet édifice. Lui ne s'était embarrassé ni des bien-pensants ni du conformisme ambiant. J'aimerais qu'à l'occasion de ce centenaire, la patrie rende un hommage à l'écrivain, mais, au-delà de lui, à celles et ceux qui vont quotidiennement à la rencontre de nos concitoyens et qui font ainsi corps avec la France dans ce qu'elle possède de plus charnel. Et nous savons tous ici que cela ne sera possible que si le jeune forcené qui occupe l'Élysée quitte les lieux où il est entré par effraction. Mes amis, je vous annonce, en ce jour, ma décision de me porter candidat à la présidence de la République.

Ce discours bref et qui semblait improvisé fut accueilli par des dizaines de « Montjois président ! ». Marie-France tomba dans les bras du général.

– Bravo, Philippe, d'avoir ainsi salué la mémoire de Messmer, l'homme qui nous a assuré l'indépendance énergétique et la souveraineté nucléaire !

Je souris car je me souvenais que Marie-France avait œuvré pour en faire un candidat à la présidentielle, face à Giscard d'Estaing et Chaban-Delmas, mais que le premier avait été plus habile et plus prompt à la manœuvre.

En marge de nombreux échanges et effusions entre ceux qui avaient enregistré l'événement, je voyais Marianne Cougard-Cohen en grande conversation avec deux autres femmes qui griffonnaient quelques notes sur un carnet Moleskine modèle Bruce Chatwin. Guillaume vint une nouvelle fois à mon secours, en m'expliquant que les interlocutrices de l'attachée de presse étaient deux journalistes de l'AFP et de *L'Est républicain*.

Les marcheurs arrivèrent par groupes de dix à Vaudémont. En face de l'église du village, de longues tablées les attendaient à l'Auberge de la colline. Le nombre de convives n'avait pas impressionné les restaurateurs, habitués à accueillir les grands mariages de la maison. Après le traditionnel punch lorrain à base de liqueur de mirabelles, ils n'avaient pas craint de mettre les petits plats dans les grands en servant pâté en croûte et jambonnette de pintade farcie aux morilles. La marche m'avait ouvert l'appétit et je parvins en rusant à être servi deux fois. Ce que je regrettai quand notre chauffeur vint m'annoncer que nous repartions à Paris en voiture, le général voulant se recueillir au mémorial Charles-de-Gaulle à Colombey-les-Deux-Églises.

Cette fois, le général prit à ses côtés Marianne Cougard-Cohen, qui fut à deux doigts de finir comme Isadora Duncan en coinçant son écharpe dans la portière. Je montai dans l'autre voiture et m'assis à l'arrière avec Guillaume, qui tenta d'interrompre ma somnolence en me racontant l'histoire de la croix de Lorraine avant qu'elle soit l'emblème des Forces françaises libres puis du gaullisme.

Cette croix double était, au départ, les morceaux de la vraie croix dérobés par les Latins aux Byzantins à l'issue de la quatrième croisade (Guillaume dit « repris »). Ces reliques passèrent entre les mains d'un évêque franc qui les revendit pour quelques livres tournois à un obscur chevalier, qui les revendit à son tour pour un bol de bouillie à une abbaye près d'Angers. Ayant échappé aux pillages durant la guerre de Cent Ans, elles furent vénérées par les ducs d'Anjou, qui les mirent sur leurs armoiries. Je savais que le frère du général avait ressuscité à Baugé la mémoire de René Ier d'Anjou à travers son spectacle son et lumière. Ce que je ne savais pas, c'est que c'était en son château qu'il reçut le titre de duc de Lorraine, et qu'il prit la décision de faire aussi figurer la relique sur les armoiries de son nouveau fief, faisant ainsi passer la croix double d'ouest en est.

Après... eh bien, après j'ai tout oublié de l'arrêt au mémorial et des autres pérégrinations de cette croix de Lorraine. Je dus entendre parler des Guise, du Reichsland d'Alsace-Lorraine, de l'amiral Muselier et de la Slovaquie, mais ce fut dans un épais brouillard. Je me réveillai à 1 heure du matin alors que nous franchissions le périphérique, la tête sur la large épaule de mon voisin.

26

La reine des gitans

J'étais décidément abonné aux nuits courtes. Il était 5 heures du matin et, une nouvelle fois, mon portable n'arrêtait pas de sonner. Encore deux ou trois réveils de ce genre et j'allais finir par croire que j'appartenais à « la France qui se lève tôt ». Mais, au moins, cette fois, je connaissais l'identité de l'intrus.

– Soldat Pithivier de la 7e compagnie au rapport ! À qui ai-je l'honneur ? plaisantai-je en décrochant.

– Arrête tes plaisanteries stupides, hurla un Ugo à la limite de l'hystérie. Qu'est-ce que c'est encore que ces conneries ?

– Ces conneries ?

– Je t'interdis de jouer à ça avec moi, veux-tu ? Je viens d'entendre France Info. Tu es sûrement au courant. D'ailleurs, tu aurais pu, au passage, m'alerter avant que la nouvelle ne tombe. Je passe pour qui, moi ? Et toi, tu passes pour quoi ? Ton général se présente à la présidentielle ! Et pourquoi pas la reine des gitans ? Comme si toi et tes amis n'aviez rien d'autre à faire que de foutre le bordel dans ce pays alors que la France connaît la pire crise sanitaire, économique et sociale de son histoire et que, nous, nous nous tuons à la tâche, jour et nuit, les mains dans le cambouis !

Il n'y avait plus aucun doute sur le fait qu'Ugo était passé de l'autre côté du miroir. Et avec quelle rapidité ! Voilà que sa nouvelle passion dépassait les limites de la décence. Je l'avais connu fan de Madonna, de *yagli gures* (la lutte à l'huile turque), du Circuit Barcelone (le festival gay in-con-tour-na-ble de l'été), des romans de Philippe Besson et, aujourd'hui, je ne doutais pas qu'il devait décortiquer chaque entrefilet où le chef de l'État était mentionné, traquant le moindre commentaire irrespectueux ou l'allusion ironique en hurlant à l'attentat séparatiste ou au complot russe.

Depuis quatre ans, on voyait des centaines d'Ugo qui avaient l'écume aux lèvres dès que pointaient un avis divergent ou l'amorce d'une critique sur Césarion. Pour un entomologiste politique, il était surprenant de voir avec quelle rapidité ce régime sans parti, sans élus locaux et sans militants avait produit ses propres trolls sur les réseaux sociaux, qui, par leurs comportements et leurs emportements, se distinguaient à peine de ceux de l'extrême gauche ou de l'extrême droite.

Je me demandais quand Ugo avait les « mains dans le cambouis », et s'il exhibait sa salopette Citizen of Humanity. Le créateur de la marque en avait fait en couleur kaki assez seyante avec prix étudié, c'est-à-dire bradé. Il la portait auparavant avec une authentique copie d'un béret du Che fabriqué par d'authentiques enfants ouïghours. Mais je me gardai de plaisanter à ce sujet car il était tellement agacé qu'il passa très vite à un registre plus vulgaire et sexué, devenu très à la mode rue du Faubourg-Saint-Honoré.

– Tu sais ce qu'a dit Emmanuel lorsqu'il a entendu les premières rumeurs autour de cette candidature pour les nuls ? Qu'il n'allait pas se faire cocufier par un connard de militaire et qu'on « allait vous la mettre bien profond ». Et c'est ce qu'on va vous faire et à sec, sans gel, avec du gravier. Préparez-vous. Vous voulez jouer aux cons ? Vous avez un comportement obscène ? OK. Baissez vos culottes, c'est l'État qui pilote !

Sur ces paroles aussi menaçantes que peu poétiques, il raccrocha. Venant d'un garçon qui avait vu plus de bites dans sa (courte) vie que les urinoirs de la gare Saint-Lazare, cela me paraissait assez farce. Je n'avais aucun doute que cette crisette lui passerait. Ugo me faisait souvent penser à ces enfants qui tapent la chaise contre laquelle ils viennent de se cogner.

Je regardai mes mails et m'aperçus que j'en avais reçu une dizaine de lui. Mais j'avais aussi plusieurs messages WhatsApp de Richard Kupferman me demandant de l'appeler sans tarder, et même trois appels du ministre Clément Beaune. Mais qu'est-ce qu'ils avaient tous à s'exciter comme si le feu venait de se déclencher au Bazar de la Charité ? Encore que, selon les témoins, la duchesse d'Alençon avait été digne dans l'épreuve.

Cette agitation ne correspondait pas à l'assurance de ces derniers mois. J'avais cru comprendre que cette campagne présidentielle devait être une promenade de santé pour leur candidat, que c'était archibordé, *under control*, que leur président avait su vampiriser toutes les forces politiques allant de Jean-Pierre Chevènement à Nicolas Sarkozy, après un grand entretien accordé au *Point* où il entrait plus de confessions que de vérité.

Un observateur politique prenant ses sources ailleurs qu'à l'Élysée aurait vu dans ces réactions une preuve supplémentaire que le pouvoir était bien à ramasser. L'appel de Sion de Philippe de Montjois donnait l'impression de ces pierres enfouies depuis longtemps dans la terre et qui, une fois soulevées, dévoilent un monde grouillant d'insectes. À voir l'agitation de ce microcosme, il était évident que le temps des coups tordus, des chausse-trappes et des contre-feux n'allait pas tarder. Et il y avait fort à parier que des candidatures concurrentes allaient apparaître dans les prochains jours pour noyer celle du général. Au fond, rien que du très classique.

– Tu viens te recoucher, chéri ?

Répondant à la demande, je fis demi-tour et regagnai ma chambre. Guillaume était allongé sur le dos, à moitié recouvert du drap. De la porte, je ne voyais que ses épaules de nageur, sa silhouette sans hanche mais dotée d'un fessier sculpté par des années de squats. Je m'allongeai à côté de lui et lui murmurai à l'oreille comme il n'avait pas arrêté de le faire durant notre escapade lorraine :

– Désolé, c'était un ami, enfin une connaissance, qui travaille à l'Élysée. Je crois que notre général a foutu un beau bazar en annonçant sa candidature.

– Il fallait s'y attendre, Ben. Tu croyais quoi ? Qu'ils allaient nous laisser gambader tranquillement ?

– Non, mais je crois qu'ils ne vont pas tarder à répondre et que cela sera laid et sale.

– Sûrement, ils sont arrivés ainsi au pouvoir, je ne vois pas pourquoi ils ne feraient pas tout pour le conserver. Mais on a le temps d'y penser. Le temps travaille pour nous, allez, viens, recouche-toi.

J'obtempérai mais ne pouvais m'empêcher de penser à ce qui allait nous tomber dessus. Je dis « nous » car j'étais bien obligé de m'inclure dans cette aventure. Qui disait riposte disait aussi contre-riposte et donc nouveaux éléments de langage, chasses aux citations, formules à l'emporte-pièce et, surtout, stress supplémentaire pour trouver les bons coups aux couilles car je me doutais bien que les prochains argumentaires ne seraient pas du niveau d'une dissertation sur les mérites comparés de Bernanos et de Barrès.

Aussitôt Guillaume rendormi, je me relevai pour retourner me jeter entre les mâchoires du canapé.

Durant les minutes qui s'étaient écoulées, Richard Kupferman m'avait envoyé des messages pleins de points d'interrogation. Je finis par l'appeler. Sa voix était chaude et bienveillante.

– Bonjour, Benjamin, merci de me répondre.
– Tu es où ?
– Au spa du Grand Hôtel Urban de Tananarive. J'attends mon massage aux huiles essentielles avant le petit déjeuner avec un groupe d'amis.
Soit un décalage horaire de deux heures. Les amis en question devaient être les dix-sept Malgaches qui avaient généreusement participé à la levée de fonds en faveur d'Emmanuel Macron lors de la précédente présidentielle.
– Cela me fait plaisir de t'entendre, qu'est-ce qui me vaut de tes nouvelles ?
– À ton avis ? Je sais que tu as accompagné le général Philippe de Montjois en Lorraine. Il y avait du monde ?
– Oh… quelques dizaines de sympathisants, tout au plus, qui voulaient se faire dédicacer leur livre avant les fêtes de fin d'année…
– Des lecteurs bien motivés, j'imagine. Faire plusieurs kilomètres à pied sous un léger crachin pour une signature, voilà qui n'est pas anodin, ironisa Richard sur un ton qui s'efforçait d'être badin.
Je me demandais où il voulait en venir. L'idée m'avait traversé l'esprit qu'il venait non pas aux nouvelles mais qu'il voulait réellement savoir comment je me portais. J'oubliais que pour Richard, l'amitié n'entrait pas en ligne de compte quand il s'agissait de son ami de l'Élysée. Lui et ses collègues banquiers jouaient trop gros.
Je décidai d'adopter le même ton que lui.
– Mais tu sais à quel point les gens s'enthousiasment parfois pour des hommes ou des femmes qui leur paraissent nouveaux. Ces derniers temps, c'est un peu la foire aux personnalités providentielles. Ils nous ont même ressorti Michel Barnier en sauveur alpin de la droite. Ça va, ça vient, comme à la fête foraine…

Demain, ils penseront à autre chose et se précipiteront sur un ouvrage de Nadine de Rothschild pour savoir si on place le masque du côté gauche ou droit de l'assiette. En attendant, on se revoit quand ?

– J'ai encore quelques déplacements professionnels à faire, dont un à Londres afin de préparer un gros événement.

Je me souvenais des fameux petits déjeuners, déjeuners et dîners de Macron à la City. Il s'y était rendu pas moins de quatre fois pour solliciter les gentils donateurs. Nul doute que Richard préparait une opération similaire. Les Français expatriés devaient d'autant plus être heureux de toucher leur candidat naturel avaient été malmenés par le double confinement du Brexit et de la pandémie.

Voyant qu'il ne tirerait aucun enseignement de notre conversation, Richard Kupferman prit congé avec force manifestations d'amabilité. J'allumai InfoNews et tombai sur le débat du matin qui tournait autour de la libération de la conservatrice du château de Versailles après l'intervention victorieuse du Raid. Avait-on eu raison de n'envoyer que des femmes pour riposter au commando féministe ? N'était-ce pas là une forme déguisée de sexisme ou de communautarisme ? Fallait-il opter pour la même démarche si de prochains commandos étaient composés de lesbiennes tchétchènes ou d'islamistes atteints de surcharge pondérale ou de Corses de petite taille ?

Le débat suivant mettait en scène un ministre de la jeune garde macronienne intervenant à la Sorbonne. Le malheureux avait commencé son discours ainsi :

– Messieurs, comme vous êtes tous ici des employés de l'université...

Il avait immédiatement été interrompu par une petite voix :

– Excusez-moi, monsieur le ministre, nous ne sommes pas les employés de l'université, nous sommes l'université.

La question tournait ensuite autour du savoir inutile et de la connaissance nécessaire. Terrorisé, l'animateur de l'émission venait d'être kidnappé en direct par Sarah Berg, plus flamboyante que jamais, passant à la sulfateuse syntaxique les cinq autres débatteurs qui ne pouvaient aligner deux mots sans être interrompus d'un tonitruant « Mais laissez-moi parler ! ». Je crois que son intervention portait sur le lien entre université et universalité.

Le bandeau d'information continue de la chaîne d'info évoquait l'appel du général de Montjois en termes expéditifs, coincé entre l'occupation d'une usine de nickel par les indépendantistes kanaks qui avaient brûlé la moitié des bâtiments appartenant à leur province et le septième séjour à l'hôpital en Allemagne du président algérien, qui cumulait la fonction de chef de l'État et de ministre de la Défense. Ce dernier était, selon le palais d'El Mouradia, dans une forme resplendissante. Tiens, le bandeau sur le général ne réapparaissait plus ! Comment banaliser une candidature à la présidentielle. Le service public minimal. Il n'y avait rien à attendre d'autre.

– On parle de nous ? demanda Guillaume, que je n'avais pas entendu s'approcher.

Il avait pour seul vêtement une serviette de bain nouée autour de la taille comme s'il s'agissait d'un pagne.

J'allais lui répondre quand nos deux portables vibrèrent au même moment. Le message était identique : nous étions requis d'urgence au siège de campagne. Et il n'était que 7 heures du matin.

27
L'honneur d'un capitaine

Devant l'immeuble, Guillaume demanda que nous montions l'un après l'autre pour ne pas être vus ensemble. Je m'attendais à ce type de requête et débarquai dans l'open space presque désert. Seuls des éclats de voix parvenaient du fond de la pièce, du bureau du général, dont la porte était entrouverte.

Je me glissai pour voir une scène incongrue. L'attachée de presse, Marianne Cougard-Cohen, était vautrée dans le fauteuil du général, un pied sur le rebord de son bureau. Philippe de Montjois, la mine grise comme une statue de pierre, était assis sur une chaise tel un enfant dans le bureau de la directrice.

Bruno Dargens et Serge-Marc Joubert se tenaient derrière, dans le rôle des surveillants prêts à exécuter la sentence.

– Soyons clairs, mon général, disait Cougard-Cohen, quand j'ai été détachée par le groupe pour vous suivre dans cette aventure, je connaissais les risques, mais une chose était bien entendue entre nous. Une seule. Une chose capitale car, sans elle, il ne peut pas y avoir de stratégie de communication efficace : c'est que vous ne me cachiez rien. Rien. De même que pour un avocat, il ne saurait y avoir de bonne défense sans que son client se mette à table, il n'y a pas de bonne communication s'il reste des éléments cachés, des zones d'ombre qui finissent par nous enfermer dans une citadelle de mensonges...

J'approuvais d'autant plus ses propos que je pensais, en moi-même, que le métier de nègre, car c'était bien un métier, était basé sur un principe strictement identique.

Avant que je ne demande la raison de cette réunion, Joubert me tendit la copie d'un mail qui commençait mal : *Bonjour, général de Montjois, je suis journaliste à* Mediapart *et nous travaillons sur une galerie de portraits des candidats de l'extrême droite...* Je fis la grimace. Le mail continuait avec des questions abruptes et comminatoires sur la famille Montjois et ce, jusqu'aux cousins issus de germain, le patrimoine, les moyens de locomotion, les croyances et les pratiques religieuses, les voyages effectués récemment... Mais c'est le dernier paragraphe qui me donna des sueurs froides. *Que faisiez-vous le 4 décembre 1992 à Mogadiscio ? Quel était le nombre de soldats sous vos ordres ? Connaissez-vous Francis Caniliolli ? Avez-vous été lié de quelque manière avec le général Mohamed Farrah Aidid ? Avez-vous déjà couvert en tant que capitaine une ou des exactions de vos hommes ? Avez-vous déjà fait l'objet d'une enquête du commandement ?*

Le journaliste concluait sur le même ton inquisitorial en brandissant les mesures de rétorsion éditoriales habituelles en cas d'absence de réponse. Dans son auguste clémence, le plumitif accordait un délai de deux heures avant la publication de l'article.

– Qui est le journaliste ? demandai-je.

Personne ne daigna me répondre.

– Je vous écoute, Philippe, qu'avez-vous à nous dire ? demanda Marianne Cougard-Cohen. Qu'est-ce que cherche *Mediapart*, pourquoi vous attaquent-ils ?

– C'est une vieille histoire, dit le général d'une voix lasse.

– Alors je vais vous apprendre quelque chose, répondit l'attachée de presse, qui prenait de plus en plus le visage et le ton de voix d'une Valkyrie. Sachez qu'avec Internet et la tyrannie des réseaux sociaux, il n'y a pas, il n'y a plus de « vieille histoire », ni d'« Il faut resituer le contexte », encore moins de « C'était une autre époque ». Ce que l'on juge, c'est toujours l'extérieur de la vie des autres. Durant cette campagne électorale, tout ce que vous avez dit ou fait va être passé au tamis de l'émotion et, si c'est nécessaire, de la désinformation.

– J'en prends acte, rétorqua le général, cette fois sèchement. Je vais donc vous raconter les faits. Seulement les faits. C'était en décembre 1992, après le renversement du général Siad Barre par des factions rebelles, la Somalie était le terrain de jeu de seigneurs de la guerre rivaux que ni les Russes ni les Américains ne contrôlaient. L'urgence était de briser l'encerclement militaire de Mogadiscio et de permettre l'acheminement de l'aide humanitaire vers la capitale. Les Nations unies avaient décidé d'expédier des forces armées sous commandement américain. C'est l'opération Restore Hope qui...

– Aux faits, général, si vous voulez bien... Aux faits !

– Bien sûr. Nous soutenions l'intervention mais il y avait eu la guerre du Golfe. À l'époque, il était nécessaire de faire preuve d'une certaine autonomie par rapport aux États-Unis, plus pour des raisons de politique extérieure que pour des enjeux géostratégiques. L'ordre a été donné par l'Élysée d'être sur place avant nos alliés. Jeune capitaine stationné à Djibouti, j'ai donc été envoyé avec mon unité - une cinquantaine de soldats - dans le quartier de Shigani, à l'est de Mogadiscio, où des rebelles se livraient à des exactions contre les civils. Pour couronner le tout, on m'avait mis dans les pattes un reporter de guerre, Francis Caniliolli, qui accompagnait le détachement. Un bidonneur de première qui avait ses entrées chez Rocard et donc son rond de serviette dans tous les cénacles de ce que l'on nommait la « deuxième gauche », cette gauche vertueuse sans morale.

– Les premiers cocus de Macron, ricana Joubert.

– Arrivés sur place, nous avons réalisé que nos informations étaient tronquées. Il ne s'agissait pas d'insurgés comme les autres mais des soldats de l'armée du général Mohamed Farrah Aidid.

– Le général dont a parlé le journaliste...

– Affirmatif. Il s'était désigné président de la Somalie, et nous avons compris très vite combien l'opération allait être délicate, tant la population et les rebelles étaient imbriqués. C'est pourquoi, après la mise en place d'un dispositif me permettant de reprendre progressivement le contrôle de la zone, j'ai refusé de faire feu sur la troupe d'insurgés qui finissait de brûler et piller le quartier. Des enfants étaient avec eux ! Ils s'en servaient comme bouclier humain en leur faisant porter des fausses mitraillettes autour du cou. Afin d'éviter un carnage plus grand encore en intervenant, j'ai laissé faire avant de reprendre le contrôle du quartier et me lancer à la poursuite des pillards.

– Je ne vois pas où est le problème, mon général, intervint Bruno Dargens.

– Le problème est que ce planqué de gratte-papier, dans un article au vitriol, a dénoncé notre passivité apparente et suggérée, non sans avoir usé et abusé de nombreux conditionnels. Son papier n'a fait que très peu de bruit, il a été étouffé par l'actualité chaude du début de l'intervention militaire en Somalie. Cependant, j'ai été convoqué à l'état-major afin de confronter les allégations du reporter de guerre et la réalité du terrain. Dans la foulée, une enquête de commandement a été décidée mais sans ma mise à pied.

– Quelles en ont été les conclusions ? s'enquit, cette fois, Dargens.

– Cette enquête a conclu à l'absence de faute. L'accréditation du reporter n'a pas été renouvelée, ce qui a nourri chez lui une obsession qui s'est muée en haine profonde de l'institution militaire, accusée de cacher les pires exactions. Il a supporté d'autant plus mal l'affaire que, par la suite, j'ai été décoré pour cette opération de la croix de la Valeur militaire avec palme par le ministre de la Défense, Pierre Joxe. Eh oui, mes amis, je dois à Joxe ma première médaille militaire et ma première confrontation avec la tactique politique. Nos politiques sont de bons tacticiens mais de mauvais stratèges.

– Donc, reprit Dargens, rien de répréhensible mais assez pour faire peser le soupçon sur vos motivations profondes et faire de vous un général de cour comme il y a des abbés de cour... On fait quoi ? demanda-t-il en se tournant vers Marianne Cougard-Cohen.

L'attachée de presse enleva une de ses boucles d'oreilles pendante, grosse comme un œuf de pigeon, et prit son temps pour la soupeser. Puis elle laissa tomber de ses lèvres telle la prêtresse pythienne :

– On ne bouge pas. On ne répond pas.

Nous sursautâmes tous les quatre tant la position nous paraissait intenable.

– Philippe, reprit Cougard-Cohen, pouvez-vous me garantir qu'il n'y a rien d'autre que ce que vous venez de nous raconter ?

– Oui, dit le général d'une voix forte et claire.

– Alors, on ne bouge pas. Le journaliste a déjà fait son papier à charge, c'est évident. Lui répondre, c'est lui permettre de légitimer son article en choisissant dans votre texte les phrases les plus banales, les plus insignifiantes. Après quoi, il pourra dire : « Voyez, nous l'avons eu, nous l'avons écouté, mais nos preuves écrasent tout démenti. » Donc, laissons-les s'enliser. Cela ne fera du bruit que sur Twitter, par la communauté des fans de Plenel.

– Et qu'allons-nous répondre quand on va mettre en avant le droit d'informer ? intervint Joubert.

– C'est aux Français et aux Françaises que le général doit la vérité et non à *Mediapart*. Imaginez-vous le général de Gaulle...

– Stop ! hurla la communicante, nous faisant sursauter. On va arrêter avec cette formule à la con...

Deux heures plus tard, un article sans portrait du général paraissait sur *Mediapart*, passant en revue les différents candidats susceptibles d'incarner les innombrables sensibilités de la droite radicale française. Ce n'est qu'en fin de journée que le secrétariat du général reçut un nouveau courriel du site d'information qui contenait une nouvelle batterie de questions : *Avez-vous été en Bosnie-Herzégovine entre 1994 et 1996 ? Avez-vous participé dans le passé à une opération de* search and capture *d'une cible à haute valeur ajoutée ? Avez-vous isolé dans vos opérations les familles et séparé les hommes des femmes ? Vous et vos hommes, avez-vous protégé les combattants serbes engagés contre les populations civiles bosniaques ? Combien y a-t-il eu de victimes lors de votre dernière intervention sur le terrain ?* Cette fois, le questionnaire était signé : Francis Caniliolli.

28

Pour vivre heureux, vivons couchés

Une fois l'attachée de presse jetée dans un taxi - couvre-feu oblige -, les discussions sérieuses pouvaient commencer. C'était en tout cas l'impression que donnait ce dîner improvisé autour d'une saucisse-aligot, plat fourni par l'Ambassade d'Auvergne. Guillaume avait débouché quelques bouteilles de saint-pourçain blanc de son Bourbonnais natal. Il en faisait des tonnes pour convaincre l'assistance que ce vin longtemps dénigré ne déparait plus les grandes tables, tournant et retournant le pied de son verre entre les doigts, le scrutant, la tête penchée, comme s'il s'agissait du Saint-Graal.

– Guillaume, nous n'avons pas votre raffinement, s'amusa le général.

Le groupe autour de la table avait pris l'allure d'un club anglais : radicalement conservateur et exclusivement masculin. Nous avaient rejoints Charles, le frère du général, la lippe boudeuse, l'abbé Grospierres, qui se frottait les mains comme un maquignon après une bonne affaire, et l'écrivain André-Marie Truchi, arborant un énorme pansement autour de son index droit en raison, disait-il, d'un stupide incident d'intendance.

Contre toute attente, ce fut le journaliste Serge-Marc Joubert qui prit la parole.

– Je crois, mes amis, qu'il faut arrêter d'imaginer que nous vendons aux médias un produit ou un service et que les électeurs vont se comporter comme des « consommacteurs » passant leur temps à surfer sur le Net afin de juger notre impact sociétal et environnemental. Il faut mettre fin à cette sinistre blague qui transforme les programmes en compost politique : nous ne sommes pas une entreprise, nous n'avons pas pour ambition de faire de la France une *startup nation* ou autres niaiseries du même alambic. Laissons cette stratégie au camp adverse, à la firme, qui biberonne aux sondages et bidonne son projet. L'homme qui squatte l'Élysée n'est pas Jupiter comme l'ont complaisamment décrit certains de mes confrères au début du quinquennat, mais Hermès aux deux visages, le dieu des Carrefours, des Voleurs et des Commerçants.

En l'écoutant, le soupçon me vint que sa véhémence était surjouée.

– Bien dit, grinça pourtant Truchi, en pointant en l'air son index blessé et en l'agitant frénétiquement.

Avec son bandage impressionnant, l'essayiste ressemblait encore un peu plus à une momie. Je me demandais si le processus employé avait été l'assèchement du corps ou l'éviscération des organes vitaux.

– Qui peut encore le croire ? s'insurgea à son tour l'écrivain. Macron a beau entonner de plus en plus souvent son refrain sur la défense des valeurs françaises ou déclarer son intention de pourfendre les « élites monadisées » - les mêmes qui, soit dit au passage, ont financièrement soutenu sa candidature –, son discours n'imprime pas. Pourquoi ? Parce que les Français savent qu'il n'a aucune conviction et qu'il n'est inspiré que par le pur calcul du petit boutiquier qui veut agrandir son pas-de-porte électoral.

J'approuvai en hochant vigoureusement la tête afin de faire oublier que je reprenais pour la troisième fois de l'aligot. J'en proposai à Guillaume, qui refusa en se tapotant l'estomac et me jeta un clin d'œil de commisération. Sans doute voulait-il me faire comprendre que son corps était sculpté par une hygiène de vie drastique quand le mien l'était par une diététique qui empruntait davantage à Escoffier qu'aux moines du désert.

Truchi continuait de pérorer et avait remonté le temps. Nous en étions, si j'avais bien suivi, au baptême de Clovis. Plus il était en transe, plus sa voix nasale partait dans les aigus. Vexé de s'être fait voler la parole, Joubert prit la parole en poursuivant son idée, sa voix chevauchant puis masquant celle de l'écrivain, sous le regard amusé du général. L'habitude des débats sur InfoNews.

– Je me souviens de Thierry Ardisson lors de la dernière élection présidentielle, il m'avait dit : « Une campagne électorale, ce n'est pas une affaire de panel, de process ou de PowerPoint. Ce n'est pas non plus un conflit triste, c'est une guerre joyeuse. » Il a toujours trouvé habile que Giscard ait choisi « la victoire en chantant » du *Chant du départ* quand, au même moment, l'hymne socialiste était d'un ennui mortel avec son catalogue de lieux communs remplaçant le programme commun...

Charles de Montjois sourit. De ce sourire asymétrique qui avait fait la joie des caricaturistes. La candidature du général avait jeté le trouble dans la fratrie. Jusqu'à une période récente, c'était Charles le politique. C'était lui le chef de meute, le connétable de la famille, et il estimait avoir payé cher son engagement et ses emballements qui donnaient au passé l'arrière-goût du passif. S'il est vrai qu'il voyait avec une certaine fierté son frère ainsi courtisé par les médias, il ne goûtait guère les portraits paraissant dans la presse qui antagonisaient leurs caractères. À lui l'agitation, la colère, le bouillonnement, l'extrémisme ; à l'autre la sagesse, la rigueur, la pondération, l'ouverture. Au fond, c'était comme si un Montjois durant plus de trois décennies n'avait servi qu'à cacher un autre Montjois qui se préparait en secret. Ce qu'ils n'avaient pas compris, se consolait-il, c'était que le général était prêt à tout, y compris à la modération pour parvenir à la présidence de la République.

– Ces considérations sont intéressantes, commença-t-il avec ce ton où l'on ne savait jamais s'il voulait séduire ou mordre, mais nous faisons quoi avec ce journaliste à deux balles ? Il faut lui sauter à la gorge, trouver la jugulaire politique et mordre, le saigner à blanc. De toute façon, *Mediapart* n'agit jamais qu'en service commandé.

– Et si vous commenciez par nous dire, mon général, à quel événement il se rapporte ? intervint à son tour Bruno Dargens. Comme vous le savez, à cette époque, j'officiais dans cette partie du monde pour la Sécurité extérieure...

– Je sais, Dargens. Je sais.

Le général forma avec ses longs doigts la voûte d'une cathédrale gothique.

– La scène s'est passée le 4 juin 1995 dans le village de Vranduk, en Bosnie-Herzégovine. À l'époque, je commandais un bataillon de trois cents soldats. L'état-major m'avait chargé de ce que nous nommions une opération de *search and capture* d'une cible à haute valeur ajoutée (HVT, *high value target*). Il s'agissait d'un criminel de guerre, Youssef ben Mohammad, surnommé « Barbaros » en raison de sa barbe rousse, recherché par le Tribunal pénal international. Tout le village où était supposée se cacher la HVT a été bouclé et fouillé, rue par rue, maison par maison. C'est moi qui conduisais l'opération. Nous avons fini par repérer une agitation suspecte qui régnait dans la forteresse ottomane surplombant la Bosna. Il était évident que des hommes en armes tentaient de se regrouper. Nous avons pris possession du château avec méthode, en procédant à l'isolement des femmes et des enfants qui étaient venus y chercher refuge afin que celles-ci soient interrogées séparément, par des femmes de mon détachement.

Le général s'interrompit un moment, déplaça avec lenteur stylo, règle, ciseaux et coupe-papier armoriés sur son bureau puis, comme s'il revenait de très loin :

– Après quelques minutes de fouille qui ont duré une éternité, le criminel a été repéré, quittant le bâtiment par une coursive. Des coups de feu sont partis sans que nous sachions s'il s'agissait des nôtres ou si c'étaient les habitants qui avaient pris l'initiative. Quoi qu'il en soit, le criminel a été abattu. Le malheur voulut qu'une fillette de onze ans fût alors victime d'une balle perdue. Aussitôt, un groupe s'est rassemblé dans la cour du château, harangué vraisemblablement par des partisans du criminel. De groupe, il s'est transformé en foule massive et hostile, mêlant hommes, femmes et enfants, débordant notre dispositif militaire, qui a été contraint de se replier en abandonnant les deux corps.

– Et qu'est-il advenu ensuite ? demanda l'abbé Grospierres.

Ce fut Bruno Dargens qui parla à la place du général.

– Le lendemain, les cérémonies funéraires ont porté en victimes le fameux criminel et la jeune fille. À l'époque, l'affaire avait fait grand bruit jusqu'aux confins du monde arabo-musulman, où la photo de la fillette dans sa robe ensanglantée était brandie, provoquant de nombreuses émeutes antifrançaises à Lahore et Islamabad...

Ce que l'ancien de la DGSE qu'était Dargens passa sous silence et que j'appris beaucoup plus tard était que le général avait été âprement défendu par la hiérarchie, qui voulait à tout prix éviter de faire de lui un bouc émissaire après l'avoir auréolé de gloire pour la reprise héroïque du pont de Vrbanja à l'armée de la République serbe de Bosnie qui avait eu lieu le mois précédent.

– Il ne fait aucun doute que la fillette a été assassinée par les amis de Mohammad afin d'élever les deux morts au rang de martyr. Rien que de très classique, conclut Dargens en ne laissant apparaître aucune émotion.

– C'est ce que j'ai pensé à l'époque, concéda le général, mais ce n'est apparemment pas l'avis de Francis Caniliolli, qui se moque de ce qui s'est passé... Je vois très bien le type d'article qu'il pourrait écrire, nourri par sa haine de ma personne mais aussi de l'armée française, avec en illustration le cadavre de la fillette...

– Et avec plein de questions, de points d'interrogation et de conditionnels. Mais s'il avait plus travaillé, il se garderait bien de s'aventurer sur ce terrain, ricana Dargens.

– Pourquoi ? demandai-je.

Dargens s'étira et nous regarda tous.

– Avez-vous entendu parler du « gang de Roubaix » ?

– Bien sûr, intervint Charles. Une bande de racailles islamistes liées à al-Qaida qui a sévi dans le nord de la France dans les années 1990.

– Pas seulement dans le nord de la France, le coupa Dargens, pas seulement, mais aussi en Bosnie-Herzégovine, où ils ont appartenu à la fameuse unité El-Moujahid, intégrée à l'armée bosniaque.

Et en quelques phrases choisies, Dargens nous refit le parcours de ces islamistes français convertis venus s'exercer dans les Balkans en perpétrant des massacres dans des villages serbes en Bosnie centrale. Des cassettes vidéo enregistrées par ces unités montraient des scènes de torture, de mutilation et de décapitation de civils serbo-bosniaques. C'étaient ces cassettes qui avaient déclenché l'ordre d'arrêter le criminel de guerre par le Tribunal pénal international, peu sensible à cette vision irénique de l'islamisme modéré à la sauce bosniaque. Les Français avaient fini par indisposer même les sévices secrets de Sarajevo et avaient été contraints, pour les plus voyants, de quitter le pays et de revenir en France. Installés à Roubaix, ces combattants avaient formé une association de gangsters-djihadistes en attaquant les supérettes au lance-roquettes sous la bénédiction de leur guide spirituel, chantre du « terrorisme de proximité » (*sic*) qui aimait à répéter : « Allah aime ceux qui croient en lui et qui tuent ceux qui ne croient pas en lui. Allah aime cela. Donc, si vous, musulmans, n'aimez pas cela parce que vous détestez le sang, vous avez un problème... »

Le général laissait parler Bruno Dargens, se contentant de donner quelques précisions sur les dates. À l'issue de ce qui avait pris le tour d'un exposé, il proposa, cette fois, de répondre à *Mediapart* en les noyant sous les précisions, les noms, les termes militaires ou diplomatiques, les différences religieuses de la Bosnie, qui vont des bogomiles au wahhabisme. Il fut décidé que Dargens me donnerait tous les éléments et que je tiendrais la plume.

Après quoi, l'abbé Grospierres sollicita l'attention en proposant que le général se rende au Liban pour sa première visite à l'étranger. Entre la situation dramatique des chrétiens d'Orient et les ratés de notre politique étrangère dans ce pays, les raisons ne manquaient pas pour accepter. Ce que le général fit sans barguigner, en posant juste une condition :

– Le président de la République s'y est rendu sans succès après avoir fait la leçon à toute la classe politique libanaise, se prenant pour Mohammed ben Salmane lorsqu'il convoquait Hariri, le président du Conseil, dans son palais bâti sur les sables. Je ne veux pas donner l'impression de passer après Macron. Encore moins d'adopter la même morgue en menaçant un pays ami...

– Voilà pourquoi nous vous proposons [le « nous » de Grospierres était toujours énigmatique] d'y aller en accompagnant l'aide humanitaire organisée par SOS Chrétiens d'Orient. Ils savent que vous les avez aidés à obtenir le statut de partenaire de la défense nationale, il y a quelques années.

– Excellente idée, je suis prêt à partir, quand vous voulez.

– Je crains que nous n'apparaissions quand même à la remorque de Macron et même complices. Entre le chasseur et le gibier, il y a toujours des affinités, dit Charles de Montjois.

– Laisse-moi rire, rétorqua son frère qui manifestement n'en avait aucune envie.

Un élément me frappait lors de ce dîner : le groupe s'était divisé en deux. D'un côté se tenaient ceux qui répétaient en boucle leur volonté d'en découdre avec le président sortant. De l'autre, ceux qui se préoccupaient moins de l'invectiver que de trouver la manière de parer les coups et de riposter. Et c'est là qu'il m'apparut que pour gagner une présidentielle, un candidat devait effectuer des mues successives, abandonnant ses premiers collaborateurs ou inspirateurs comme autant de vieilles peaux.

29

Scène de cour

Avant de se séparer, les participants au dîner choisirent de regarder les dernières informations sur InfoNews. Des militants indépendantistes kanaks avaient une nouvelle fois incendié les bâtiments d'une compagnie minière sous prétexte qu'elle volait la première richesse de l'île : le nickel. Puis ils avaient caillassé les salariés de l'entreprise venus aider les pompiers, faisant plusieurs blessés. Le ministre des DOM-TOM était aux abonnés absents. Il venait d'être rattrapé par la patrouille du parquet national financier pour des appels d'offres suspects dans sa commune à la fin des années 1990.

On était toujours sans nouvelles du président algérien, venu se faire soigner en Allemagne. Mais l'État profond répondait toujours présent et venait de réprimer dans le sang des émeutes de la faim en Kabylie. Quand il y avait un problème en Algérie, de quelque nature qu'il fût, on tapait sur les Kabyles et ce n'était qu'après que l'on s'asseyait autour d'une table.

Enfin, le journal se concluait avec un reportage laudateur sur le maire de Théoule, Emery Blanc, jeune élu Républicain aux dernières municipales. Le journaliste l'avait suivi, tôt le matin, courant un marathon dans sa ville, pointant ici les dysfonctionnements des services, là les atteintes à l'environnement, et terminait par une phrase absurde : « Si la primaire de la droite se tenaient demain à Théoule, nul doute que Blanc en sortirait vainqueur. »

J'écoutais d'une oreille car j'étais plongé dans un papier du *Monde*. Une enquête d'Ariane Chemin. Quelques notes de plaisir dans un monde de brutes. Le mercredi précédent, les ministres du gouvernement avaient été conviés, après le Conseil, à un « pot informel » dans le parc de l'Élysée. Aucun ne manquait à l'appel ; et là, surprise ! Brigitte Macron était apparue, un sac à la main rempli d'exemplaires du livre qu'elle venait d'écrire sur les très riches heures du Touquet. Comme si de rien n'était. Et comme si de rien n'était, en effet, elle avait distribué son opus à chacun des trente-huit impétrants qui, aussitôt, avaient fait assaut de civilités pour réclamer à la première dame de France une dédicace. Mais le caractère cocasse de cette situation pas ordinaire s'était poursuivi quand les heureux élus avaient comparé leurs dédicaces respectives. Les uns avaient un sobre « En toute sympathie » et d'autres des petits mots plus élaborés. Angoisse de l'homme de cour qui à l'aune de ce petit mot allait mesurer la distance qui le séparait du soleil élyséen et, plus encore, le privilège d'avoir accès directement au monarque.

Certains essayaient de marquer leur avantage. Ils s'étaient vus gratifiés selon le quotidien du soir d'un « En espérant qu'il y trouvera du plaisir ». Le ministre de l'Économie, Bruno Lemaire, qui publiait ses récits dans la collection blanche de Gallimard, avait eu un « En toute confraternité ». Roselyne Bachelot avait rosi puis gloussé de plaisir en lisant la sienne. Jean-Yves Le Drian, en bon féodal (des années de pratique politique avec François Hollande dans les couloirs de la rue de Solférino avaient assoupli l'échine jadis granitique du Breton), était complaisamment allé demander avec une mine gourmande à la première dame la signification de « sa » dédicace. Il y avait eu, c'est sûr, besoin de mobiliser un interprète pour traduire les deux mots écrits.

À la sortie du Conseil, cela avait été un véritable feu d'artifice. Nos éminences rayonnaient. Elles tenaient le cher livre sur leur cœur. Tout en finesse, le ministre de l'Intérieur s'était transformé en service après-vente de l'ouvrage en le brandissant et en beuglant : « Faut l'acheter ! » Devant un tel enthousiasme, les ministres de la Justice, de la Transition énergétique et de l'Éducation nationale n'avaient pas pu être en reste.

Quelques ministres et non des moindres, s'amusait Ariane Chemin, avaient appelé ensuite les médias pour leur « confier » qu'ils avaient eu aussi une dédicace « très personnelle ». La scène était cruelle comme la plume de la journaliste qui, au passage, rappelait qu'il s'agissait moins d'une anecdote que d'un symptôme. Celui que le sociologue et historien Norbert Elias avait doctement appelé après avoir analysé la France d'Ancien Régime la « société de cour », montrant et démontant les règles du jeu social à cette époque et combien les acteurs se prenaient eux-mêmes dans un entrelacs infrangible de grandes contraintes et de petites compromissions. Bien sûr, on entendait par avance la plupart de nos chers éditorialistes protester contre l'article et, plus généralement, tout ce qui comparait le fonctionnement de la Macronie à celui d'une cour. En ces temps de présidence absolue, ils en restaient au bon vieil adage adopté depuis des siècles par les scribes officiels : pour vivre heureux, vivons couchés.

Rejoignant mon domicile avec Guillaume, je me fis presque jeter à bas du trottoir de la rue Étienne-Marcel par une adolescente obèse et peroxydée qui tenait comme une relique un cornet de pilons de poulet frit à la main. Impossible de la bousculer en retour, je me contentai de la toiser du regard. Elle portait un t-shirt mexicain où un squelette jouait de la guitare, juste au-dessus de la légende : « La mort est rock'n'roll ». En lisant cette phrase, le décès de mon père remonta d'un coup à la surface de ma mémoire, comme les cadavres en décomposition dans les Everglades.

– La mort n'est pas rock'n'roll, dis-je à Guillaume. Surtout pas en temps de pandémie. C'est plutôt une petite femme boulotte avec un chignon gris, une grosse verrue sur le menton et une haleine de crypte. Elle a pour tout habit de gala un tailleur en tweed violet qu'elle doit faire ajuster tous les ans. Car la mort s'épaissit avec l'âge. Elle n'a pas de conversation. Dans une file d'attente, je suis sûr qu'elle sort de son grand sac noir un jeu de sudoku. La mort aime les enfants. Elle leur fait des cupcakes au chocolat. Et pourtant, les parents l'invitent rarement pour prendre une tasse de café, et quand ils l'invitent, elle se tient droite et silencieuse comme ces lointaines parentes que l'on a invitées par compassion. La mort aime les plages, pourtant elle prend soin de rester à l'ombre pour préserver son teint livide. Bref, elle est chiante et pas rock'n'roll pour deux sous. Et pourtant, continuais-je à maugréer sur le chemin, on l'a déguisée, marchandisée, institutionnalisée en la parant de fanfreluches religieuses ou de bimbeloteries philosophiques, comme si penser la mort parvenait à la dissoudre. Et ne parlons pas de ces niaiseries autour de la résilience dans le deuil, qui sont même reprises par l'Église catholique.

Là, je vis Guillaume tordre le nez. Il rétorqua en mettant en avant les nombreux exemples de dévouement des prêtres italiens allant au contact des malades. Il me rappela qu'au printemps de l'année où avait explosé le virus, on comptait plus d'une centaine de prêtres morts de la pandémie. Alors que Rome avait exigé des Italiens qu'ils limitent leurs déplacements et évitent les contacts avec les malades, le pape François n'avait-il pas demandé aux prêtres « d'avoir le courage de sortir et d'aller voir » les malades ?

Je lui répondis que les prêtres étaient dans leur rôle et citai avec une évidente mauvaise foi l'exemple de monseigneur de

Belsunce, évêque de Marseille qui, en 1720, arpentait les rues, multipliait les gestes spectaculaires à l'égard des malades et donnait une partie de ses biens. Lorsque le pouvoir royal avait voulu le remercier et en faire un pair de France, il s'était attiré cette réponse : « À Dieu ne plaise que j'abandonne une population dont je suis obligé d'être le père. Je lui dois mes soins et ma vie, puisque je suis son pasteur. »

Bref, était-ce l'effet du saint-pourçain ? La conversation avait pris un tel tour que j'imaginais dormir sur le canapé et pourtant n'allez pas croire que je n'appréciais pas Guillaume. Il était solide et massif, et ses grands yeux bruns n'auraient pas paru déplacés chez un labrador.

30

Le bal des petits Liban

C'était la troisième fois dans mon existence que je me rendais au Liban, mais en approchant de l'aéroport Rafiq-Hariri de nuit, je découvris par le hublot un Beyrouth que je n'avais jamais vu. La majeure partie de la ville était plongée dans l'obscurité. Qui aurait imaginé cela il y a encore un an ? Ce qui fut la Phénicie avait résisté à toutes les invasions mais avait fini par succomber sous les coups de ses mafias politiques et de ce jeu de cons de la « guerre de tous contre tous ».

Les plans de paix au Proche-Orient se succédaient et conduisaient, comme on le sait, à peu près à rien. Ils étaient à l'image de ces châteaux de sable ayant la forme des kraks de croisés : quand ils ne s'écroulaient pas sous les effets conjugués du temps, de la mer et du vent, il fallait craindre l'irruption d'un jaloux irascible qui s'arrogeait le droit de piétiner l'œuvre pour la faire retourner au néant. Dans cette région du monde qui ne cessait de réclamer notre attention, le seul calme qui existait était celui des cimetières.

Lors de mes précédents voyages, j'avais pu apprécier à quel point le camp chrétien était constitué par une myriade de communautés revendiquant toutes un morceau de la vraie croix, ou plutôt du vrai Liban. C'était d'ailleurs la raison principale pour laquelle j'accompagnais le général dans cette visite.

Il avait une confiance relative dans l'abbé Grospierres, trop lié à Rome pour naviguer entre Arméniens catholiques et orthodoxes, Grecs melkites et orthodoxes, catholiques et orthodoxes syriaques, protestants, chaldéens, assyriens, coptes catholiques. Chacune de ces confessions était pourvue d'un métropolite, c'est-à-dire d'un gros scarabée graisseux doté d'élytres dorés, plus emperlousé qu'un arbre de Noël. Et les maronites ? Les maronites devaient faire cohabiter au sein de leurs églises ceux qui croyaient dans le vieux général Aoun, président du pays qui haïssait la France pour l'avoir accueilli dans son exil, et ceux qui en pinçaient pour les Forces libanaises. Et dans cet affrontement tempéré par de fausses embrassades, il fallait avoir en tête les conflits séculaires entre les grandes dynasties chrétiennes du pays du cèdre, les Frangié, les Gemayel, les Eddé, les Lahoud, les Chamoun, auprès desquelles les Montaigu et les Capulet étaient des doux agneaux.

Quant aux musulmans, ils n'étaient guère logés à meilleure enseigne puisque les sunnites inféodés à l'Arabie saoudite haïssaient les chiites téléguidés par l'Iran, sans oublier les druzes, les ismaéliens, les alaouites. Au fond, le Liban était un gigantesque Rubik's Cube qui pouvait rendre fou celui qui était tenté d'y jouer.

Un habitant du pays sur cinq était un réfugié, la traditionnelle hospitalité libanaise était mise à rude épreuve. Et davantage encore après la double explosion qui avait couvert de poussière le soleil de Beyrouth et qui avait fait des dizaines de morts et des centaines de blessés, enfonçant ce pays dans un marasme sanitaire, économique et politique qui apparaissait sans issue pour la première fois de son histoire.

Le camp que nous allions visiter près de la petite ville d'Ehden, située au nord du pays, regroupait une centaine de familles chrétiennes syriennes chassées des zones de réfugiés par les milices sunnites. Des victimes de victimes en quelque sorte. Elles avaient trouvé des asiles de fortune (de la tôle ondulée pour murs et des bâches en guise de toit) auprès des habitants.

Lors d'un bref aparté durant le voyage, le général était sorti des fiches que je lui avais préparées non pour m'entretenir du Liban, mais pour me faire part de sa satisfaction : pour la seconde fois, *Mediapart* avait renoncé à publier un article à charge contre lui et il venait de prendre connaissance du dernier sondage réalisé par l'Ifres après son appel de Sion.

À la question ouverte : « Qui vous paraît le plus apte à devenir président de la République ? », 24 % des personnes interrogées par l'institut avaient donné son nom. La formulation me paraissait pour le moins curieuse et je notai, au passage, que 34 % des Français ne le connaissaient pas, mais il n'était pas question de bouder ce plaisir, il existait bien là un fort potentiel qui ne demandait qu'à être habilement exploité. D'ailleurs, le patron de l'Ifres, Jean-Marie Fouquet, avait proposé au général une réunion de travail avec ses équipes dès notre retour.

Sur le tarmac de l'aéroport, trois berlines nous attendaient, le général, l'abbé Grospierres, Bruno Dargens et moi. Un jeune Libanais sortit de la première voiture en faisant claquer la portière. Il marchait comme un cow-boy et portait un colt à la ceinture. Il était vêtu d'un jean, d'une paire de Converse et d'une veste en treillis ouverte sur un poitrail velu où se balançaient une chaîne et une croix en argent. L'image aurait certainement émoustillé l'écrivain André-Marie Truchi.

– Bienvenue au Liban ! Je me nomme Béchir et je suis votre accompagnateur. Nous n'allons pas tarder, car nous avons de la route à faire. Dès que nous aurons récupéré vos affaires, nous partons.

Il parlait en mâchouillant un cure-dents et dansait d'un pied sur l'autre. Quand l'abbé lui demanda si le contrôle à la douane allait être long, il partit d'un grand éclat de rire en jetant son buste en arrière.

En traversant Beyrouth, nous avions l'impression de traverser une ville morte. Les rideaux de la majorité des commerces étaient baissés, les terrasses des cafés où conversaient d'ordinaire les fumeurs de chicha étaient désertes. Plus grave que tout : même les banques avaient baissé pavillon. Rue d'Arménie, les rares passants rasaient les murs et hâtaient le pas comme s'ils craignaient une attaque aérienne. Les boîtes de nuit, qui rivalisaient jadis avec celles de Barcelone ou de Bangkok, avaient disparu, à l'exception de deux ou trois établissements aux enseignes endommagées dont les lettres clignotaient faiblement comme si elles envoyaient des SOS en morse.

Notre convoi fit une brève halte devant ce qui avait dû être un bâtiment public. La façade avait été éventrée et l'on pouvait voir des câbles pendre au plafond. Était-ce le souffle de la pire explosion qu'ait connue le pays, les affrontements entre les milices chrétiennes et le Hezbollah ou, plus prosaïquement, les conséquences d'une construction trop hâtive dans cette frénésie de résilience qui caractérisait autrefois ce pays ?

Nous changeâmes de véhicules et quittâmes les berlines pour des 4 x 4 où se trouvaient des miliciens à l'hypophyse assurément gorgée de stéroïdes. Aux rétroviseurs pendaient des médailles de saint Maron et de saint Charbel encapuchonnés. Suffisaient-elles à protéger les passagers du conducteur ? Ici, le trafic routier était à l'image de la vie politique. On conduisait le pied sur l'accélérateur, en refusant la priorité et en empruntant la bande d'arrêt d'urgence comme s'il s'agissait d'une voie rapide. Impossible de compter les carcasses de voitures calcinées dans le fossé. Bruno Dargens, qui avait surpris mon regard inquiet, me murmura à l'oreille :

– Je déteste essentialiser, mais les Libanais sont séducteurs et drôles même quand ils se veulent sinistres, malins, brillants.

Mais ils sont surtout fous comme des lapins quand il s'agit de conduite... de toutes les formes de conduite.

Avait-il eu une mauvaise expérience d'un taxi libanais à Paris ? Dargens avait le chic pour transformer ses déconvenues personnelles en sentences définitives, tel un saint Jean Bouche d'or, mais je dois reconnaître que je n'ai jamais eu aussi peur de ma vie que lors du trajet Beyrouth-Tripoli. Nos véhicules slalomaient en klaxonnant entre des voitures qui elles-mêmes slalomaient entre les motos qui se lançaient à leur tour dans une course-poursuite. Il fallait plus d'une heure pour gagner la deuxième ville du Liban, mais nous arrivâmes dans sa banlieue en une demi-heure avant d'obliquer vers la montagne. Plongeant le regard dans la nuit, le front pressé contre la vitre, j'essayais de repérer des habitations, mais je pouvais juste discerner le précipice qui bordait la route en lacets.

Béchir conduisait d'une main et se tournait fréquemment vers le général, me donnant chaque fois des sueurs froides. Il expliquait qu'Ehden était un village qui faisait office de villégiature pour les citadins de Zghorta. Les Zghortiotes y migraient en masse au début de l'été afin d'échapper aux grosses chaleurs. C'est ainsi que les deux villes partageaient la même population.

– Voilà pourquoi, personne ne naît ou ne meurt à Ehden ! lança Béchir en s'esclaffant. Ehden est, avant tout, un joyau de la spiritualité maronite, poursuivit notre accompagnateur. C'est là que naquit puis vécut en partie le patriarche Étienne II Douaihy, en voie de canonisation. Si vous avez le temps, vous pourrez visiter l'église Mar Mema, la plus ancienne église maronite du Liban et l'église de la forteresse, l'endroit le plus haut du pays où il est possible de célébrer la messe. Nous, nous allons à côté dans le couvent Mar Sarkis wa Bakhos, pardon... Saint-Serge et Saint-Bacchus, restauré par le patriarche dont je viens de vous parler.

Tout cela avait été dit d'une traite sans regarder la route. Le front de l'abbé Grospierres perlait de sueur, ses mains étaient crispées sur la mallette qu'il ne quittait jamais.

Le couvent était faiblement éclairé et ressemblait à une forteresse. Après avoir passé une dizaine d'appels et nous avoir présenté le supérieur du monastère, un colosse avec une voix si basse qu'il semblait avoir avalé un orgue, Béchir et ses compagnons nous conduisirent dans nos chambres, qui, par leur confort, étaient très loin des cellules monastiques, à l'exception des énormes portes en bois qui les fermaient et comportaient d'énormes serrures.

– Le camp d'Eblé où nous nous rendons demain est à une dizaine de kilomètres du monastère. Vous verrez, la route est très belle, la plus belle au monde, elle traverse la réserve de la forêt d'Ehden, inscrite au patrimoine mondial de l'Unesco.

Dans la chambre, je sortis mon portable, qui n'arrêtait pas de vibrer. Le numéro commençait par +04292. Je décrochai en m'allongeant sur le lit.

– C'est Ugo. Tu en mets du temps pour répondre.

– Oui ?

– J'ai une nouvelle à t'annoncer. Serge-Marc et moi, nous allons nous marier.

Je ressentis une impression désagréable, un léger pincement au cœur, qui se mua en lassitude. Dans ces lieux et dans ces circonstances, ce type d'échange me paraissait... déplacé ? Incongru ? Baroque ?

– Alors, tu ne dis rien ?

– Si, si. Félicitations pour vous deux.

– Et ?

– Oui, et ?

– C'est tout ?

– C'est pour quand le grand jour ?

– Au printemps prochain. Normalement, nous ne serons pas confinés. Et puis, c'est la meilleure période pour se rendre à Mykonos.

– C'est une excellente décision.

– Je ne sais pas, je te sens ailleurs [s'il savait]. C'est vrai que l'engagement, cela n'a jamais été trop ton truc. Je te laisse puisque tu n'as rien de particulier à me dire, j'ai du travail, des dossiers à traiter. Je dois faire une revue de presse sur les événements en Nouvelle-Calédonie...

31
À l'est d'Ehden

Nous nous levâmes à l'aube, mais les moines avaient déjà célébré l'office et vaquaient tous à leurs occupations. Dans le réfectoire, une immense table en bois croulait sous la nourriture pour ce petit déjeuner. Des fruits en abondance, melons, oranges, pastèques, raisin, des labneh à la pistache ou à la menthe, du houmous, de la confiture de dattes... Un vrai festin. Je fis la remarque à Béchir, qui m'expliqua joyeusement, en enfournant la moitié d'une pita qu'il avait fourrée au préalable de caviar d'aubergine et de pastrami grillé :

– Toujours le matin ! Ce premier repas nous rappelle que la vie peut être courte et qu'il faut profiter et honorer ce que Dieu nous a donné.

– C'est très gentil à vous, mais je m'en tiendrai au café noir.

– Aucun problème. Nous ne savions pas ce que vous preniez le matin alors nous avons cuisiné un peu de tout.

Je finis par me laisser tenter par de petites saucisses. Évidemment, ce premier geste accompli, ma fourchette s'avança vers d'autres plats. Je pris du houmous et des tomates pour tenir compagnie à ces saucisses épicées qui devaient s'ennuyer ferme dans mon assiette. Tout cela sous le regard désapprobateur de Dargens, qui avait seulement pris une pomme qu'il épluchait avec application afin que les épluchures soient le plus minces possible.

– Dieu nous a aussi mis en garde contre la luxure, intervint l'abbé Grospierres, qui s'était jeté avant moi sur le buffet et dont le menton luisait de graisse.

– Goûter cet avant-goût de paradis est un acte non pas de luxure, mais de foi, répondit Béchir. Un mouton qui a été bien cuisiné n'a pas donné sa vie en vain.

– Voulez-vous insinuer, cher Béchir, dit l'abbé, la bouche pleine, qu'Ehden est une porte vers l'Éden ?

– Je m'en garderais bien, répondit notre accompagnateur. L'origine du nom de la ville n'est pas à chercher du côté d'Éden, ou d'Adam, mais d'Adonis.

– Païen donc, rétorqua l'abbé.

– Ici, tout est multiple. Peut-être qu'Adonis, à l'image de Dionysos en Grèce, est l'autre visage du Christ.

L'abbé Grospierres fut pris de hoquet.

– Et puisque nous nous sommes engagés sur cette voie, continua Béchir sans pitié pour son interlocuteur, je vous rappelle que comme son nom l'indique, le couvent est dédié à deux grands saints : Serge et Bacchus, équivalent romain de Dionysos.

– Deux grands soldats surtout, intervint Dargens, qui voulait venir en aide à l'abbé Grospierres.

– Oui, deux officiers romains qui étaient en couple, s'amusa Béchir, et qui s'étaient engagés pour partager le pain, le vin et leur bourse. Mais ils partagèrent aussi le martyre.

L'abbé Grospierres était au bord de l'apoplexie. Il ne s'était pas attendu à trouver au cœur du Liban chrétien et maronite la reprise des thèses de l'historien John Boswell sur les célébrations des unions entre hommes dans les Églises orientales. Béchir me fit un énorme clin d'œil puis s'avança vers le général.

– Quand êtes-vous prêt à partir ?

– Je réponds aux questions d'une journaliste qui vient d'arriver et nous partons, disons... dans une petite heure.

D'un commun accord avec ceux qui l'accompagnaient, le général n'avait accepté qu'un seul entretien avec Léa Sfeir, une journaliste de *L'Orient-Le Jour*. J'avais suggéré ce choix parce que je jugeais plus juste d'éviter les forêts de micros et de petites phrases. Je voulais garder à la démarche du général son caractère authentique. Et puis, j'admirais le travail des rédacteurs de ce quotidien indépendant, étendard de la francophonie au Proche-Orient.

La journaliste était minuscule, mais son corps miniaturisé était l'abrégé de toutes les grâces. Elle nous tendit une menotte de poupée, mais sa poignée de main était ferme. Elle enchaîna une batterie de questions auxquelles le général répondit sans barguigner... Non, il ne venait pas au Liban pour commenter l'actualité française. Il lui fallut réaffirmer qu'il n'était pas dans la tradition politique de notre pays de donner des leçons de l'étranger, mais - et tout était dans cette virgule et dans ce « mais » - il était aussi de son devoir de porter un regard critique sur le bilan de notre politique étrangère dans cette partie du monde. Et de rappeler les interrogations nées de cette rencontre surprise entre le président de la République française et le prince héritier d'Arabie saoudite, ainsi que la servilité de certains de nos éditorialistes qui avaient baptisé ce dernier le « Macron du Moyen-Orient ». Le chef de l'État avait beau avoir la réputation d'être un tueur en politique, il n'avait jamais ordonné que dans une ambassade française on découpe un opposant au chalumeau.

Oui, le général critiquait les visites successives de l'hôte de l'Élysée à Beyrouth revenant à sermonner, chaque fois, un peuple polytraumatisé par l'explosion et la dilution des responsabilités.

Paraphrasant de Gaulle, il souligna qu'il s'était envolé vers cette terre compliquée avec des idées claires. Et la première de toutes était de placer le Hezbollah hors-jeu. Il souligna que la mise sous tutelle des institutions libanaises était une chance unique de mettre en péril la vie du mouvement terroriste chiite déjà fragilisé par la pandémie et par les sanctions renforcées de l'administration Trump. La journaliste objecta que le Hezbollah représentait un tiers des Libanais et qu'il était aussi un mouvement politique en symbiose avec les autres partis politiques. Le général lui objecta qu'il y avait toujours un moment où l'un des partenaires d'une symbiose découvre qu'il peut utiliser l'autre et qu'il existe un continuum entre symbiose et parasitisme.

Ses pieds touchant à peine le sol, la journaliste donnait l'impression de se balancer dans son fauteuil telle une petite fille dans une balancelle. Tout à coup, elle demanda si cette attaque contre le Hezbollah ne visait pas, en fait, le président libanais, le général Aoun, soutenu par l'organisation chiite. Elle s'étonna que Philippe de Montjois n'ait pas davantage d'affinités avec ce dernier. Le général rétorqua qu'il ne s'était pas engagé dans la vie publique pour créer une internationale des généraux, comme le fit la CIA au temps de la guerre froide. La journaliste insista, en rappelant qu'Aoun lorsqu'il était en exil à Paris était souvent présenté comme un de Gaulle libanais. Le général rit franchement et dit qu'il le voyait plutôt comme un Giraud libanais. Puis il lança :

– Je suis un partisan résolu du droit d'asile. La France est la France quand elle le respecte, mais elle n'a pas pour autant vocation à accueillir tous les insurgés du monde...

La journaliste ouvrit des yeux grands comme des soucoupes. Le général continua :

– Notre place de la République n'a pas vocation à être l'agora des communautés étrangères qui viennent exprimer leurs passions et leurs haines sur notre territoire. Que cela plaise ou non à nos diplomates, aux laquais d'Orsay, ceux qui sont nos hôtes doivent se comporter comme des invités et respecter un certain devoir de réserve, ce que ne fit pas le général Aoun lorsqu'il était à Paris. Pas plus qu'un pays étranger, les réfugiés n'ont de légitimité à décréter ce que doit être la politique extérieure de la France. Celle-ci ne se joue pas à coups de pétitions ou de répétitions, elle plonge sa force dans notre mémoire capétienne.

La minuscule journaliste continuait à le regarder en contre-plongée, les yeux écarquillés. Elle n'était pas loin de se demander si le général n'allait pas finir par évoquer les hauts faits d'armes et les méfaits d'âme des croisés francs qui s'étaient taillé un confetti d'État, le comté de Tripoli, mais la suite allait lui prouver qu'elle avait fait fausse route.

– Ce que nos deux histoires nous enseignent, poursuivit le général, est qu'un pays ne meurt pas quand il épouse une idée plus grande que lui-même. La France et le Liban représentent une cause qui les dépasse. Comme vous, nous avons donné un monde au monde. Comme vous, nous devons compter avec des élites corrompues, qui sont prêtes dès demain à se réfugier dans d'autres contrées pour couler des jours heureux, assises sur le confortable magot qu'elles ont constitué en volant leur peuple. Vous ne croyez pas qu'avant de demander de nouveaux efforts à la jeunesse, il serait temps d'en réclamer à la diaspora libanaise ?

Cette fois, ce fut au tour de la journaliste de *L'Orient-Le Jour* d'éclater d'un rire franc et massif qui secoua son petit corps.

Le moment du départ pour le camp était venu.

– Cela ne vous dérange pas si je change de voiture ? demanda l'abbé Grospierres.

Il se souvenait de ce qu'il avait enduré durant le trajet de la veille. Un de nos accompagnateurs sortit et lui laissa sa place dans la voiture de tête. Les trois véhicules prirent le chemin du camp d'Eblé. Le paysage était d'une beauté à couper le souffle.

– Ici, commença Béchir, il est fréquent de trouver des aigles et des loups gris. Dans tout le Proche-Orient, il n'existe pas de vallée où la biodiversité est plus riche et...

Notre conducteur n'eut pas le temps de finir sa phrase de dépliant touristique. Une moto avait surgi à l'arrière, mitraillant la dernière voiture du convoi, qui partit dans le fossé.

– Général, à terre ! hurla Dargens.

Les vitres du véhicule volèrent en éclats et nous entendîmes l'impact des balles contre les portières. Béchir pila net ; et sans un regard pour la voiture de tête que les assaillants criblaient de balles, il partit dans une marche arrière folle, remontant la route en lacets.

La scène avait duré à peine cinq minutes. Nous arrivâmes en catastrophe dans la cour du monastère : une dizaine de moines qui avaient entendu les déflagrations nous y attendaient, armés. Deux d'entre eux tenaient même à la main des grenades. Ils nous firent signe d'entrer dans le bâtiment, ce que nous fîmes en courant. Ce n'est qu'une fois en sécurité derrière les murs épais que les premiers mots furent prononcés par le général.

– Qui était au courant ?

– Tout le monde, riposta Dargens, et cela sera toujours ainsi tant qu'une partie de votre entourage refusera d'utiliser Signal, mon général.

Ce dernier ne répondit pas, il prit Béchir par les épaules.

– Merci. Sans vous... nous y passions.

Puis il se tourna vers moi.

– Benjamin, il faut que nous rédigions immédiatement un premier communiqué avant que l'information ne tombe sur les réseaux sociaux. Qu'il soit le plus bref possible.

Un quart d'heure plus tard, Dargens eut des nouvelles des autres personnes dans le convoi. Les occupants de la dernière voiture comptaient un blessé : le conducteur, qui avait reçu une balle dans la cuisse gauche. Les secours étaient déjà sur place. Ceux de la voiture de tête n'avaient pas eu autant de chance. Le feu nourri ne leur avait laissé aucune chance. On retrouva l'abbé

Grospierres le corps droit, alors qu'une balle lui avait emporté une partie de la tête. Plus tard, Béchir m'avoua que les moines avaient découvert qu'il portait un cilice avec des pointes, ce qui l'avait maintenu dans cet état de rigidité.

Deux heures plus tard, nous avions organisé une visioconférence de presse sur Zoom. Outre Canal9 et MTV, des journalistes d'InfoNews et de CNN étaient présents. Nous avions refusé celui d'Al Jazeera.

Le général était parfaitement à l'aise et tint son rôle avec la dignité dont il savait faire preuve dans l'adversité. Peu de gestes, aucun mot grandiloquent, mais un seul message martelé : l'attentat avait été organisé par les barbares islamistes parce que nous allions soutenir un camp de réfugiés chrétiens qui vivaient en dessous du seuil de pauvreté.

À la fin, il annonça qu'en accord avec sa famille, les funérailles de l'abbé Grospierres se tiendraient à Lyon, en la basilique Notre-Dame de Fourvière, et que la messe serait célébrée par le primat des Gaules.

Un journaliste l'interrogea afin de savoir s'il avait reçu une aide du palais de Baabda. Je vis le général serrer les dents pour réprimer la réplique cinglante qu'il brûlait de lâcher. Il secoua la tête. Enhardi par la question de son confrère, un autre journaliste lui demanda si le président Aoun l'avait appelé.

– Non, mais je ne désespère pas. Les communications sont plus longues quand elles passent par Damas.

32

« Chérie, j'ai rétréci la France ! »

Voilà trois jours que des échauffourées avaient éclaté dans le 5e arrondissement de Lyon, opposant différents groupuscules de la droite radicale et les antifas appuyés par des indigénistes venus de Vénissieux et Villeurbanne. Les premiers étaient accusés d'avoir saccagé le local de l'association pour l'intersectionnalité des luttes et la défense de l'écriture inclusive. Il est vrai que les Identitaires avaient choisi de faire du Vieux-Lyon leur terrain de jeu. Chaque fois, ils reprenaient, à l'image de leurs homologues italiens, le local abandonné par leurs adversaires, le retapaient et le transformaient soit en soupe populaire pour clochards homologués *made in France*, soit en salle d'arts martiaux pour les riverains qui se sentaient menacés dans leur sécurité. Après quoi, ils les accompagnaient pour procéder à des patrouilles dans le quartier. C'était touchant, pathétique ou inquiétant de voir de braves bourgeois, un peu sur le modèle des milices d'Amsterdam, battre le pavé en scandant : « La rue nous appartient ! »

Le maire, écologiste, trop occupé à installer des panneaux solaires sur l'énorme toaster de l'Opéra qu'il avait entrepris d'étrangler financièrement, refusait de traiter la question et même de l'évoquer. Il se contentait de renvoyer dos à dos les extrêmes. Les élus centristes, transformés en pudding politique aux dernières municipales, étaient aux abonnés absents.

Nous avions choisi de descendre à Lyon la veille des funérailles de l'abbé Grospierres. Le général avait opté pour la prudence et la distance. Il n'était pas question d'alimenter l'accusation d'instrumentalisation d'une tragédie. Sa seule présence au premier rang dans la basilique suffisait. Nul besoin de chercher à prendre la parole, l'heure devait être au rassemblement et au recueillement. Seul un communiqué et quelques photos seraient diffusés en fin de journée sur les réseaux sociaux. Rien d'autre. D'ailleurs, le général était descendu non pas dans un hôtel lyonnais, mais à l'Hostellerie du Vieux Pérouges.

Pour ma part, j'étais allé retrouver une vieille amie, Sabine Manoulian. Cheveux coupés très court, lunettes d'écaille, des avant-bras et une chemise de bûcheron canadien, Sabine était la figure d'une communauté arménienne nombreuse à Lyon, mais elle était surtout, sans conteste, la meilleure connaisseuse de la politique locale. C'est bien simple, rien de ce qui se passait entre Rhône et Saône ne lui était inconnu. Manoulian analysait, décryptait, disséquait sans relâche avec la même jovialité non feinte. Après avoir été un des piliers du *Progrès*, elle conseillait désormais l'archevêché, et plus particulièrement, le primat des Gaules.

Elle m'attendait à la gare de Part-Dieu et me fit de grands signes en sautillant sur place avant de m'embarquer prestement dans sa Chevrolet rouge décapotable.

– Comment va mon lapin ?

Depuis vingt ans, elle m'appelait ainsi et n'était pas près de changer. Elle avait connu tant de maires ! Francisque Collomb, ce vieux danseur de tango ; Michel Noir, à qui la Fondation Saint-Simon prédisait un destin présidentiel ; Raymond Barre, le savoir en majesté ; et Gérard Collomb, à qui elle avait conseillé de se raser la moustache, premier acte vers son ascension politique. Décrite par elle, la vie locale prenait la couleur de la Florence des Médicis, surtout quand elle se livrait à l'exercice autour d'une bonne table.

Ce fut le cas. Vingt minutes plus tard, nous étions attablés dans un des salons en enfilade de la Mère Brazier, devant une assiettée d'artichaut et foie gras revisitée. C'est-à-dire qu'aux fonds d'artichaut et à la tranche de foie gras mi-cuit étaient ajoutés un bouillon d'artichaut et une boule de mousse de foie gras piquée de chips d'artichaut. Le tout accompagné d'un puligny-montrachet blanc premier cru.

Après avoir dépiauté les caractères des nouveaux édiles de la municipalité, ma convive décortiquait leurs us et coutumes tribaux en truffant ses attaques d'anecdotes savoureuses qui commençaient par l'interdiction faite à la Patrouille de France de survoler Lyon, puis dans la foulée, les attaques en piqué contre le Tour de France. Elle montrait combien ce mélange si savoureux d'amateurisme et de sectarisme était une source permanente de divertissement au pays de Guignol.

– Comment cela va-t-il se passer ?

D'un geste brusque, elle retira ses lunettes et frotta les verres sur sa chemise.

– Comment crois-tu que cela va se passer ? Si tu veux parler de demain, ma réponse est : mal. D'abord, parce qu'il y aura du monde, beaucoup de monde, beaucoup trop de monde. Ensuite parce que la ville est déjà en ébullition avec les récentes batailles rangées auxquelles nous avons assisté entre droitistes et gauchistes pour gagner le contrôle des traboules. Pour être franche, personne n'est en mesure de contrôler la situation. Je dis bien, personne.

– Même pas l'archevêché ?

– Surtout pas l'archevêché ! Tu dois savoir que ton ami, l'abbé Grospierres, avait ses entrées à Rome, et pas seulement pour y visiter la bibliothèque apostolique du Saint-Siège ! Dès le lendemain de son décès, nous avons été prévenus que le cardinal Fornieri nous ferait l'honneur de se rendre aux funérailles.

– J'ignore tout de la politique vaticane, qui est ce cardinal ?

– Mon lapin, toi qui travailles sur le XVIe siècle, tu as dû rencontrer souvent l'expression « prince de l'Église »... Eh bien, elle semble avoir été taillée pour lui. C'est lui qui a remis de l'ordre dans les administrations de la curie romaine, et lui aussi qui nous a tordu le bras afin que la messe se tienne à Notre-Dame de Fourvière et non à la primatiale Saint-Jean, ainsi que cela aurait dû être. Car Fornieri voulait donner à l'événement une importance hautement symbolique. Le drame des chrétiens d'Orient et le martyre d'un prêtre venu leur porter secours réunis dans une même cause ? Et quand on sait que ce même prêtre œuvrait à la réunion de ceux qui pensent que le pape François est allé trop loin en matière d'immigration et de laxisme, qui laisserait passer une pareille occasion ?

J'avais bien envie de lui répondre, mais j'avais avalé une large part de pain de brochet croustillant aux écrevisses qui, dès la première bouchée, me paraissait être une preuve de l'existence de Dieu.

– C'est Fornieri, continua Manoulian, qui a mobilisé ses relais au sein de l'enseignement catholique, afin que des cars entiers de fidèles viennent, dès ce soir, du Bugey, mais aussi de Nice, de Lille et même de Nantes.

Elle regarda machinalement sa Swatch.

– D'ailleurs, à cette heure-ci, les envoyés du cardinal Fornieri doivent être en train de rédiger l'homélie du cardinal de Lyon, qui a fait connaissance de ses « plumes » hier soir.

Cette pratique me rappelait une vieille anecdote concernant non pas Lyon, mais sa vieille voisine et rivale, Saint-Étienne. Lorsque la ville était devenue communiste, le nouveau maire, Joseph Sanguedolce, s'était rendu dès le lendemain matin à son bureau pour en prendre possession. À sa grande surprise, un agent municipal lui avait dit qu'il était déjà attendu. En effet, un petit homme fluet, au crâne dégarni, était assis sur une chaise avec un porte-documents. Il s'était levé à son arrivée et lui avait tendu une main osseuse en lui disant : « Bonjour camarade, je suis ton directeur de cabinet. » Il n'y a plus aujourd'hui que l'Église pour pratiquer le centralisme démocratique.

– Ils m'ont demandé hier, poursuivit Manoulian, de contacter le maire afin de lui signifier qu'il ne serait pas le bienvenu. J'avoue que je n'ai pas eu grand mal à le convaincre. Il m'avait d'autant plus facilité la tâche qu'il avait pris grand soin, en décembre dernier, de gommer toute référence chrétienne de la Fête des lumières dans la ville. Une vraie imbécillité quand tous les Lyonnais savent que l'événement est « juste » un vœu fait à la Vierge par les échevins de la vénérer chaque année si elle protégeait la ville de la peste. Je ne lui en ai pas voulu, il joue au politique comme un petit garçon joue aux petites voitures, il se contente de manipuler le véhicule en faisant des bruits de bouche. En revanche, Gérard Collomb et son épouse seront présents, ainsi que Michel Barnier, Charles Millon et sa femme, la philosophe Chantal Delsol.

– Les francs-maçons et l'Église réconciliés, la colline qui prie et celle qui travaille enfin réunies. Bravo ! Ça, c'est du « en même temps ».

– Tu vas un peu vite en besogne, mon lapin, même si des événements récents ont contribué à ce rapprochement.

– Lesquels ?

– Tu n'as pas dû en entendre parler, mais depuis quelque temps, les loges maçonniques lyonnaises, surtout celle du Grand Orient, sont soumises à des tentatives d'entrisme d'islamistes radicaux qui inquiètent la police et les obédiences. Ces dernières ont relevé que nombre de lettres de candidats issus de l'immigration se ressemblaient étrangement, au point qu'il était fort probable d'avoir affaire à des démarches concertées. Et puis, pour avoir salué la mort terrible du professeur Samuel Paty, plusieurs maires de l'agglomération ont été menacés de décapitation. Tous ces petits signes rapprochent, et c'est ce que n'a toujours pas compris notre maire écolo.

– Je pensais que c'était la famille de l'abbé Grospierres qui avait œuvré pour cette cérémonie et donné son accord. Pourquoi ce secret ?

Manoulian marqua un temps d'arrêt.

– Au sein de notre mère l'Église, il n'y a aucun secret. Nous faisons juste parfois semblant de ne pas savoir.

– Tu as dit que ceux qui suivront la messe demain après-midi seront nombreux, mais ils ne pourront pas tous tenir dans la basilique.

– Je crois que tu m'as très bien comprise, mon petit lapin, mais que tu essaies de faire parler la vieille Sabine. Alors, oui, j'ai parlé de cars venus des différentes régions de France, ce qui signifie que ce sera un très grand rassemblement.

– À l'image de ces manifestations organisées contre le mariage gay ou la PMA ?

– Non. Je dirais plutôt à l'image des foules qui se pressèrent autrefois pour soutenir la liberté de l'enseignement. Ce n'est pas telle ou telle catégorie sociale, telle ou telle sensibilité politique, telle ou telle province qui suivra la cérémonie : c'est le peuple catholique.

– Mais les chaînes d'info en ont très peu parlé.

– Il existe bien d'autres manières de médiatiser un événement si nous le voulons. Certes, on peut utiliser Signal et WhatsApp, mais nous avons surtout les parents d'élèves. Je te rappelle que nous avons quelques siècles d'expérience dans ce domaine...

Ton général n'a pas à s'inquiéter, les chaînes d'info parleront davantage de ces funérailles quand elles seront terminées.

– Manou ?

– Oui, mon lapin ?

– Je peine à comprendre : d'un côté, tu me dis qu'une organisation forte et hiérarchisée s'est chargée de faire venir du monde, de veiller aux invités, d'homologuer le bon message ; et de l'autre, tu me laisses entendre qu'il n'y a aucun contrôle sur ce qui pourrait se passer demain.

– En effet, parce qu'il y a un moment où on ne maîtrise pas la colère quand elle se nourrit d'humiliation. Crois-tu que l'Église ait pardonné la manière dont elle a été traitée durant la pandémie ? Crois-tu qu'elle a digéré de n'être qu'un maillon dans la chaîne sanitaire ? Et ces imbéciles de technocrates nous expliquant doctement que les messes pouvaient être retransmises pour pallier le désir d'absolu et de compassion... Petit rappel théologique : le catholicisme est la religion de l'incarnation.

La joviale Sabine Manoulian était devenue rouge de colère et brandissait sa fourchette comme une fourche.

Comme je refusais de prendre un dessert, Sabine insista pour que je parte avec un sac en papier dans lequel avaient été placés deux choux réalisés sur le mode Paris-Brest.

Je rentrai à l'hôtel avec des sentiments contradictoires. Fallait-il faire un compte rendu exhaustif au général, ou me contenter de lui redire la nécessité absolue qu'il se tienne à l'écart du public ? Mais comment un candidat à la présidence de la République pouvait-il se tenir à l'écart des mouvements de foule ? Et les deux gardes du corps suffiraient-ils ? Le général avait en effet refusé la proposition d'une protection rapprochée après l'attentat d'Ehden.

J'allumai la télévision pour voir les informations. Le dernier sujet était consacré au quatrième référendum sur la

Nouvelle-Calédonie. Cette fois, d'après les sondages sortis des urnes, les indépendantistes paraissaient avoir gagné. En boucle, on voyait un commerçant kanak, mais loyaliste, qui exprimait son inquiétude. À ses côtés, un pasteur évangéliste développait un discours qu'il voulait plus « positif ».

– Ne craignez-vous pas des accès de violence ? Comment garantir dans l'île la paix civile ? insista le journaliste.

Le pasteur tourna son large visage en regardant fixement la caméra et dit d'une voix très douce, en croisant ses mains sur son ventre :

– Dieu y pourvoira !

Durant la nuit, je rédigeai une tribune que le général décida de confier à Figaro Vox, « Le Caillou dans l'escarpin de Macron ». Puis un texte pour *Valeurs actuelles* que Houellebecq avait accepté, m'avait-on dit, de cosigner, intitulé : « L'impossibilité d'une île ».

En parallèle, je savais que Philippe de Montjois avait accordé un court entretien à France Info dans lequel il fustigeait les politiques, de droite et de gauche, qui, depuis Rocard, avaient dédaigné l'importance stratégique de la Nouvelle-Calédonie. Il soulignait qu'en abritant la plus grande base militaire du Pacifique, la France était une pièce maîtresse pour éviter que l'influence de la Chine ne s'étende au détriment des autres nations.

Sur les réseaux sociaux, les jeunes partisans du général que j'avais souvent croisés à la permanence s'en donnaient à cœur joie. En un temps record, ils avaient fait une vidéo, « Chérie, j'ai rétréci la France ! », qui cartonnait sur Twitter. On y voyait le chef de l'État miniaturiser tout ce qui passait à sa portée, dans un Élysée transformé en laboratoire de savant fou.

33

La guerre des gones

Le général avait d'autant plus ri en découvrant cette pochade de ces étudiants issus de l'UNI qu'à Lyon, l'heure n'était pas vraiment à l'humour. Dès le matin, bien avant le début de la cérémonie, des milliers de manifestants vêtus de couleur sombre avaient envahi la place Bellecour ainsi que les places et les rues adjacentes, sans scander de slogan à l'encontre du gouvernement. Après avoir hésité, la mairie de droite de l'arrondissement avait accepté la mise en place de quatre écrans géants pour suivre la messe. Trois autres écrans avaient été disposés place des Terreaux face à l'hôtel de ville, devant la cathédrale Saint-Jean et, bien sûr, devant Notre-Dame de Fourvière au-dessus des jardins du Rosaire.

Les hommes, les femmes et les enfants qui gravissaient les marches un peu raides menant à la colline ressemblaient plus à des pèlerins qu'à des manifestants. Pour notre part, nous avions évité la procession et pris un funiculaire poussif afin d'arriver sur une place déjà noire de monde. Les cloches sonnaient à toute volée. Nous attendîmes avant d'entrer dans la basilique bâtie à la demande des dames chrétiennes de Lyon pour « la Reine du Ciel, gardienne de la cité ». Le temps pour le général de serrer des mains, de dédicacer des numéros de *France catholique*, de caresser de jeunes têtes blondes et de se faire prendre en selfie, exercice qui, je le savais, lui répugnait. À quelques pas derrière lui, je regardais ce mélange d'architecture mozarabe, palermitaine ou romano-byzantine qui m'avait si souvent intrigué. Les envoyés du cardinal Fornieri ne mirent pas longtemps à nous repérer. Un jeune prêtre en soutane qui me faisait penser à Alain Delon dans *Doucement les basses* surgit soudain, et conduisit le général dans la nef pour le placer au premier rang de l'assistance.

La messe fut sobre et émouvante. Dans son homélie, le cardinal de Lyon commença par saluer Montjois qu'il présenta comme un miraculé, puis il répandit sur les fidèles les paroles apaisantes de saint Irénée rappelant combien « la gloire de Dieu est l'homme vivant », avant de passer à des paroles plus rudes, mais aussi plus accessibles à l'assistance. Le prélat partait de la situation des chrétiens d'Orient, « otages dans leur propre pays », pour souligner que le défi qui attendait les chrétiens en France était immense. Sans détour, il fustigea un islam qui acceptait dans ses textes l'usage de la force.

– Que vaut une religion qui a recours à la force et non à l'adhésion ? Est-ce toujours une religion ? s'exclama-t-il.

Il rappela que dans le monde, un chrétien sur huit avait été persécuté l'année précédente. On voyait dans l'assemblée les têtes approuver. Le primat des Gaules termina par un éloge appuyé à l'abbé Grospierres et cita à son propos le philosophe Jean-Luc Marion :

– « Les erreurs que commet l'Église ne me surprennent pas. Ce qui me surprend, c'est qu'elle continue à produire des saints. »

Après la communion vint le temps de la prière, puis le célébrant et l'assemblée bénirent le corps, et les fidèles se dispersèrent dans le silence et le recueillement. Nous avions décidé au retour d'emprunter les escaliers et devisions sur l'homélie, à la recherche d'une terrasse de café. Dargens commença à dire qu'elle était belle et digne, pour terminer en suggérant que le prélat avait fait le service minimal. Je prétendais l'inverse, et nous entreprîmes une controverse à laquelle le général se garda bien de participer. Son sixième sens, qui était resté en alerte depuis l'attentat d'Ehden, lui faisait observer les mouvements de la foule qui tardait à se disperser.

C'est à ce moment que les Identitaires apparurent, surgissant des rues du Bœuf et Saint-Jean, descendant de Fourvière, sortant des traboules du Vieux-Lyon. En cinq minutes, plusieurs centaines de militants brandissant des drapeaux français étaient regroupés sous les bannières « Chrétienté Fraternité », « Lugdunum Nostrum » et « Nous sommes chez nous ». Garçons et filles marchaient en cohorte avec la volonté clairement affichée d'en découdre avec les forces de l'ordre. Le problème est qu'avant de les atteindre, ils devaient franchir des rangs de familles nombreuses avec des enfants en poussette. Ces dernières, qui n'avaient jamais connu l'odeur des lacrymogènes, se trouvaient dans la nasse, coincées sur les quais de Saône. Il leur était impossible de rejoindre la place Bellecour par le pont Bonaparte, qui avait été fermé par des escadrons de CRS.

On vit des fumigènes monter dans le ciel, et redescendre parmi les familles.

Des cris de panique se firent entendre, suivis par les premiers malaises et évanouissements. Un préfet de police normal aurait mis un terme à ce qui menaçait de tourner en eau de boudin, mais celui qui était en poste avait dû recevoir des consignes, et il s'y accrochait comme une bernique à son rocher.

Le général, qui descendait de Fourvière, était entouré d'une poignée de partisans. À l'approche de la cathédrale Saint-Jean, des petits groupes de personnes venues en mémoire de l'abbé Grospierres se précipitèrent en sa direction, lui adjurant d'intervenir pour éviter ce qu'ils nommaient un « nouveau massacre des Innocents ». Calme, il se fit expliquer en quelques secondes la situation et, sans attendre, commença à marcher d'un bon pas vers les émeutiers d'extrême droite qui claquaient des mains en chantant sur l'air des lampions :

– L'identité, elle est à nous, on s'est battus pour la reprendre, on fera tout pour la défendre...

Seul, il s'avança devant celui qui semblait être leur leader : un géant trentenaire en bombers, crane ras et petit bouc, qui devait peser un quintal bien tassé au garrot. Il s'arrêta et planta son regard dans ses petits yeux noirs et ordonna « Rentrez chez vous ! » comme s'il avait dit à un trouffion : « Rompez ! » L'ordre eut l'effet d'une décharge électrique. Le géant esquiva une caricature de garde-à-vous et recula de plusieurs pas, suivi par les militants qui l'encadraient.

Puis le général fendit le groupe des familles qui, profitant que l'étau se desserrait, commencèrent à se disperser en tentant de regagner les pentes de Fourvière pour se mettre à l'abri. Il bombait le torse sous les applaudissements. Il me sembla entendre « Montjois avec nous ! » et même des « Montjois président ! ». Sans se soucier de ceux qui l'accompagnaient, il fendit la foule des manifestants et s'approcha des forces de l'ordre, s'interposant entre la haie de casques noirs et les familles. Et c'est là que le coup de matraque partit et lui fendit l'arcade sourcilière. Le général, resté debout en dépit du choc, eut la présence d'esprit d'appliquer sur sa plaie un mouchoir blanc qui se teinta aussitôt en rouge.

BFM Lyon avait filmé la scène. Un candidat à la présidentielle matraqué par la police alors qu'il se rendait aux obsèques d'un ami et collaborateur tombé au champ d'horreur des martyrs. Quels beaux débats en perspective !

Entre-temps, la rumeur était partie comme une traînée de poudre que le général avait été blessé au visage. Des centaines puis des milliers de Smartphones sonnèrent, et déjà la consigne collective était donnée qu'il ne fallait « rien lâcher ». Il advint ce qui était prévisible dans toute manifestation, même la plus paisible et policée, quand elle est gazée et matraquée. La foule se transforma en un animal enragé. Ce fut au tour des forces de l'ordre d'être prises en tenaille.

Les manifestants encore présents place Bellecour, et qui étaient sur le point de regagner les cars, venaient en effet de faire volte-face, et ce furent des milliers de personnes désormais en rangs serrés qui empruntèrent le pont Bonaparte afin de porter secours aux familles de croyants qu'ils imaginaient matraquées par une « police aux ordres du régime ». De mémoire de Lyonnais, on n'avait jamais vu une bataille rangée de telle ampleur. Des notables avaient oublié leurs écharpes pour piller des baraques de chantier qui longeaient le quai des Célestins et les lancer en se muant en hooligans.

Il fallut tout le talent et la maîtrise des agents de protection rapprochée pour nous sortir de ce guêpier. Nous trouvâmes refuge à l'école Saint-Just, qui était ouverte ce jour-là pour les premiers secours. Je montrai au général, qui avait reçu un pansement rudimentaire, l'extrait de BFM qui tournait en boucle sur les réseaux sociaux, où on le voyait pressant contre son visage un mouchoir ensanglanté. Apparemment, la séquence était aussi relayée par la BCC et CNN. Jean-Luc Mélenchon fut le premier à exprimer son indignation et à adresser un salut fraternel et républicain au général, avant de demander des comptes au ministre de l'Intérieur. Philippe de Montjois avait cessé de répondre aux appels après avoir eu son frère Charles, qui avait sauté sur son téléphone pour injurier le président de la République.

Sabine Manoulian m'interrogea sur l'état de santé du général, puis me fit un compte rendu sobre de la situation. Il y avait eu plusieurs dizaines de blessés légers. Trois manifestants étaient même tombés dans la Saône lors d'une charge de la gendarmerie mobile.

Elle m'informa que l'association des parents catholiques envisageait d'organiser, le soir même, une marche silencieuse partant de la place Bellecour pour se rendre à la préfecture de police, qui avait une allure de fort Chabrol derrière les cars de police et ses dizaines de barrières de sécurité. Elle me dit également que Gérard Collomb accablait de reproches son successeur, qu'il jugeait inapte à occuper ses fonctions et qu'il avait surnommé « Sarkozy le petit ». « On ne gouverne pas Beauvau à coups de menton et à coups de talonnettes », ajoutait-il d'une voix chevrotante. Après avoir rendu visite au cardinal de Lyon, l'ancien maire s'était fendu d'un communiqué enjoignant aux frères de toutes les obédiences de descendre dans la rue avec leurs décors, cordons et sautoirs.

Le député-avocat Mollard était l'invité d'InfoNews et là, nous attendait une sacrée surprise : c'était un homme transformé, presque transfiguré, par la mort de l'abbé Grospierres et l'agression contre le général, qui se présentait à l'écran. Il retrouvait ses réflexes d'avocat de rupture qu'il avait été jadis. D'ailleurs, il vint à l'émission avec un mouchoir rouge noué autour de son bras gauche. Comme l'animateur ne manquait pas de lui poser la question afin de connaître la signification de cet étrange ornement, le député émit un rugissement et rétorqua que c'était pour rappeler le sang versé par le général sur le sol lyonnais. Il poursuivit :

– Ce foulard ou mouchoir – qu'importe ! – est semblable à celui des Vendéens, car il est rouge comme les mouchoirs de Cholet.

Un débatteur de La France insoumise, qui se piquait d'enseigner l'Histoire sous prétexte qu'il était incollable sur la biographie de Robespierre, lui fit remarquer que c'était là un symbole contre-révolutionnaire. Alors c'est un Mollard grandiose qui se leva et qui parla du pape Jean-Paul II, qui avait brandi ce mouchoir lors de la béatification des quatre-vingt-dix-neuf martyrs d'Angers en s'écriant : « Je suis chouan, moi aussi ! »

– Désormais, dit théâtralement Mollard, nous sommes tous chouans, nous porterons dans nos manifestations ce qui est le plus fier des plumets, le petit mouchoir de Cholet.

– Vous voyez, Benjamin, me dit le général après avoir vu cette sortie, ce que l'incompétence de ce préfet a provoqué comme catastrophes en chaîne. Apprenez que, le plus souvent, les révolutions ne naissent pas de la colère, mais de la bêtise...

34

Vive les militaires !

L'information aurait pu passer inaperçue après les émeutes de Lyon : quatre parlementaires avaient lancé dans *Le Figaro* un vibrant appel en faveur de la candidature du général intitulé : « Pour nous, c'est lui ! » Mais l'incapacité de l'exécutif d'organiser une riposte qui fût à la hauteur des événements, son inaptitude à reconnaître ses dysfonctionnements, son mépris affiché à l'encontre des victimes conduisaient les observateurs à être attentifs au moindre signe, au plus petit tressaillement. Ils en firent donc des tonnes sur la tribune, n'hésitant pas à présenter deux maigres feuillets comme s'il s'agissait d'un tsunami politique. Durant trois jours, il ne fut question que de ces élus dont on détaillait le parcours avec gourmandise.

Le premier venait du Jura, le deuxième de l'Indre, le troisième de l'Orne et le dernier, le plus jeune, du Gers. « C'est un coup de semonce de la France périphérique ! » glosa-t-on dans certaines rédactions qui connaissaient leurs classiques. Surnommés « les Mousquetaires du général », les quatre hommes firent le grand tour de manège médiatique après que je me fus occupé, au préalable, de leur faire passer des media trainings à marche forcée. Parmi eux, le député du Gers, Louis de Batz, vif et tranchant, paraissait le plus doué. À mes yeux, son seul problème était sa poignée de main, quand il tendait ses longs doigts aussi pâles que des branches de céleri.

Un hebdomadaire national lui proposa un long entretien, avec sa présence en couverture. Il eut l'habileté de décliner l'offre, en disant que les quatre signataires de l'appel devaient apparaître, ou alors aucun. « Un pour tous... » Cela se sut par quelques indiscrétions que j'avais distillées à un ami journaliste pigeant pour *Challenges*. Le résultat fut que ces mousquetaires passèrent bientôt, grâce à de prompts renforts, de quatre à dix, puis à vingt. Cela bourgeonnait de partout. Quand les parlementaires furent quarante-trois, ils annoncèrent leur intention de constituer un groupe à l'Assemblée nationale - ce qui était synonyme de moyens conséquents, mis à disposition d'autant plus facilement qu'ils étaient payés par le contribuable.

Les mêmes observateurs avaient noté la diversité des étiquettes du groupe constitué. L'insubmersible Mollard avait annoncé son intention de faire don de son corps à ses nouveaux amis et avait postulé, sans attendre, à la présidence du groupe. Il n'était pas le seul sur les rangs. On relevait parmi les candidats des anciens députés macroniens ayant joué depuis quatre ans sur la marelle du centre, des élus de la vieille droite républicaine, mais aussi de nombreux élus issus du Modem, et même deux dissidents de La France insoumise.

La même opération était en cours au Palais du Luxembourg. Une poignée de sénatrices radicales de gauche était à la manœuvre, dans la plus grande discrétion. C'est que le président du Sénat, un bon gros notable de province, nez bulbeux et bajoues rosacées, amateur de gibier et de pâtés en croûte, de fricots et de gigots de sept heures à la cuillère, s'était mis dans la tête qu'il avait la carrure d'un homme providentiel, après avoir rencontré dans un restaurant clandestin des galeries du

Palais-Royal un vieux consultant ayant eu son heure de gloire à la télévision publique dans les années 1980.

Sans être passé par la case de la primaire qui continuait d'occuper les Républicains, le général pouvait donc se prévaloir de rassembler des sensibilités politiques les plus diverses. Loin de vouloir les précipiter dans les oubliettes de l'Histoire comme avait tenté en vain de le faire l'occupant de l'Élysée, il les flattait, les cajolait, les encourageait. Dans un communiqué que je rédigeai sur un coin de son bureau, il annonça qu'il créait l'« Union du peuple pour la France » et, dans la foulée, désigna Bruno Dargens comme secrétaire général provisoire de cette nouvelle formation. À peine née, l'UPPF disposait déjà d'une expression parlementaire qui allait lui permettre d'intervenir dans les débats, même si le Parlement n'avait guère plus de pouvoir que le Corps législatif sous Napoléon, ni plus d'utilité que le concombre de mer.

S'il est vrai qu'en politique, selon le vieil adage chiraquien, les emmerdes volent toujours en escadrille, les bonnes nouvelles aussi. Dans le sondage Ifop-Eudoxia réalisé suivant les procédures et les règles de la norme ISO 2052, au lendemain de l'épisode lyonnais, sur un échantillon de deux mille personnes, le général gagnait douze points d'opinion favorable, six points dans les intentions de vote. Mais surtout, presque 35 % des personnes interrogées pronostiquaient sa victoire. Ce dernier résultat était bien la preuve définitive que s'installait dans le pays l'idée qu'il puisse être présent au second tour de cette présidentielle. D'ailleurs, c'est après ce sondage qu'Ugo cessa de m'appeler chaque jour pour m'abreuver de ses sarcasmes.

Autre raison de se réjouir : le maire de Toulon, Albert Jacquemin, et ses équipes étaient revenus avec plus d'un millier de promesses de parrainage, alors que la candidate du Rassemblement national et celui des écologistes peinaient à dépasser la barre des cinq cents.

Lors de l'émission *Zemmour & Naulleau* sur Paris Première, la chansonnière Sandrine Sarroche avait évoqué ce « moment Montjois » en parodiant la Grande-Duchesse de Gerolstein, d'Offenbach. « Vous aimez le danger, le péril vous attire. Et vous ferez votre devoir... » chantait l'humoriste avec sa gouaille habituelle avant d'entonner avec ardeur le célèbre refrain : « Ah que j'aime les militaires, j'aime les militaires, j'aime les militaires. Leur air vainqueur et leurs manières, en eux tout me plaît. » Éric Zemmour, qui trouvait le général assez mou du genou, avait ri franchement et battu des mains avant de souligner qu'il fallait se recentrer sur la préférence nationale. Il avait courtoisement demandé son avis à l'invité de l'émission, Arnaud Montebourg. Avec son ton docte, ce dernier s'était bien gardé de critiquer le militaire, et avait même souligné son intérêt pour la démarche courageuse d'un homme qui, comme lui, s'était heurté à l'« État profond ».

– À votre connaissance, demanda un Naulleau taquin, n'y a-t-il pas un problème à entendre un ancien ministre de François Hollande adouber un militaire qui concourt à la fonction suprême ?

– Pas que je sache. Aucun.

– Aucun ?

– C'est ce que je viens de vous dire.

Et les polémistes entendirent Montebourg l'apiculteur, patron de Bleu Blanc Ruche, expert en pâte à tartiner, proposer une rencontre informelle avec le général. Il allait de soi que c'était un pur effet d'annonce, mais il s'assurait ainsi d'une solide reprise et de nombreux débats autour de la vieille antienne « L'union des souverainistes est-elle possible ? ».

35

Affaires pas étrangères

Le siège, qui avait pu s'étendre en louant la totalité de l'immeuble situé dans le 15e arrondissement, comptait désormais près de trois cents permanents bénévoles, parmi lesquels une grande majorité de jeunes venus d'Angers, de Nantes, de Lyon et de Lille. Cinq meetings venaient d'être planifiés, notamment un qui ambitionnait d'être la plus grande manifestation autorisée depuis la fin officielle de la pandémie. Elle devait se tenir à Nice sur la suggestion de son maire, qui venait, une nouvelle fois, de changer de camp et qui avait comparé Philippe de Montjois à Napoléon III.

J'étais sur le point de réserver une table à La Petite Maison, où régnait sur les cuisines la dogaresse de la ville, pour y déguster, notamment, *linguine* au homard et brouillade aux truffes. Nostalgie de ces temps bénis où les journalistes disposaient encore de notes de frais conséquentes et où ils établissaient des cartes du Tendre de ces hauts lieux gastronomiques où les politiques tenaient à se retrouver et les autres à se montrer.

Au moment où je m'apprêtais à composer le numéro, je vis débarquer à l'étage où se trouvait le bureau du général six personnes munies de mallettes noires. Sans se préoccuper de la fourmilière, elles sortirent des objets qui auraient pu être empruntés aux accessoiristes de la série de films *Men in Black*.

Je remarquai tout de suite celui qui les conduisait, un brun barbu qui leur donnait des signes brefs et discrets de commandement. Je le remarquai aussi quand il retroussa ses manches pour découvrir les avant-bras d'Henry Cavill. Je le remarquai encore davantage quand ses yeux verts plongèrent dans les miens et que, d'un pas décidé, il se dirigea vers moi et me serra énergiquement la main.

– Bonjour, je suis Emmanuel Dhaens. Ma société, Security-Insider, a été mandatée afin de vérifier votre degré de protection.

– De protection ? balbutiai-je en ne quittant pas son regard.

– Oui, vous savez, les écoutes, les enregistrements clandestins et autres indélicatesses de vos concurrents, s'amusa-t-il en voyant mon trouble.

– Allez-y, vous êtes ici chez vous, dis-je bêtement.

– Si vous le voulez bien, nous voudrions commencer par le bureau du général, autant aller à l'essentiel.

Je l'engageai à me suivre. Le général étant parti déjeuner avec de futurs donateurs, le bureau était vide et, à ma stupeur - explicable par mon incompétence en la matière -, les quatre coins sonnèrent quand les six hommes passèrent les appareils. Deux bonnes heures furent nécessaires pour enlever les micros qui avaient été placés sous la grande table, dans chacune des lampes, dans la bibliothèque, et à l'intérieur du yucca. Puis vint le tour des caméras et ce fut plus long et plus délicat. Sous forme miniature, les experts en trouvèrent une vingtaine dans les stylos, la montre et le poste de radio...

– Mais où sont les fils ? demandai-je.

Emmanuel Dhaens éclata de rire.

– Il y a bien longtemps que cela n'est plus nécessaire, il suffit de manipuler les données de connexion de l'appareil visé.

Sa calme assurance me plaisait. Quand les Men in Black eurent terminé leurs opérations de vérification et de protection, Dhaens s'attarda et récapitula ce qui avait été fait. Il nous avertit de la nécessité de passer au peigne fin d'autres pièces stratégiques du siège. À mon soulagement, il finit par me demander mon numéro de portable.

– C'est pour éviter d'avoir à pirater vos données, dit-il. Et puis, j'ai sûrement des appareils susceptibles de vous intéresser. Par exemple, je suis persuadé que la batterie de votre iPhone est souvent défectueuse.

Cette fois, c'est moi qui partis d'un éclat de rire.

Le soir même, je parlai à Guillaume de cette visite et de mon étonnement qu'une seule pièce puisse être ainsi truffée de micros et de caméras.

– Comment es-tu si sûr que c'est bien la raison de leur venue ? grinça-t-il.

– Que veux-tu dire ?

– Ton nouvel ami peut très bien non pas avoir désactivé, mais activé des écoutes. Qu'est-ce qui te dit qu'il n'a pas posé un appareil sur le détecteur de fumée, avec micro et caméra dernier cri ?

– Je pense, murmurai-je, que j'ai les moyens de le vérifier.

– Cela ne m'intéresse pas de savoir comment.

– Cependant, je doute que nos adversaires ne nous espionnent que maintenant, répondis-je en ignorant l'allusion.

– Et pourquoi donc ?

– Comment auraient-ils eu les renseignements leur permettant de planifier l'attentat contre le général au Liban ?

D'un coup, je vis Guillaume se raidir, devenir blanc et les muscles de sa mâchoire se crisper.

– Ces chiens du Hezbollah ont suffisamment d'informateurs chez les chrétiens ! Rien de ce qui est à Beyrouth ne peut leur échapper. Toi qui connais, paraît-il, le Liban, tu devrais être bien placé pour le savoir, dit-il en se reprenant.

La soudaineté et la brutalité de sa réaction m'avaient surpris. J'allais continuer la conversation, mais il sortit de la pièce, rangea ses affaires et me lança de loin :

– Je dois me dépêcher, je voudrais passer aux vêpres avant de rentrer chez moi. À demain !

Je restai pour travailler au siège avec l'assurance de ne pas être dérangé. Les employés de l'entreprise de ménage Pereira Da Silva me laissaient une paix royale depuis qu'ils m'avaient entendu passer en boucle sur mon ordinateur portable *Passions diagonales*, de Misia.

Pour me donner de l'énergie, j'avalai une boîte de bâtonnets de surimi que je plongeais dans un pot de sauce gravlax. Je commençai par travailler sur mon manuscrit, que j'avais trop délaissé ces derniers temps. J'éprouvais des difficultés à m'y mettre, car la conjuration ou le tumulte ou l'entreprise d'Amboise qui ouvrit les guerres de Religion fut un épisode historique suffisamment mystérieux pour que Balzac et Alexandre Dumas s'y penchent et y reviennent. Avec le recul, les conjurés protestants apparaissaient avoir été poussés par les Guise dans cette entreprise de faire de la France une monarchie tempérée par le régicide. Leur chef rebelle, dont le corps fut découpé en cinq morceaux, devint un martyr de la cause réformée alors qu'il était menteur, voleur et vaniteux. Comment résister aux charmes de cette époque ?

Après avoir écrit laborieusement une page, je me tournai vers la commande du général, qui suivait avec acuité les développements récents de l'actualité politique en Algérie, et qui me demandait une note de synthèse sur le sujet. Là aussi, le jeu de dupes était à l'honneur puisque les Algériens continuaient à être dirigés par un président fantôme qui, bientôt, serait en mesure de rédiger un numéro du *Point* sur le palmarès des meilleurs établissements hospitaliers en Europe. Un jeune étudiant, membre du Hirak, mouvement de protestation contre le régime, avait été arrêté puis agressé sexuellement et torturé par les services de sécurité inféodés à l'armée. Depuis trois jours, autour du slogan « Oui à la démocratie, non aux militaires », plusieurs dizaines de milliers de personnes s'étaient rassemblées à Alger, mais aussi à Oran, Constantine et Annaba, où elles avaient défilé dans un concert de klaxons sur leurs mobylettes. De mon propre chef, je décidai de faire un parallèle entre ce qui se passait en Nouvelle-Calédonie et de l'autre côté de la Méditerranée. À force de répéter que jamais un événement survenu en dehors de l'Hexagone ne saurait abolir le hasard d'une présidentielle, nos politiques avaient fini par s'en convaincre. Oubliant, sans doute, qu'il y a quelques décennies, un militaire, général de son état, leur en avait apporté la preuve contraire.

36

La fournée des dupes

Le meeting qui s'était tenu sur le port de Nice, avec ses trois écrans géants, avait été un triomphe. Comme les Niçois avaient à cœur de souligner qu'ils respectaient les règles sanitaires à l'inverse des Marseillais, ils avaient maintenu entre eux une distance respectable, ce qui avait conduit à fermer à la circulation toutes les voies d'accès principales. Les plus malins avaient emprunté des pointus pour naviguer au plus près de la tribune officielle, place Île-de-Beauté, où se tenaient le général, le maire de Nice et Mollard. Deux heures avant, Philippe de Montjois avait tenu à dédicacer son dernier ouvrage, un opuscule d'une centaine de pages, intitulé en toute immodestie *Pourquoi je peux sauver la France*, qui entretenait l'illusion que l'auteur donnait du grain à moudre au débat d'idées. Ils avaient été plus de deux cents à attendre son arrivée. La recette niçoise était simple : un peu de télévision locale avant, une petite librairie de centre-ville pour renforcer l'impression d'affluence et augmenter la longueur de la file d'attente sur le trottoir, quatre ou cinq militants présents disséminés dans l'assistance pour crier « Montjois président ! » lorsque l'auteur arrive, et le tour était joué.

Quant à la grand-messe, le discours du général sur la France éternelle et souveraine dont nous avions donné l'exclusivité au *Journal du dimanche* ne pouvait que plaire à un auditoire déjà acquis, surtout lorsque le candidat évoqua avec des trémolos dans la voix le chaos qui régnait une nouvelle fois en Algérie et l'indépendance de la Nouvelle-Calédonie, que nous avions abandonnée aux appétits féroces de la Chine et à l'agressivité missionnaire des évangélistes australiens. Mais ce fut le bain de foule après son intervention qui montra la ferveur des partisans du général, dont certains avaient adopté le foulard rouge autour du cou ou du bras gauche, pour rappeler ce qu'ils nommaient la « tragédie de Lyon ». Les femmes se pressaient pour le serrer et l'embrasser, les enfants lui apportaient des dessins, et le coup de canon tiré chaque midi de la colline du château avait retenti avec une heure d'avance.

Le reporter-photographe de *Paris Match* s'en donnait à cœur joie, surtout quand nous décidâmes d'arpenter avec le maire et une cohorte d'agents de la municipalité, oreillettes sans fil, lunettes noires, costumes noirs, cravates noires et pompes bicolores, le marché du cours Saleya du Vieux-Nice. La lumière du ciel, les odeurs des fleurs et des fruits secs, les couleurs ocre et jaune des bâtiments, les trognes de commerçantes aux cheveux plus noirs que les ailes d'un corbeau dressaient le décor d'un reportage rêvé. Le général fit même ses emplettes, achetant de la crème de piment puis des sachets de lavande « pour le linge de maison », acceptant des morceaux de socca et de pissaladière qu'il dévora avec autant d'appétit que l'ogre chiraquien.

Dans l'avion qui nous ramenait à Paris après le traditionnel retard de deux heures, nous nous amusions à compter les membres de La République en Marche qui regardaient avec les yeux de Chimène la candidature du général. Sur mes conseils, ce dernier avait fini par prendre au téléphone chaque converti, en l'assurant combien sa venue était essentielle pour enrayer le déclin de la France. En raccrochant, le rallié avait la conviction qu'il venait d'intégrer la France libre.

Contrairement à ce que Charles de Montjois avait prédit à son frère, ce n'étaient pas les nationalistes qui accouraient pour se joindre au panache militaire (en dépit des contre-performances à répétition de leur présidente, qui venait de se prendre une dégelée médiatique en débattant de l'Europe face au sémillant Clément Beaune), mais des pans entiers de la Macronie. Dans l'ouest du pays, à l'exception d'une poignée d'anciens giscardiens, les élus, qui avaient fait la précédente campagne présidentielle du Bonaparte de Bercy, multipliaient les contacts avec nos équipes locales de crainte de mordre la poussière aux prochaines législatives. Dans un premier temps, ces conciliabules étaient demeurés discrets, mais le ralliement d'Aurore Bergé donna lieu à une belle bousculade. D'autant que parallèlement à ces arrivages encombrants, affluaient en nombre les conseillers d'État label rouge, les conseillers à la Cour des comptes carte noire, les inspecteurs des Finances nés coiffés, les anciens ministres et les nouveaux dépités. Bref, ils étaient tous prêts à se battre afin d'apparaître sur la photo.

Ces ralliements en chaîne, cette surdose d'énarques ne plaisaient guère aux permanents bénévoles du siège que Serge-Marc Joubert avait surnommés la « cour des pages ». C'est ce que me racontait Guillaume en multipliant les remarques acerbes sur ces convertis. Il était affalé dans mon divan. Nous avions bu une bouteille de brunello di montalcino et je m'apprêtais à en ouvrir une deuxième.

– C'est bien joli de les voir tendre leurs gamelles, dit-il. Mais à un moment, il va bien falloir qu'ils acceptent notre programme et comprennent qu'ils ne vont pas faire campagne pour le dalaï-lama. Et soit ils l'acceptent et le défendent, soit ils restent à la porte. Il n'y aura pas d'exception pour les philistins.

– Il serait préférable d'être plus souple si on ne veut pas les effrayer, tu ne crois pas ? objectai-je.

Guillaume fit une grimace de dégoût et se glissa deux doigts dans la bouche, qu'il avait finement ourlée.

– Pour qu'on se retrouve après l'élection avec des députés qui veulent allonger le délai légal d'un avortement ou autoriser le mariage avec son bouledogue français ? Très peu pour moi.

Sa sortie était si caricaturale qu'elle me fit rire, ce qui le troubla, car ce n'était visiblement pas l'effet qu'il attendait.

– Je comprends ton souci de tempérer leurs enthousiasmes de nouveaux convertis, commençai-je avec diplomatie, mais nous ne sommes peut-être pas obligés de leur parler de l'IVG ou de leur montrer des photos de fœtus avortés dès qu'ils abordent nos rivages, est-ce que je me trompe ?

Il secoua la tête et glapit :

– Parce que le génocide qui se perpétue depuis des décennies n'est rien à tes yeux ? Tu sais quel est ton problème, Benjamin ? Tu veux enfin savoir quel est ton putain de problème ? Il y a toujours chez toi cette tendance à prendre les choses à la légère, cela te rend insaisissable.

– Comme la truite de Levinas, répondis-je machinalement.

– Tu cites Levinas afin de passer pour un humaniste ?

– Je ne souhaite passer pour rien, je suis un humaniste approximatif. Je voulais juste bifurquer vers un autre sujet.

Un silence prolongé s'ensuivit, qui servit à Guillaume pour remettre un chargeur et repartir à l'assaut.

– La vérité est que tu es indécrottable.

– Pardon ?

– Tu pardonneras à ceux qui ont la foi de ne pas être des défenseurs de la religion facile et du salut garanti.

– Je vois.

– Non, je ne crois pas. Qui es-tu pour ironiser ainsi sans cesse et dévaloriser, discréditer, rabaisser ce qui échappe encore par je ne sais quel miracle à notre civilisation de dégénérés ?

Son mépris me heurta. C'était la violence d'un coup de poing reçu en plein plexus.

– Je pourrais te poser la même question, figure-toi. Tu as accepté de venir chez moi, je ne t'ai ni forcé ni détourné du chemin que tu estimes droit et qui est, dans les faits, singulièrement tortueux. Je ne partage pas tes délires sur l'amitié virile, Guillaume. Je suis désolé, mais je ne me vois pas comme Dargens, toi et les dizaines d'autres qui sont au siège : prêt à revêtir l'armure du pédé guerrier.

– Mais qu'est-ce que tu racontes, tu es malade !

– Je suis malade, c'est certain, d'être ballotté en permanence entre ceux qui me donnent des leçons parce qu'ils estiment que je n'épouse pas toutes les causes victimaires, y compris celles qui me trancheraient volontiers la gorge si elles parvenaient au pouvoir, et ceux qui fantasment sur une identité virile et qui seraient prêts à rejouer le coup d'État de Mishima avec ses gitons bodybuildés. Et maintenant, si tu considères que tu es un otage de mes incertitudes ou de mes turpitudes, je ne te retiens nullement, tu n'as rien à faire ici.

– C'est aussi mon opinion.

Guillaume leva son immense carcasse, prit ses affaires et sortit sans me saluer. Heureusement, je n'avais pas débouché une nouvelle bouteille de brunello di montalcino.

37

L'information brute

Dans un puzzle, il y a toujours un moment de joie intense quand l'image centrale apparaît devant nos yeux. Il me manquait encore une pièce, une seule pièce, pour éprouver ce plaisir. Elle allait m'être fournie par un appel inattendu. Je vis s'afficher le +961, l'indicatif du Liban.

– Salut, Benjamin. Comment vas-tu, bébé ? C'est Béchir.

J'avais reconnu à son accent fleuri l'homme qui nous avait sauvé la vie sur la route d'Ehden. Il était à Paris « pour affaires » depuis hier et me proposait de le retrouver pour dîner chez un ami à lui, libanais également, fondé de pouvoir pour un des quatre mille princes saoudiens de sang royal. Il avait des révélations à me faire, me disait-il, sans que je parvienne à discerner s'il s'agissait d'une boutade ou d'un sujet sérieux. De toute manière, j'étais son débiteur et il était hors de question que je décline son invitation.

Mon instinct me disait cependant de prendre certaines précautions. Je décidai d'enregistrer notre rencontre. Cela tombait bien, je n'avais pas égaré la carte de visite d'Emmanuel Dhaens. Mon appel lui fit manifestement plaisir. Il suffit ensuite que je passe dans ses bureaux, rue de Tocqueville, et il me fournit aussitôt un microenregistreur plus facile à mettre en marche qu'un dictaphone, et invisible à l'œil nu.

– Je ne te demande pas à quoi il servira, dit-il en posant dans la poche de ma veste le minuscule appareil.
– Je ne le sais pas exactement moi-même. Peut-être que cela se révélera une toquade, concédai-je.
– Ce que je demanderai, en revanche, c'est que l'on se voie pour prendre un verre.
– Demain ?
– Je suis pris, j'ai un tournoi de badminton. Après-demain ?
– Parfait pour moi.

Une heure plus tard, je me trouvais au pied d'un immeuble haussmannien dans une rue de Rivoli que les efforts répétés des pouvoirs publics avaient définitivement rendue déserte. Dans le hall d'entrée, il n'y avait pas moins de sept sociétés affichées d'import-export dont il était difficile de deviner la raison d'être.

C'est un Béchir métamorphosé qui m'ouvrit : chemise à fines rayures bleues et costume Wicket. So chic. Il me pressa contre lui et m'embrassa.
– Entre, entre, bébé, mon ami n'est pas là, il a accompagné la seconde femme du prince au Luxembourg et m'a laissé son pied-à-terre.
– Au Luxembourg ?
– Oui. Pour le climat, dit-il en riant.

En fait de pied-à-terre, il s'agissait d'un triplex, et nous mîmes un certain temps avant de choisir une sorte d'antichambre encombrée d'objets d'art moche contemporain dont seul un œil exercé et grassement rémunéré d'expert en art moche contemporain pouvait vanter la valeur esthétique. Béchir s'approcha de la fenêtre, qu'il ouvrit en grand, et montra l'Hôtel de Ville en majesté.
– Tu vois les lumières, là-bas ? Approche-toi. C'est le bureau d'Hidalgo, votre mairesse et candidate à votre élection reine. Un sniper pourrait lui faire peur, mais nous sommes en France

et pas dans ce bordel à ciel ouvert qu'est mon pays, où tout est permis, pas vrai ?

J'étais d'autant plus gêné pour répondre à cette pique qu'il n'avait pas vraiment tort. Le Liban était un terrain de jeu pour puissances étrangères comme autrefois le duché de Milan.

– J'ai demandé au concierge qu'il nous commande des sushis. Vous autres, Français, vous adorez cette nourriture sans goût où des Chinois mettent sur du riz trop cuit des bouts de poisson farineux.

– Le concierge ?

– Oui, bien sûr, mon ami a une bonne conciergerie privée. Cela permet d'optimiser le temps et d'éviter les mauvaises surprises.

J'imaginais volontiers la pression que ce type de clients devait faire peser sur les employés de ces sociétés d'assistance qui leur faisaient miroiter l'illusion d'être dans un hôtel de luxe.

– Alors, cher Béchir, tout à l'heure, tu m'as parlé de révélations.

– Exact, et je suis content que tu sois assis. C'est un peu délicat, car il s'agit de l'attentat contre le général qui a coûté la vie à l'abbé Grospierres et à trois militaires de mon pays. Par où commencer ?

– En me livrant l'information brute. Après je te poserai des questions sur les détails.

– Si tant est que je sois autorisé à te les donner, maugréa Béchir. Très bien, allons-y. L'attentat n'a pas été revendiqué.

– Non, mais il s'agissait, sans doute, de milices liées au Hezbollah ou d'une autre faction islamiste libanaise...

Il s'assit en face de moi, me saisit les poignets, les serrant comme si j'allais m'enfuir, et planta son regard dans le mien.

– Non, Benjamin. Ça, c'est la version officielle.

– Et l'officieuse ?

– Avant de te répondre, je voulais te parler des affaires qui m'ont conduit à venir en France. Mon oncle possède des chantiers navals à Oman, au Sénégal et au Cameroun, et il cherche à investir.

Et Béchir de m'expliquer qu'en raison de la pandémie, le principal chantier de Brest, premier port de réparation navale français, était en quête d'un repreneur, et qu'il était à Paris pour rencontrer des officiels français. Je résume, car ses explications étaient entrecoupées d'appels de plus en plus exaspérés à la conciergerie. Le livreur de sushis s'était apparemment perdu en chemin et errait dans le jardin des Tuileries.

– J'ai eu du mal au début à avoir mes rendez-vous, reprit Béchir. Et puis, j'ai eu l'idée de parler de l'attentat à un conseiller de l'Élysée et là, comme par enchantement, les portes se sont ouvertes dans les ministères.

– Et tu leur as dit quoi sur l'attentat ?

– La vérité.

– Qui est ?

– Qu'il a été conçu et commandité, ici, à Paris, et non par les adversaires de ton général, mais par ses amis. Par tes amis, Benjamin. L'attentat ne visait pas à le tuer, mais à le présenter en homme à abattre, en martyr désigné d'une juste cause. C'était un attentat simulé tel celui, jadis, de l'Observatoire. Simplement, l'attentat a mal tourné. Rappelle-toi que l'abbé Grospierres n'aurait jamais dû se trouver dans la voiture de tête. Sans ses amis politiques, il serait toujours en vie. Comment en suis-je si sûr ? Nous avons retrouvé les tueurs à la moto. Ils ont été extrêmement coopératifs et bavards, surtout quand nous nous sommes attaqués à leurs parties génitales. Voilà, tu sais tout, et j'ai la conscience tranquille.

Moi, j'ouvrais la bouche aussi grand que le premier batracien sorti de l'eau il y a cinq cents millions d'années.

38

Comme dans un bain chaud

Le surlendemain, je décidai de me rendre tôt au siège de campagne, même si je n'avais rien à y faire. Le prochain grand discours devait se tenir à Lille à la fin de la semaine, et j'avais déjà commencé à réviser mes classiques sur les très riches heures de ce grand courant politique que fut le catholicisme social, qui avait le Nord pour terroir et dont le gaullisme n'était, après tout, qu'un surgeon.

Auparavant, j'avais juste à écrire une intervention brève à Troyes, le général voulant se faire photographier avec François Baroin, qui, comme Jacques Delors en son temps, s'adonnait au plaisir du *politicus interruptus*. J'avais trouvé une belle citation de Rachi, le plus concis des talmudistes et figure illustre de la ville, qui aimait répéter à ses disciples qu'une goutte d'encre valait de l'or : « Ne craignez pas le mensonge, c'est lorsqu'il est à son apogée que les gens s'en éloignent. »

En remontant la rue Lecourbe, je pesais et soupesais la révélation (ou le mensonge) de Béchir. Pour le moment, je n'avais rien su faire de cette information, pour la simple raison que j'ignorais pourquoi j'étais le bénéficiaire de ce cadeau empoisonné. La seule personne que j'avais contactée était Sarah Berg, mais avec qui je pus parler seulement cinq minutes, car elle devait préparer son intervention sur InfoNews, donner le bon à tirer pour sa revue, écrire un article pour un journal suisse et rendre un manuscrit. Alors elle était allée au plus rapide :

– Si tu as des doutes, tire-toi !

– Mais je vais passer pour un rat qui quitte le navire, avais-je protesté.

Sarah ne put retenir un soupir d'exaspération.

– Les rats sont des animaux intelligents. Et puis évite de penser que ce serait un drame, tu n'opères pas à cœur ouvert.

Pas convaincu, je m'étais contenté d'observer de près l'humeur du général et les rumeurs de la presse. Depuis une quinzaine de jours, Philippe de Montjois m'apparaissait joyeux et, pour être plus précis, d'humeur primesautière. Sa traditionnelle cravate bleu marine était remplacée par des bicolores frappées de l'abeille Gucci. Les sondages qui confirmaient son irrésistible ascension justifiaient-ils cette audace vestimentaire ? Il riait plus fréquemment et prenait les défections et les basses manœuvres comme s'il barbotait en permanence dans un bon bain chaud, moussant et parfumé. L'écrivain André-Marie Truchi lui avait raconté les états d'âme du président du parti chrétien-démocrate, qui pensait peser davantage sur la vie publique en se rangeant derrière le gonfalon de Michel Barnier, spécialiste de la tartiflette politique. Le général s'était gardé de le reconduire sur-le-champ et il ne l'avait pas interrompu une seule fois. Je ne l'avais jamais vu autant fuir le conflit. Dès qu'un débat interne pouvait faire l'objet d'une controverse, il confiait le dossier à Bruno Dargens.

Quant à la presse, le premier article s'interrogeant sur l'attentat d'Ehden et les motivations de ses auteurs était paru, hier matin, dans l'indifférence générale, sur un des nombreux blogs de *Mediapart*. Il n'avait été relayé, pour le moment, que par le site Gotham.info.

Si le microcosme regardait de l'autre côté de la Méditerranée, c'était plutôt du côté de l'Algérie que du Liban. Pour une nouvelle fois de son histoire contemporaine, ce pays s'enfonçait dans le chaos. Après six mois d'absence où il avait sûrement visité tous les hôpitaux de la planète, le président algérien avait dû se démener pour convaincre de son existence. Il avait décidé en vrac de prendre une nouvelle épouse, de remanier pour la septième fois consécutive son gouvernement, d'habiter au palais d'El Mouradia, de ne plus séparer glucides et lipides dans son alimentation et de libérer les prisonniers politiques. Ce retour à la vie n'avait guère été du goût des militaires, ainsi que les appels présidentiels répétés à la transparence et à la lutte contre la corruption. Après tout, cette corruption n'était-elle pas le mode de gouvernance le plus naturel au monde ? Et pourquoi essayer de s'attirer les bonnes grâces de ceux qui s'attaquaient à la glorieuse armée algérienne, qui, chaque matin, affirmait qu'elle était prête à faire bouffer aux frères marocains le sable du Sahara occidental ?

Tandis que le pouvoir officiel ouvrait timidement les prisons, des commandos emprisonnaient les meneurs des manifestations sporadiques pour les précipiter dans des geôles datant de la colonisation ottomane. De plus en plus de personnes étaient ainsi arrêtées puis relâchées dans la même journée, non sans avoir été torturées avec des trésors d'inventivité que les correspondants sur place ne se privaient pas de détailler. Pour aller vite, disons que certaines images qui étaient parvenues jusqu'à nos consciences européocentrées auraient très bien pu illustrer un article sur les poussins broyés vivants dans les couvoirs.

Il était de plus en plus évident que l'armée s'apprêtait à prendre le pouvoir en se débarrassant des épouvantails civils qui n'effrayaient plus personne. D'ailleurs, après le Mali, la Birmanie puis Haïti, les coups d'État revenaient à la mode. Le travail en sous-main de la CIA n'était plus nécessaire. Les démocraties étaient devenues assez grandes pour saborder toutes seules leur image.

Lorsque j'arrivai au siège, les plateaux semblaient envahis par des Borgs ; j'essayai de capter le regard de Guillaume, qui marqua ostensiblement son refus de croiser le mien.

Assis à son bureau, le général regardait le dernier sondage de l'Ifres qui avait testé deux rescapés de la Sarkozie, le maire de Théoule, un écrivain et lui-même, qui caracolait en tête. Lorsqu'il me vit entrer, je sentis naître une bouffée de tendresse au fond de son être. Jusqu'à présent, il s'était toujours montré bienveillant et courtois à mon égard, mais distant. Le changement était si manifeste que je ne pus m'empêcher de lui demander :

– Vous allez bien, mon général ?

39

Une alcôve forte

Le général me regarda et un sourire béat, j'ose dire presque imbécile, éclaira son visage.

– Cela fait du bien d'aimer, dit-il en se caressant doucement le menton.

Puis il se reprit et reformula ses propos.

– Cela est important, les sentiments, ne trouvez-vous pas, Benjamin ?

– Oui, mon général.

Je notai que j'étais souvent gêné quand un homme ou une femme d'un âge certain m'entretenait de ses peines de cœur.

– Je vous parle de cela en toute confiance, car je sais que vous êtes un garçon sensible. Et en tant que garçon sensible, je sais que vous êtes en mesure d'apprécier ce détail : sa peau qui a la couleur de l'ivoire est aussi diaphane et poudrée qu'une aile de papillon...

Le général se concentra sur ses stylos et crayons, qu'il reprit et rangea dans une boîte à musique qui égrenait les premières notes de *Lili Marleen*.

– Vois-tu, Benjamin, on essaie toute sa vie d'être organisé comme un chartreux et minutieux comme un bénédictin et, au hasard d'une rencontre, on se rend compte que la guerre que l'on menait était contre soi-même, que la seule chose que l'on faisait était, en fait, de nager dans un couloir.

J'avoue que cette déclaration, pour le commun des mortels ayant approché le général, était pour le moins... détonnante, baroque, incongrue ? Mais un rappel historique éclata comme une bulle dans mon cortex. N'était-ce pas un autre général, Boulanger cette fois, qui avait mis un brusque coup d'arrêt à sa marche triomphale vers l'Élysée, car sa maîtresse dont il était follement épris lui conseillait d'attendre ? Je n'imaginais pas un seul instant que mon général se fasse sauter la cervelle sur la tombe de sa rencontre, ce qui avait fait dire au vachard Clemenceau : « Il est mort comme il a vécu, en sous-lieutenant. » Mais je savais par expérience qu'un candidat amoureux parce qu'il mêle appétit carnassier et exaltation adolescente était un candidat dangereux.

Faux-cul, je félicitai Philippe de Montjois d'être parvenu à ouvrir son cœur en dépit des circonstances, et filai vers les toilettes pour me passer de l'eau froide sur le visage et retrouver mes esprits. Il n'y avait que là où je pouvais réfléchir sans être dérangé.

De mon box bien fermé, j'entendis deux hommes qui étaient entrés pour se soulager. Ils parlaient à voix haute tandis que leur urine martelaient à jets réguliers la céramique.

– Tu es au courant, toi, que le général a une maîtresse ?

– Je sais que lors des deux derniers déplacements à Dijon et à Amiens, il a refusé de revenir dans la nuit et a choisi de dormir sur place.

– Sur place... à l'hôtel ?

– Oui, évidemment.

– Seul ?

– Ben non, quelle question !

– Tu as prévenu Dargens ?

– Bien sûr, plutôt deux fois qu'une et depuis le début.

– Tu sais qui c'est ? Je la connais ?

– Je ne crois pas, c'est une charmante asiate avec un cul d'enfer qui répond au doux nom de Mlle Singh.

– Il se prend pour Houellebecq ?

L'autre rit grassement et commença à chanter la chanson des Carpenters, « *Singh sing a song, sing out loud, sing out strong...* ». Et les deux bourrins quittèrent les toilettes en gueulant les couplets. Je reconnus la voix de Dargens, qui les remit prestement d'équerre en leur ordonnant d'aller faire des pompes sur la terrasse.

Ce nom de Singh me disait quelque chose, et je décidai de rentrer rue Montmartre pour passer quelques appels. En sortant des Halles, je fus alpagué par la manifestation quotidienne en faveur de l'Algérie libre. Selon un procédé éprouvé depuis trente ans, les militants commençaient par vous faire signer une pétition, après quoi ils vous demandaient de verser votre écot pour soutenir leur noble cause en se montrant plus pressants qu'un vendeur d'encyclopédies sur le développement durable.

Installé dans mon canapé, je regardai les informations. La répression s'abattait méthodiquement sur Alger, Oran, Tlemcen et Sétif. Trois caricaturistes algérois avaient été retrouvés le corps criblé de balles dans la résidence universitaire Ouled-Fayet, à la périphérie de la capitale.

Les autres nouvelles étaient déjà vieilles avant d'être rendues publiques. Le variant mexicain de la pandémie avait contaminé les villes de Bâle, Funchal, Venise et Cologne. Sa particularité ? Les personnes atteintes avaient des gestes involontaires et désordonnés évoquant une danse maya traditionnelle. En France, un enseignant à la Sorbonne faisait l'objet d'une plainte pour avoir évoqué les différents « nègres » d'Alexandre Dumas. Le cours s'était tenu sur Zoom, mais des étudiantes confiaient face caméra que le traumatisme était profond et les dommages irrémédiables, car elles s'étaient senties agressées dans leur intimité.

Enfin, le journal se concluait par un long portrait bienveillant du maire de Théoule, Emery Blanc, nouvelle coqueluche des Républicains depuis qu'il avait décidé de faire monter dans sa ville la pièce de Voltaire *Le Fanatisme ou Mahomet le prophète*, en dépit de manifestations qui avaient tenté d'interrompre les représentations. Chaque soir, la salle entière était debout et sifflait l'acteur lorsqu'il déclamait : « Il faut un nouveau culte, il faut de nouveaux fers ; il faut un nouveau dieu pour l'aveugle univers... » L'édile de la petite cité balnéaire avait troqué ses habits de shérif débusquant les incivilités quotidiennes pour vêtir ceux d'un candidat aux primaires américaines. Il avait l'aisance, le goût de la formule et un physique de gendre plus que parfait.

Je calculais ses chances de dépasser le simple engouement médiatico-politique quand mon portable sonna. C'était Serge-Marc Joubert.

– Je venais prendre de tes nouvelles...

Avec une pareille entrée en matière, tous les voyants rouges s'allumaient.

– J'imagine, poursuivit-il, que tu es au courant de la rumeur qui pense que l'attentat d'Ehden a été organisé par un proche du général pour le mettre en situation d'être le chef des nouveaux croisés ?

– Oui. Et toi, comment le sais-tu ?

– Peu importe. Il y a quelques années, j'ai été contraint d'intervenir pour stopper un article au vitriol dans *Libération* sur ton ami Dargens. Sur le moment, j'avais jugé l'incident mineur, mais il prend, aujourd'hui, un tout autre sens. Il s'agissait d'une rixe à Paris entre émigrés croates et émigrés serbes, qui s'était terminée en bataille rangée avec quelques rotules en miettes. Tu en as parlé au général ?

– Non.

– Dis-lui, raconte-lui tout !

– Raconter quoi ? Que voulez-vous tous que je lui dise ? Que son bras droit à qui il a confié les rênes de l'Union du peuple pour la France a voulu singer les barbouzeries d'autrefois ?

– Jamais les barbouzeries d'autrefois n'auraient mis en danger leurs commanditaires, protesta Joubert.

– Est-ce que tu crois que Dargens a agi avec l'aval du général ?

– Pas forcément. Cela peut être aussi bien une idée qui a germé dans le cerveau tordu de son frère, Charles.

Un long silence s'ensuivit puis Joubert reprit la parole.

– Benjamin, je voulais juste te dire très simplement que je suis désolé de t'avoir poussé à monter dans cette galère. Vraiment désolé. Je pensais que l'exercice était amusant et excitant alors que ta place n'était pas là. Voilà.

– Merci de ta sincérité. Et ma place, tu la vois où ?

Mon interlocuteur rit.

– Partout. À gauche, à droite, en haut, en bas, en marge. Quand le pouvoir est ainsi à ramasser, tu n'as que l'embarras du choix. Par exemple, tu pourrais très bien rejoindre les équipes du maire de Théoule. C'est un ami, et en ce moment, il constitue ses équipes. Tu te souviens de ce que tu me disais lors de notre première conversation sur le sujet à Miami ? Tu aimes te glisser dans la peau de l'autre...

Ces dernières phrases me firent l'effet d'une piqûre de vive.

– Miami ? Tu viens de parler de Miami ?

– Oui, pourquoi ?

– Pour rien. Rien. Je viens de me rappeler que j'ai promis d'appeler Richard Kupferman, je dois raccrocher, désolé, à très vite.

Miami... Évidemment que je connaissais Mlle Singh mais c'était, littéralement et dans tous les sens, trop énorme. Il fallait que je vérifie sans tarder.

40
La chute enchantée

Un rapide appel à Richard Kupferman, qui séjournait à Shanghai, me permit de vérifier que Singh était bien le prénom originel de Lady Sarrasine, la célèbre drag-queen au bras d'enfant qu'il m'avait présentée à Miami. Mon ami me glissa qu'une bonne partie des officines politiques travaillant pour la Macronie avait été mise au courant des liaisons scabreuses du général. Il ne manifesta aucune ironie. Il avait l'élégance de prendre ses distances avec ce type d'informations qui fleurissent dans les campagnes électorales, même si l'affaire avait tout pour être aussi visqueuse et sale que la glu du papier tue-mouches au-dessus du comptoir d'un café cauchois. Nous qui avions cru que seul un scandale sexuel barrerait définitivement la route de la reconduction du président sortant !

Je me souvenais de ma dernière conversation avec Lady Sarrasine, qui parlait avec une fluide douceur, toujours à mi-voix - ce qui était la manière la plus aboutie de faire silence autour d'elle. L'égérie de SoBe avait allumé un cigare et m'avait dit :

– Nous vivons une époque d'une effroyable banalité et d'une éprouvante vulgarité. On ne peut plus se raccrocher à aucune valeur... à part, peut-être la longueur d'une bite.

À côté, les interrogations sur les circonstances de l'attentat d'Ehden étaient de la ferraille. Il me revint à l'esprit cette affaire qui avait fait grand bruit en France, à la fin des années 1980. Un diplomate français répondant au nom de Boursicot avait accepté d'espionner pour le président Mao, car les services secrets chinois l'avaient harponné en mettant dans son lit une des plus belles chanteuses de l'opéra de Pékin. Ce n'est qu'au bout de vingt ans que l'intéressé s'était aperçu que Mata Hari était un homme. J'avais vu le film de David Cronenberg *M. Butterfly*, avec Jeremy Irons, qui romançait cette histoire déjà suffisamment haute en couleur.

Venez me voir chez moi.

La brièveté du message du général suivi de son adresse personnelle me laissait entendre qu'il était au courant du séisme politique qu'il allait devoir affronter. Il habitait rue de Courcelles, au-dessus de l'ambassade de la république de l'Union du Myanmar. Traduisez : la Birmanie. Étant incapable de lire correctement un plan de métro, je sortis à la station Monceau.

Je choisis de ne pas traverser le parc par la voie Ferdousi. J'obliquai sur la gauche pour admirer le monument que l'on appelait improprement les « colonnades » et qui avait soutenu jadis la rotonde des Valois. Ces ruines autour d'un bassin ovale étaient les vestiges du mausolée construit par Catherine de Médicis pour honorer François II, son rejeton purulent.

C'est la mémoire de ce dernier qui planait au-dessus du plan d'eau du parc Monceau. J'ai souvent pensé au destin tragique de ce monarque enfant dont le déclin physique et moral coupé de sombres fureurs ravissait sa famille de psychopathes. Charles, Henri et Catherine guettaient avec gourmandise l'apparition du moindre abcès, de la moindre tache suspecte, de la moindre croûte purulente, de la moindre pustule ou plaque sur le visage blême de l'époux de Marie Stuart. Une guirlande de ganglions apparaissait-elle autour du cou, doublant le collier du Saint-Esprit ? Ils battaient des mains comme s'ils étaient à kermesse. Le souverain minuscule se mettait-il à tousser et à cracher du sang dès qu'il revenait en nage de la chasse ? Il y avait toujours un valet soudoyé pour ouvrir en grand les fenêtres et laisser passer le vent froid et humide de la Loire. Était-il pris de colique après s'être nourri de laitage ? Sa bonne mère dépêchait sur l'heure un apothicaire pour lui prodiguer force lavements et lui enflammer le rectum. D'autres se seraient réjouis des rares répits que connaissait ce roi des bassins et des clystères, mais non, Catherine se félicitait plutôt de le trouver chaque jour plus chancelant, plus branlant sur ses jambes d'échassier. Quelle aubaine d'avoir sur le trône un débile scrofuleux à la bouche perpétuellement ouverte, d'où s'exhalait une haleine de crypte, malléable comme un bout de cire. La soif de pouvoir et l'ivresse de le conserver autorisent tous les crimes.

C'est en rêvant à ce livre que j'aurais pu écrire que je parvins chez le général. Son duplex était décoré de la manière la plus classique qui soit, à l'exception du nombre d'objets en porcelaine sur les tables, les secrétaires, la cheminée, les radiateurs. Nous nous assîmes face à face dans son vaste salon, qui donnait sur l'hôtel du Collectionneur. Le général, vêtu d'un pull à col roulé beige et d'une veste en tweed, ne laissa pas le silence s'installer.

Il commença par m'offrir à boire. Je pris un whisky et lui un grand verre d'eau. Sa main tremblait.

– Je vous ai appelé afin que vous soyez le premier à savoir que je renonce à me présenter à l'élection présidentielle. Je me retire du jeu politique. Fin de partie. Se mentir à soi-même, voyez-vous, est plus grave que de mentir à tous. La personne que je vois en ce moment m'apporte beaucoup plus que l'amour.

– Qui est ?

– L'inconnu.

– Mon général, croyez que si je comprends votre démarche, je regrette votre décision. Nombreux sont ceux qui vont vous regretter.

L'eau de son verre fit des ondes exactement comme celle du gobelet de *Jurassic Park*, bougeant au rythme des pas du tyrannosaure. Il me regarda fixement. Peut-être était-ce la dernière fois.

– Je vous remercie, Benjamin. J'ai eu du plaisir à vous connaître durant ces quelques mois de ce que j'appellerais notre « vie commune ».

Il sourit, mais ne parvint pas à dissiper les plis d'amertume qui creusaient son visage.

– Sentez-vous libre dès que vous aurez franchi cette porte. Pour ma part, je suis prêt à rentrer dans l'ombre au profit du candidat de la droite qui sera le mieux placé. C'est le dernier service que je suis encore en mesure de rendre à mon pays.

L'entrevue était terminée. Nous n'avions plus qu'à nous serrer la main, ce que nous fîmes longuement.

41

Et le barrage céda...

Je traversai la rue et sautai dans un taxi direction rue Servandoni. Le chauffeur avait mis à fond la radio. Je me rappelai qu'il y avait une époque où ils écoutaient Rire et Chansons puis TSF Jazz. Maintenant, la mode était à RFI. Ce que les indépendantistes kanaks appelaient la « grande décolonisation » avait commencé. Les premiers Caldoches spoliés arrivaient à l'aéroport de Roissy. Presque au même moment, débarquaient, à Orly, les premiers Algériens fuyant le coup d'État militaire dans leur pays. Le hasard - qui, comme chacun sait, était la rencontre de deux déterminismes - venait de placer deux brandons dans la poudrière de la présidentielle. D'ailleurs, il y avait un politique qui n'avait pas attendu les recommandations d'agence de communication pour savoir la bonne attitude à adopter, c'était Emery Blanc, le maire de Théoule, qui s'était précipité pour accueillir à l'aéroport de Nice les familles réfugiées caldoches.

– Il y aura bientôt soixante ans, disait-il au micro de France Info, nous n'avons pas su ou pas voulu nous soucier du sort des Français d'Algérie. C'est notre devoir quand l'histoire se répète de ne pas commettre les mêmes crimes et de faire une vraie place dans nos foyers aux Français de Calédonie...

Quand j'entrai dans l'appartement d'André-Marie Truchi, où m'attendait Serge-Marc Joubert, les deux hommes étaient en train de repasser en boucle la même séquence sur BFM.

– Pas mal, non ? me demanda Joubert en se retournant. Il a compris que Macron n'est plus le nouveau venu qui va changer le système. Ce quinquennat a montré que le changement ne pouvait émaner d'un sommet nécrosé, il ne peut désormais venir que du local. Or, Emery Blanc est un excellent maire aux yeux de tous et, d'abord, de ses administrés. Il nous sort enfin du discours « dégagiste » pour nous présenter un projet concret et positif...

– Stop ! Je t'arrête. Je ne suis pas sûr d'être en mesure de te répondre alors que je viens de dire au revoir au candidat que nous défendions il y a tout juste vingt-quatre heures...

– Qu'est-ce qui te prend ? Un excès de sensiblerie ? railla l'écrivain.

– Juste un temps de décence, rétorquai-je.

– C'est une pensée qui t'honore, concéda un Joubert soudain grand seigneur.

– Mais si nous pensons à l'intérêt de la France, le coupa Truchi, il faut vite que nous mettions toutes nos forces au service du seul homme qui se rappelle l'esprit de nos institutions. Je veux dire par là que la présidentielle est la rencontre d'un homme et d'un peuple.

Quelques heures plus tard, nous prenions tous les trois le train de 17 h 09 pour Nice. Et le soir même, je rencontrais pour la première fois autour d'un aïoli l'hyperactif et marathonien Emery Blanc. Il venait de faire visiter à André Bercoff une médiathèque Romain-Gary. Le premier édile de Théoule appartenait à la droite traditionnelle mais sans exagération car il était doté d'une large culture, plus disruptive que celle du général. Il parvint en effet, pour nous parler de l'identité de la France, à nous citer en deux minutes Raymond Aron et Philippe Muray, Tocqueville et Cioran. Avec cela, un physique agréable agrémenté d'un sourire vorace. Ce soir-là, il discourut longuement sur deux maux qui frappaient, selon lui, le pays : l'incivilité et la bureaucratie.

Bonne pioche. Il avait visé juste car ce fut avec ces deux thématiques martelées durant deux mois qu'il remporta haut la main la primaire de la droite, à laquelle les éléphants de son camp avaient négligé de prêter attention.

En effet, par un curieux et furieux paradoxe, les leaders de la droite qui s'étaient précipités pour participer à la primaire lors de la présidentielle précédente, alors qu'ils avaient un candidat naturel dans leurs rangs, avaient boudé ce rendez-vous au moment où, précisément, il était urgent de départager les trop nombreux champions.

Avec la méthode et la rigueur qu'il avait déployées dans sa ville pour lutter contre la pandémie, Emery Blanc avait visité les grands électeurs de sa famille politique, câliné les militants et choyé les influenceurs et publicistes de la droite. S'agissant des parlementaires qui avaient suivi le général, Aurore Bergé fut la première à se rallier. Les autres suivirent dans les quarante-huit heures.

J'aimai l'accompagner dans ce parcours qui devait le conduire au second tour de l'élection présidentielle. La gauche, à force d'être plurielle, était devenue la gauche plus rien. La candidate des nationalistes, éternelle étudiante d'Assas, s'était perdue dans ses révisions et ses fiches. Le président sortant n'était plus un barrage sauf à sa réélection. En attendant d'être un président sorti, il était parvenu de justesse à être un des deux finalistes en décrochant un très médiocre et très chiraquien 20 %.

La campagne d'Emery Blanc, avec pour mot d'ordre « Remettre l'État au service des Français(es) », mêlait l'audace stratégique semblable à celle d'Hannibal traversant les Alpes et la fidélité convenue à un programme libéral que la droite n'avait jamais su ou voulu appliquer. La France renouait avec l'alternance en gardant les mêmes équipes. C'est ce qu'elle savait faire de mieux depuis Henri IV.

Mon engagement aux côtés du nouveau conquérant de la droite fut facile. Je trouvai rapidement mes marques et devins un orfèvre dans l'art de rédiger un communiqué ou un synopsis d'intervention en moins de dix minutes.

Au lendemain de sa victoire à une confortable majorité (les candidats de gauche ayant refusé de donner une consigne de vote pour le second tour), le nouvel hôte de l'Élysée me demanda ce que je voulais faire. Il ne fut surpris qu'à moitié, et totalement soulagé, quand je lui répondis qu'un poste de conseiller culturel à l'ambassade de Lisbonne venait de se libérer.

Cette ville des passions diagonales, dernier balcon avant la mer, me paraissait la plus susceptible d'offrir l'hospitalité à la vie que je souhaitais mener. Emmanuel m'avait dit auparavant qu'Orange lui proposait un poste, le groupe voulant se réimplanter dans la capitale portugaise. Depuis qu'il m'avait muni de gadgets me transformant en un agent secret, nous n'avions pas cessé de nous voir. Aussi, d'un commun accord, avions-nous décidé de partir ensemble sur les bords du Tage.

Au début, c'était une tendre amitié mais, les jours passant, je m'aperçus que je ne pouvais pas le laisser s'asseoir en face de moi sans lui toucher le genou, lui saisir la main. Il fallait que je le touche encore et encore. Il fallait que je me penche au-dessus de la table pour l'embrasser. J'étais incapable de le laisser marcher devant moi dans la rue sans venir l'enlacer.

Comme l'a écrit Pessoa, « C'est l'amour qui est essentiel, le sexe n'est qu'un accident ».

C'est ce qu'avait compris tardivement le général.

C'est ce que j'avais moi aussi enfin compris.

Épilogue

Richard Kupferman est entré au Siècle après avoir été décoré chevalier de la Légion d'honneur par le nouveau ministre de la Justice, Xavier Bertrand. La cérémonie à laquelle Benjamin Strada a été convié s'est déroulée dans le château du Marais, situé dans la Région Centre, que le banquier venait d'acheter. Elle a été suivie d'une réception de cinq cents personnes, durant laquelle Kupferman, qui en avait assez de coucher avec des gens pour se retrouver exactement pareil le lendemain, rencontra son nouveau compagnon, un jeune Italien du nom de Taddeo Castiglione. Il travaille comme designer chez Hermès après avoir étudié à la prestigieuse Académie royale des beaux-arts d'Anvers.

Mademoiselle Singh, alias Lady Sarrasine, a hélas quitté le général de Montjois durant leur escapade à Amsterdam. Elle est aujourd'hui directrice des programmes chargée de la diversité à France Télévisions. Elle vient d'écrire un script pour Netflix sur les trois sœurs Song, dont l'une épousa Sun Yat-sen et une autre Chiang Kai-shek. Il y a quelques semaines, elle a encore fait scandale, car à la question posée par le journal *Elle* « Mais comment vivez-vous ? », elle a répondu : « Dans le moment, j'ai la sérénité du pourceau. »

Ugo a été élu député UDI de la deuxième circonscription des Français de l'étranger, qui couvre trente-trois pays, dont le Brésil et la Colombie. Son mariage avec Serge-Marc Joubert, le nouveau conseiller à l'Élysée pour les commémorations, a bien eu lieu à Mykonos. Le code vestimentaire était bleu et blanc – aux couleurs du drapeau grec. Le couple aura bientôt deux petites filles. La mère porteuse est une pasteure baptiste de Chattanooga (Tennessee).

Le surlendemain de ce mariage, Ugo a pris deux amants pour calmer son appétit sexuel qui n'a pas de comparaison dans le règne animal.

Sabine Manoulian conseille toujours le primat des Gaules.

Après avoir refusé un secrétariat d'État au Patrimoine et à l'Identité nationale, Charles de Montjois a commencé à écrire une histoire de la chouannerie angevine en dix volumes pour les éditions Fixot. Dans un entretien récent au *Gaulois*, il a envisagé de se porter candidat à la présidentielle de 2027.

Le corps tout habillé de Bruno Dargens a été retrouvé dans les étangs de Berre, sans ses chaussures ni son portable. Après enquête, la police a conclu à une mort accidentelle. Dans un éditorial de *La Provence*, Franz-Olivier Giesbert a écrit à son propos : « Il est allé à son destin comme les bêtes vont à l'abattoir. »

Élue conseillère régionale Les Républicains, Marianne Cougard-Cohen a démissionné pour prendre la direction de La Fondation, qui regroupe les fondations œuvrant pour la responsabilité sociale et environnementale au sein des entreprises de la métallurgie. Elle a épousé Guillaume, plus jeune qu'elle de vingt ans. Il est vrai qu'elle fait plus jeune que son âge. Mais son époux aussi.

André-Marie Truchi a été nommé commissaire général de la langue française. Il s'est présenté à l'Académie française mais a été battu par le romancier et historien d'art Adrien Goetz. Il a aussi échoué aux dernières élections municipales à Baugé, en conduisant une liste souverainiste. Il vient de créer un club Montherlant et un prix Montherlant.

L'avocat ancien député Camille Mollard n'a pas eu le poste d'ambassadeur à Moscou qu'il convoitait. Il a donc rejoint le Nouveau Rassemblement national de Marion Maréchal en échange d'une place éligible sur la liste aux prochaines élections européennes.

Quant à Sarah Berg, elle a passé son permis bateau à Théoule et a délaissé, pour la première fois, la friction pour une fiction : l'amitié romancée de Saul Bellow et d'Allan Bloom. Benjamin Strada a relu les épreuves de son livre. Elle vient de lancer une webtélé, Désaccord parfait, après avoir donné une série de conférences en Israël intitulée « Géopolitiques de l'identité ». Elle a aussi changé de machine à café.

Composition et mise en pages
Nord Compo à Villeneuve-d'Ascq

CET OUVRAGE
A ÉTÉ ACHEVÉ D'IMPRIMER
SUR ROTO-PAGE
PAR L'IMPRIMERIE FLOCH
À MAYENNE EN MAI 2021

N° d'impression : 98346
Imprimé en France